浙江文獻集成

浙江文叢

錢陳群全集

〔第五册〕

〔清〕錢陳群 著　張猛 點校

浙江古籍出版社

香樹齋詩續集卷三十一

恭和御製秋獮各體詩五十首乾隆庚寅年

恭奉皇太后啟行幸熱河駐蹕木蘭行圍之作

秋好欣逢慶節過，首程清蹕指灤河。行隨安輦依雲路，望接遥峰轉澗阿。

慈豫晴霏和氣洽，天光靄挹瑞煙多。塞垣父老年年慣，此日嵩呼更若何。八月十六日起程，恰在萬壽聖節内。

過九松山

九松各具猶龍勢，其奈栖霞隔遠霄。羡爾得天還得地，風雲長擁護興朝。

出古北口感懷

復此控吟鞭，何曾異往年。潦痕猶在望，卹政早殊宣。尚德終柔遠，思賢一睠焉。因之懷舜治，勒石陋燕然。相臣傅恒經略征緬，悉稟廟算，動合機宜。緬匪上書納款，膚功垂成，以勞勩受瘴，歸途得疾，奉旨調治，竟致不起。上深爲軫惜，形諸吟咏，讀至『觸景倍凄然』句，如聽思賢之操矣。

出　關

行衣今日遲去微涼，關外人家倚磵莊。雁理南飛銜草度，隼摩遠勢借去藏。太平塞弁頭如雪，持誦番僧帽半黄。歲歲出關此風景，宸襟隨意有詩償。

灤陽别墅

行宫與别墅，相望灤水陽。省斂一頓憇，灤水尚足浮輕航。此墅依山恰如厂，閏年霖潦浸其傍。坐使屋茆逐波去，硉兀未坼餘堵牆。作歌止脩築，民勞所厪綏四方。瀕河被潦偶然事，仁政撫卹例有常。原田高下各刈熟，坻京行慶曾孫藏。灤水陽，涵泳聖澤永無傷。

至避暑山莊作

錫嘏辰過使講蒐，平分好景趁清秋。順時暑往知惟適，計日天行此少留。嵐翠遥連苔翠合，松聲如帶潤聲流。山莊父老懽迎處，今日呼嵩志遂不。

秀起堂

衆峰羅列拱那居，巖隟堂開一跨諸。珍木何曾解凋落，洩雲常自伴清虚。淺深螺色侵綈几，過多近鶴聲到綺疏。臣撚霜髭依斗望，敢希睿鑒許開予。

出麗正門恭迎皇太后至避暑山莊即事成什

心企慈顔松柏如，仙莊歲歲眷巖居。野人喜進恒春樹，太史行登大有書。夜漏因風催緩箭，晨裝和露滴方諸。『方諸取水』，見《周禮疏》。五雲扶得金根下，婦子争看導衛輿。

題清舒山館

高館偏宜對好山，引來堂下碧潺潺。倚牕更與堪岩岫，掃徑常疑列髻鬟。宿認飛雲自舒卷，寒催落木益清閒。瑞煙繞處鑾輿近，窜鹿無心任往還。

玉琴軒

誰無響泉琴，如傳絃外音。由來稱上善，端可叶清吟。但解吾民愠，因貽虞帝心。自諧流水韻，何必問溪潯。

溥仁寺瞻禮

跋馬看山入梵宫，高林風颭葉飛紅。鐫題共仰堯仁溥，遊豫如逢舜日中。妙諦彙參諸品合，宸衷一視萬方同。竺乾會得乾元義，大法輪看轉不窮。

題宜照齋

齋額標宜照，軒楹復此憑。翠添葱木秀，青挹塞山贈。流憩地成勝，坐看雲正興。夕陽粉本在，不數范寬能。

九松室

築室粉艧新，就松枝幹古。茅茨仍舊觀，松楝證曩語。偶隨岫幌移，恰稱山形峿。從兹成龍鱗，亦幸托斯宇。有鶴摩空下，翩躚其自許。

木蘭行圍自熱河啟蹕作

興州山色送秋晴，蘭塞行開第一程。後表夙繩蒐獮法，《周禮・大司馬》：教大閱，出之口，司馬建旗於後表之中。前禽彌繫膳羞情。連村穲稏雲初捲，歷塊驊騮風自生。未到圍場蕃部集，鞾刀齊向馬頭迎。

入崖口

依山舊築場，近水小圍張。瑞色雲含紫，山容草漸黄。選徒今有事，教戰古無忘。憶獻長楊賦，曾隨獵騎驤。臣憶扈從隨圍，曾奉敕作《秋郊大獵賦》，即日進呈，蒙賜全鹿，閲今二十六七年矣。

雪　獵

欻飛因見雪，膽氣倍驫豪。鶻落知無際，麏奔在者遭。堆深繁弱羽，濕緊海青絛。獵罷霏天藻，吟成白雪高。

即　景

秋向和門好，歡騰塞上人。哨緣遲十日，圍乍合千層。節候初飛霰，林巒更絶塵。屏開邀睿賞，衆皺益嶙峋。

巴顔布爾哈蘇台放鹿

蒙古語謂富爲巴顔，謂叢柳爲布爾哈蘇，是處有柳而多鹿，因得名。

柳爲鹿巴顔，柳深鹿可千。文囿任所往，湯網必動憐。罷漁與放鹿，大澤即深山。疇咨堯舜心，咸若大喜歡。握管賡睿製，再繹三驅言。

儀鎗行

按鎗本鼎類，又酒器，俗以爲刀槍之槍，又火器，亦名爲鎗，均誤也。作《儀鎗行》，因並識之。

行圍首導羽林騎，木柄虎鎗供擊刺。六飛所指擁祥雲，百靈呵護諸邪避。七校儀中亦有鎗，武也而文儀設衛。較量勞逸有不同，勇怯殊能數各備。爲問常叨尚食人，三峻暴虎何曾試。東田祈雨西田稔，天漿天酒皆天賜。可笑當年揚馬才，形容却竟遺其事。

重陽日蒙古王公等進宴即席成什

梁鄒《毛詩傳》：古有梁鄒，爲天子之田。詔下佈圍遲，珪組諸藩鞠𦠆時。令節重開蘭塞宴，慶辰又展菊花期。候符匝月貙膢禮，《後漢書注》：貙獸以立秋日祭獸，王者亦此日出獵，用祭宗廟。冀州北郡以八月朝作飲食爲膢。詩紀重陽馬射儀。《晉書·禮志》：九月九日馬射。或説云秋金之節講武，習射象立秋之禮也。齊指塞山同獻壽，雲罍羽爵各分持。

雪九月十一日

絶跡山禽到翠微，風毛偏解灑空飛。由來玉戲傳天上，也似今朝蹔促圍。五花雲散六花浮，赤汗都曾夜刷幽。用杜甫《驄馬行》。紫塞騰驤萬神駿，肅爽誰復羡唐侯。唐成公兩肅爽，見《左傳》。已迷月兔驚鳴鏑，但覺星狼懾控弦。糝向謝莊衣袂上，從臣橐筆奏新篇。絡野籠原地少閒，西風吹雪綴山間。一圍撤勝開三面，蕃部懽呼罷獵還。

出　哨

行健本天行，鑾輿次第更。例仍知獮竣，候暖愜秋晴。閲讞因時舉，求生同此情。萬昌咸在宥，聖德每持盈。

至避暑山莊恭問皇太后安喜而成什

圍減撙前期，回鑾心每馳。慈顔欣日近，聖志益愉頤。孺慕長如是，天經正在斯。歡焉陳左膘，上膳進伊尼。

題頤志堂

插架皆中秘，紛羅素與緗。安輿來頓憇，暇日此常徉。萱草承歡茂，松陰味道長。天章頌純嘏，億載未渠央。

含德齋

成德覘醇儒，瞬存息有養。我皇生安姿，蓄德勤觀象。齋額遡前光，德崇業斯廣。元吉義可參，含草譽永享。亹亹聖敬躋，在宥萬方仰。

敞晴齋

扶光『扶光若影』，見《文選》。迢遞入林端，行稼從兹穫可觀。嵐氣初澄秋正爽，水聲漸縮澗常寬。千屯校隊霓旌耀，萬壑松風翠壁寒。細聽哢晴喧躍雀，亦如脩竹報平安。

繪韻樓口號

畫聲仍是無聲畫，貌得詩情滿檻前。説與畫師應縮手，空傳南北派紛然。

清綺書屋

雲根構精廬，紺碧如如倚。即此摛奎文，已括經書旨。秘景無盡藏，微言該至理。樹色秋自深，霞光晚逾紫。其麗問云何，臨風一端綺。

旃檀林八詠

霜坂

霜明峭坂雪同鮮，凹凸無分隩與巔。疑向灞橋驢背見，併將吟料畫中傳。

冰池

小池活水一泓澄，並塞風吹早作冰。比似玉壺邀睿鑒，中天明月印淵澂。

蜃牕

萬壑蒼山早送寒，偶移筆格此吟安。蜃牕憑眺明於鏡，海珴江珧一例看。按字書，老雕入海化爲珂珴，蚌屬，即車渠也。江珧亦蚌屬，即玉珧，惟玉蛤乃蜃飾器。

毳　幔

毳毛作幔禦寒施，只有韋韝可擬之。不顯亦臨無射保，何殊殿帳與宫帷。

落　葉

到處丹黄接遠陲，塞垣古堠正笳吹。化工點染真隨意，秋色秋聲任爾爲。

绿　蕪

塞艸誰知亦耐寒，秋深猶自碧攢攢。應緣香輦經過處，葵藿傾心不改觀。

鶴　磴

皐禽也解樂山椒，底用雲龍薄暮招。縱使偶然入空際，相依文囿總非遥。

雀　簷

生成只解報平安，萬雀聲中喜萬端。一飽階除感終惠，去來常傍玉闌干。

恭奉皇太后遊獅子園即景成什

節候今朝道小春，雪融仙館趁秋巡。慈顔豫洽當佳日，玉城晴明御綏輪。庭草砌花如綴粉，溪光山色欲銷銀。年年侍奉昇平樂，騎甲重開又六旬。

有真意軒

心遠地偏亦屢經，愛他真意作居停。樹當境静餘閒趣，雲到秋空無定形。但許偶過參物我，仍來小憩足和寧。移時迴蹕一西望，峰爲宸遊分外青。

題含青齋

過谷勝概多，年時策馬到。而此阻幽岩，幾餘始探奥。磴既躡陂陀，壑復尋窅窱。邃如入叢篁，陡絶成孤嶠。於焉淡冲襟，拈毫會微笑。尚餘未了青，邈然含筆妙。

玉岑清舍

峰坳構屋深，户對玉山岑。奥曠仙真宅，空虛太古心。經霜留晚卉，漱澗有清音。染翰抒天藻，無心發妙吟。

碧静堂

佳日怡登眺，堂開翠壁前。不須淩經頂，已自踞層巔。爽氣閑堪挹，塵氛遠盡捐。湛然來會處，一攬碧空圓。

松壑問樓

樓到玲瓏曲曲通，溪聲壑影碧叢叢。那居最得山居意，遠澗丹林一望中。

題永恬居

鹿過留草色，鶴去有雲蹤。到此自成趣，何須問所從。頤和聊取適，時節正初冬。幾暇如游藝，山容近北宗。

遊創得齋得句

名齋有深意，既創自能得。曲徑非驟通，荒蹊易成仄。肩輿詰屈上，屐齒不盈尺。及此攀藤蘿，稍稍薙榛棘。疲忘覷開襟，趣領快伸臆。峰朵展翠屏，泉韻瀉雲液。偶涉致各殊，小憩想已積。

對時潦旋收，得句崖再泐。庶幾静者探，未許俗子識。三復卷阿篇，鈞天示標格。賡吟一凝神，遥企惟默默。

十月朔日作

先後如期同奉若，翟華所指候皆應。今年舉獮果如是，昔日探梅豈未曾。入哨已遲，而旋蹕熱河，仍然和暖。臣曾隨輦南巡，二月中，蜀岡、靈巖、西溪梅花到處盛放，若花神候駕，勒春以待者然。行夏從寅仍令典，司天冒卯順欽承。重看週甲自今朔，日至如川莫不增。

入古北口

塞城衛本嚴，恩旨曉於僉。時上因塞地早寒，命暫停工作，俟春融重築。要裕昇平樂，非徒遠近瞻。興工識緩急，此意恤閭閻。百堵期來歲，吾民引養恬。

恭奉皇太后迴蹕至圓明園即事得句

侍奉秋巡愛日娱，小春風物正和姁。雪前老樹分疎密，雲裏遥山乍有無。簷雀送聲清韻繞，金猊夾導瑞煙紆。吾皇孝治超千古，億兆難名蕩蕩乎。

恭和御製賜和臣所進王淵梅雀報春卷敬識三首韻

翎毛花朵鬬清妍，妙繪還因天藻傳。捧到驪珠頌椒會，藝林從此作譚淵。

喜聞摺使帶春歸，庭草敷榮緑漸肥。江國今年花信早，玉梅如雪竹成圍。

陌上東風作峭寒，報春聲裏雪初闌。裁詩又衍宜春帖，翔洽皇仁億兆安。

聖主東巡登岱祝釐頌百韻謹序

欽惟我皇上行健同天，至誠不息，歸福於親，大孝不匱。巡幸天津之明年，恭逢皇太后八旬萬壽，敷天同慶。允山左撫臣富明安之請，有事於泰山。奉安輿，祝慈嘏，輅所至，殊恩曠典，周浹海寓。禮成，就近臨詣闕里，展敬尼山。臣謹案《虞書》五載一狩，周制十二年一巡，俱歲二月至於岱宗。《樊》詩言時邁必曰喬嶽，《般》詩言裒對必曰高山。漢《郊祀志》：『泰山東北阯，有周明堂處。』蓋《周頌》亦指岱宗言也。漢唐以來，説經諸家俱言仲春生長之月，泰岱生長之方。《管子》曰：『聖王治天下，德始於春，爲其喜羸而發出也。』此論時巡布德和令，理有固然。外此，見《爾雅·釋地》《釋山》，注曰：『泰者，太也。天地太和之氣，發舒於東方也。』應劭曰：『岱，胎也。宗，長也。言萬物皆始於東方也。』劉向曰：『泰山宣氣生萬物，高大之至也。』綜是數説，臚萬國之歡心，上九重之尊養，莫此爲宜。嘗論前代言封禪者，祖述緯書，鋪張功德，率皆徼福厥躬，無與事親之實。而矜言高拱者，憚於勤民，往往遇國大慶，輒使使奉璧告焉。漢司馬氏曰：『東方者，萬物之所始。山嶽者，靈氣之所宅。求之物本，必於其始，取其所通，必於所宅。』顧未有以德爲聖人之天子，躬奉萬壽無疆之聖母，延祺集禔，錫類推仁，載之簡編，傳之奕禩，則自我皇上始。臣於昨歲庚寅，恭遇聖主週甲昌期，蒙恩體恤，不令遠涉津塗，許臣於今歲赴闕，恭祝慈寧。兹者歲辰月紀，均值辛卯，休符協應，諸福備至。臣以耄耋，未獲隨侍屬車，謹撰《登岱祝釐頌》八百言，用陳皇上承歡之養，錫極之施。篇末復出庸行之常，推之以極其至，竊附魯國諸生之列，少伸晦邱封人之忱。臣陳群拜手稽首而獻頌曰：

降婁之次，爲角亢氐。厥惟壽星，躔於陬觜。《史記·天官書》：『角、亢、氐，兖州。』《唐·天文志》：『降婁之神主岱宗。』降婁，奎婁也。循岱嶽，衆山之陽在陬觜。《宋·天文志》：『東方蒼龍七宿，其神爲青帝，司春，司木，司泰山。』《爾雅》：『壽星，角亢也。』巖巖岱宗，萬物托始。氣母互根，坤維永砥。我清發祥，自東伊邇。天作高山，環以瀛海。《御製盛京賦》：『粤我清初，肇長白山。周八十里，潭曰闥門。鴨緑、混同，愛滹，三江出焉。』注：『愛滹江東流入東海。』出震繼離，文明代啟。四望兆同，三公秩視。封巒勒成，聖世所鄙。聖祖來遊，舉燔柴禮。康熙二十三年二月，允科臣王承祖奏請。十月，東巡牟岱，倣虞舜行柴望禮。我皇法祖，二月東狩。叶歲在著雍，方行繼軌。上御極之十三年，初舉巡典，東巡至岱。五載一巡，眷焉嶽阯。昨春停鑾，析木津水。東侯來朝，臚籲淀涘。曰歲重光，甲週鳳紀。聖壽慈禧，天庥積累。如岡如陵，衆山峛崺。《揚子》：『觀東岳，而知衆山之峛崺也。』兖鎮魯詹，去天尺咫。矧感至誠，宜介繁祉。帝鑒東人，顒顒翹企。俯頷輿情，仰承懿旨。詔葺岱祠，肅將禋祀。遲爾秋成，後命其竣。叶木無棌椽，土無文綺。不煩供億，不設儲偫。諏吉戒行，川塗邐迤。通潞衛河，連檣而艤。帖浪安艫，取適慈體。日行在奎，月生初朏。乘輿乃出，青旂東指。慶行惠施，有加無已。悉沛屯膏，典殊例倍。斟酌衢尊，淪浹肌髓。負曝之老，擊壤而傒。邦烝髫髦，野勸舉趾。婦孺盈寧，比閭笑踦。民數無央，翠華有依。叶蕩蕩平平，周道如矢。於赫天孫，來迎天子。播長養風，以清塵滓。入律調陽，桑芽杏蘂。騰膚寸雲，觸石而起。灑潤寰區，苗芃黍薿。翊輦誕登，歡奉聖母。叶帝省其山，繽紘當扆。問俗觀民，思其殷阜。叶日觀雲臺，就瞻天所。叶茅蓋漢儀，松封秦畤。吴練非遠，齊烟非近。叶靈都紫氣，亘古常踦。阿閣神房，揭焉中峙。賓連青芝，餐霞漱醴。何必對博，曹植詩：『仙人攬六箸，對博太山隅。』長春安期。叶山有鶴巢，泉成龍哆。何必方輝，髻鬟簪珥。弦超入泰山，遇一物如獐，頭若婦人，鬟髻簪珥悉具，此方輝也，五百年一見，見者壽。出《譚薈》。東皇木父，孔燕樂豈。拱揖呈奇，丈人玉女。叶佑我太任，黄髮兒齒。犖我泰階，於億萬載。叶業峨嶽祇，濛鴻瀆鬼。分命有司，展采錯事。叶懷柔百神，無不欣憙。各揚其職，翕河伏濟。移蹕緇林，飛蓋闕里。備聞金絲，拜獻簠簋。以聖謁聖，後先合揆。道路讙謡，儒生竊儗。七十二君，肇無懷氏。雖有九皇，何德而比。黄帝上元，於今其逮。增受神筴，徒勞心奓。昔也磨崖，五車石徙。今焕乾文，聖孫趾美。昔也澤兵，古釋字作澤。見《史記·封禪書》。諸侯治邸。今掖金根，從以慶士。鄗黍爲盛，眷茅包匭。孰若我皇，躬視瀡瀡。繹繹亭亭，仙閭社首。叶孰若我皇，問安行在。金泥銀繩，虎紐螭璽。孰若我皇，躬親娛綵。奏簡獻符，祕祝貽耻。孰若我皇，慶延福履。善則歸親，不祈一己。德其禕而，孝斯大矣。我皇之孝，無遠弗被。孝至於天，塞乎九陔。《淮南子》：『九陔之上。』注：『九天也。』孝溥乎地，放諸勃澥。天明地察，極蟠胡底。廣厚增高，不知其幾。超圖溢牒，未之或有。叶剖判以來，莫盛於此。臣依斗牛，未遂仰止。引領裔雲，蒼龍之尾。手扶賜笻，心馳孔楷。蘭殿稱觴，蒲輪有待。擊轅中去聲韶，夾車可採。敬効嵩呼，增光岱史。

寅尚衣廨宇産芝歌

吾聞崑崙之山高九層，煙中瑶草呼龍耕。群仙種耨如穫秵，一一自具華蓋樓閣形。尚衣官廨産靈物，卿雲抱珥差彷彿。自是含和結撰成，何曾種作資仙術。生祥下瑞元氣苞，無根一握挺石坳。斑如於菟卧方睒，巨如甕蘭絲未繅。遭逢堯舜稱世濟，黼黻休明無壅蔽。即今太和在寰區，況乃壽域開連歲。廚生蓮莆廷生蓂，非家之珍國之瑞。我來會城正長夏，先覩爲快名豈借。圖成五色佐彰施，觀者摩挲歎無價。尚衣向我趣作靈芝歌，老慚班固奈芝何。

題李治農印譜二絶

藝成高密占諸郎，篆法師承見雅蒼。但得云回傳大意，云回，古雲雷字。不須辛苦學凡將。

稚川有訓笑緣慳，漢璽秦章不可攀。我欲憑君乞一本，便攜賜杖訪名山。

香樹齋詩續集卷三十二

恭和御製東巡古今體詩

恭奉皇太后巡幸山東啟程之作

已過五載一來巡，前次巡幸江浙，經由山左，閱今已六年矣。望幸群黎願又申。聖壽六旬猶孺慕，慈顔八袠倍精神。東方澤沛先齊魯，南極星輝紀卯寅。啟蹕恰逢春氣暖，岸花汀柳引安輪。

駐蹕新衙門行宫作

行館無多飾，吉行甜自便。軒楹仍舊觀，去聲花柳入新年。偶爾怡清賞，因之寄睿篇。太平雖有象，『無象太平還有象』，蘇軾句也。宵旰未能蠲。

裕性軒有感

燕樂舊庭軒，春風天語温。禮隆昆弟飲，『昆弟飲』，見《漢書》。誼美睦親敦。鳥語鴒原感，花枝棣萼翻。聖心憶疇昔，具爾繹詩言。

射虎行

虎臣搏虎獸人守，輸之上林不時有。射時須決斑奴背，搏處曾格中黄手。官如服不亦善處，『服不氏，服猛獸之不服者。』見《周禮·夏官》。飼虎殪虎責虎旅。唐弓夏服親臨觀，虎即欲逸不知所。決蹯環寸那得過，《戰國策》：『人有置係蹄者而得虎。虎怒，決蹯而去。虎之情，非不愛其蹯也，然而不以環寸之蹯，而害七尺之軀者，權也。』焚尾成人驟難作。《侯鯖録》：『虎變爲人，惟尾不化，須爲焚除，乃得成人。』往常呼嘯谷風生，去幽豈有威堪播。《管子》：『虎豹托幽，而威可載也。』酋耳騶牙今見之，《瑞應圖》：『酋耳似虎絶大，不食生物，見虎豹即殺之，太平則至。』《史記》：『遠方歸義，騶牙先見。』虎乎虎乎弗汝奇。壹發而斃虎無怨，麟以爲畜虎奚爲。

南紅門外

射熊館接上林宫，門署南紅口出同。預遣東風吹輦路，歡聲齊喚好天公。

過雨郊原緑漸稠，農家耕作早能謀。啟塗便已勤清問，元氣春來得復不。
小試園場似砥平，草叢淺淺獸蹄行。對時育物皇仁溥，肯爲春蒐靡旆旌。

采育里

井邑界畿南，風光傳帝里。迎鑾諸父老，懽呼羅拜跪。潦鄉本窪下，籌畫固亟矣。賴兹賑恤頻，九重共憂喜。譬彼嬰與孩，相依不離裏。尚慮見勿周，終期恩廣被。叶大哉天地心，仁民如是耳。

武清縣行宫作

析津壤移接材易，此處行館，移天津揚惠莊行宫舊材葺治之。通潞沙淤進榜難。潞河向多沙淤，春時水淺，舟行尤滯。並見元韻詩註。縣紀雍奴成剏搆，村尋桐柏愬慈安。軒亭位置惟師儉，畦疃分明入望寬。明日蘭舟天上坐，川塗迤邐足臚歡。

至寶稼營登安福艫作

川程計日首塗遵，早有沙棠艤水濱。營迾肯教黄布冪，岸容喜見緑秧春。揚舲趣洽蓬牕景，抃舞歡騰蔀屋新。長此圖安還錫福，始和風物答勤民。

北　倉

國家設倉庾，截留寓深意。備荒非緩圖，事豫庶能濟。我皇遵良法，求寧切子惠。不期惟正供，實爲生民計。陳陳既相因，儲蓄奚有弊。損上而益下，其理乃一致。奈何見淺者，持籌參末議。

策馬過天津府城

安福泊河濱，祥光湧日輪。卌年陞劇郡，城本隸天津衛，雍正間遞陞爲股肱郡。三度入重闉。戊子春，上初巡津水，届今辛卯，凡三次。弦誦魚魚士，謳歌皥皥民。春衙試輕策，子孺也情親。

芥園閱減水壩上

春巡咨潦痕，孰殺去聲孰爲甚。我皇宵旰心，對之益凛凛。務導水歸槽，誰云流可枕。少府斥錢緡，賑賙計已審。大吏籌節宣，章上事寧寢。築堤濬舊渠，行將一來諗。安堵視同仁，思溺意獨恁。旋蹕議興工，惟曰其俟朕。

静海道中襍詠

平頭畫舫遡沿洄，飀飂風生亦快哉。七十二沽春水活，緑楊陰裏棹歌迴。

閭閻被澤樂豐盈，帝德由來不可名。近海魚鹽生計足，一時熙攘總關情。

浪静波恬翠罟過，析津南溯接黄河。安瀾要順水之性，設障營堤較若何。

浥露堤花何粲若，唼魚水鳥自幽哉。居人那識磻溪迹，大釣無鈎豈有臺。『大釣本無鈎』，蘇軾《咏磻溪》句。

榜人指點三堂濼，蒲葦叢邊自在行。爲語牧民籌水利，與時瀦洩要輸誠。

風光彷彿大江南，好景暄妍信可探。聖主來遊非攬勝，勸耕時與老農談。

幾陣鉦催黄帽兵，層波帖妥御艫行。杏花菖葉沿堤見，休助因時順物情。

浩蕩皇恩被老翁，老民之曾受恩賞者，例穿頂帶，補服書『皇恩浩蕩』四字。岸旁扶杖拜仁風。蠲逋又下謄黄詔，愷澤常流化日中。

雁

數聲嘹嚦拂天池，唤侣栖遲水一涯。毛羽豐盈應自愛，關山迢遞欲何之。雪泥月地分明見，蟹舍漁莊點綴宜。羡爾隨陽入雲路，高飛早謝弋人思。

命免天津府及順天府所屬積欠詩以誌事

捐上道以光，逮下期自勉。咸平按籍除，積欠蠲已徧。叶。宋咸平初，真宗謂宰臣曰：『諸路逋欠，先朝每有赦宥，皆命蠲除。而有司不認朝旨，尚更理納，頗聞細民愁歎。』今按文籍悉除之，貧民乃悦。我皇邁前古，恩澤如環轉。上届巡幸天津，恩免積欠銀穀。此邦偶被災，賑撫奚容緩。巽命又重申，霖雨降非淺。僻壤與深村，咸喜催科免。仁心即天心，到處紓愁歎。叶急令賜今租，推行政斯善。庶以厚民生，因之濟窮蹇。買犢叱春郊，農務行當辦。叶

舟過峭帆亭戲詠

紅杏香茅構水濱，用王維詩意。宸遊閒咏試題新。帆收静玩亭中景，幔捲遥迎陌上人。隄柳受風金勒繫，渚蒲冒雨白鷗親。憑欄爲愛韶光好，一曲春沽次第循。

閲興濟減水閘議改爲壩命侍郎裘曰脩至其地與總督楊廷璋藩司周元理會勘集議詩以示意

會川青縣連平津，鹽山有平津鄉。置閘取減水。勢本據建瓴，而豈同釜底。霖潦無常時，下游胥籍此。豈惟衛田廬，亦以滋井里。遥思改邑初，建設洵有以。無如運河長，迢迢路南指。

偶然遇盛漲，情形當熟揣。泄怒庶無閼，釃流俾弗蔽。叶於焉殺其衝，即可通其滯。叶土石工殊施，卑高尺判幾。一勞圖永安，萬禩金湯恃。作歌繼芥園，停鑾親相視。

策馬過滄州城

木門城外遶菰蘆，恰繫蘭舟即廣途。勃海仙人來賫獻，中條隱士効嵩呼。近光益信訓行是，仰聖咸知胞與吾。斥鹵民風本殷富，甸畿化洽豈殊乎。

閱捷地減水閘

蓄水誰知洩亦宜，下游更欲暢消之。牐須改壩同興濟，樂利無窮信在斯。

地瀕北海水盈盈，減漲還堪注大瀛。但使引流如脱筈，壩名那用絶堤名。《方輿續紀》舊名絶堤，後易今名。

芥園捷地兼興濟，三牐均資捍大波。次第功成看遞減，一陂一堰較如何。

度地因時有改移，周官治野遂人爲。一從法駕親來閱，百爾安氓願視兹。

化城寺得四絶句

古刹清幽近水濆，粥魚茶板隔林聞。揭來此地瞻宸翰，銀榜高懸焕大文。

長松細草映遥隄，幻法成城不可稽。《法華經》曰：『有一導師，多諸方便，於險道中化作城。』惟有迦陵參妙諦，飛來雙樹盡情啼。

悠揚梵唄諧清磬，繚繞香花湧法筵。願祝慈寧壽無量，諸天頫首一欣然。

斗室三楹傍小庵，宸遊到此偶停驂。不須更置軒亭美，華巧能增花木慚。

麥色

黄栗留鳴翠浪添，青葱入眼句頻拈。纖纖秀色芳郊遍，何遜詩：『麥隴多秀色。』漠漠輕花輦路瞻。杜甫詩：『細麥落輕花。』餅餌香時農可慰，驂騑解處詔從嚴。《後漢書·章帝紀》：『方春所過，無得有所伐殺，車可以引避引避之，騑馬可輟解輟解之。』注：『夾轅者爲服馬，服馬外爲騑馬。』懷新亦自霑恩澤，已覺雙岐合穎兼。

行舟四詠

櫓

早聞鴉軋響船梢，摇曳真如細浪拋。行到橋門原自直，篙師歌笑互相嘲。

柁

艨艟涉浪需關水，柁，一名關水。旋轉機能奪化工。三老長年但安坐，相看無語滿帆風。

帆

櫓前櫓後安篷腳，帆腳有櫓前櫓後之分，蓋以别風色之順逆也。正正風時葉葉張。樹杪移來隨岸轉，相烏不動颭中央。

縴

牽來百丈龍鬚引，鉦響遥知御舫行。直似絲繩平似砥，漏聲纔轉抵河營。

入山東境

衛河南去好浮船，錯壤燕齊繡接連。喜氣遥分千乘郡，歡聲還和十三絃。沿堤芳草如袍染，夾路垂楊似綫牽。迎輦春逢百花節，鵲華行亦闘新鮮。

花朝作歌

南枝已謝北枝開，一樹庭梅見衰盛。梅花南枝開早，北枝開遲，蓋春氣自南而北，雖同一根株，而遲早特異。何況江南岱北間，幾番風信分時令。六龍此日駐青齊，花時已覺東皇正。蝶舞蜂喧爲底忙，尋芳各禀封姨命。細柳迎風翠帶圍，小桃着雨濃妝靚。妖紅姹紫總宜春，參差還向雕闌映。香色温馨拂彩斿，波光瀲灧移清鏡。佳辰茂對復留題，新詩恰比澄江凈。

閲哨馬營減水壩

哨馬營邊舊築堤，安瀾善策必親稽。當春潦退沙平壩，入夏科盈水滿溪。宣洩自宜分上下，決流那更限東西。相機指示符金鏡，别派通津路豈迷。

德州行宫三疊舊作韻

天仗平移遵陸路，行宫德水記郵程。當庭樹色煙籠碧，入户花枝錦織成。慈壽迓庥同鶴筭，皇仁被物似春榮。偶來頓甜應從儉，淳樸民風愜聖情。

命賞給昨歲山東被災四縣籽種牛具銀詩以誌事

散利曾聞用捄災，況當行慶一人來。傷禾轉沐來牟錫，佩犢何煩長吏催。種美今年期倍獲，鋤興是處惜汙萊。皇心更廑周咨切，百郡恩從四邑推。

降旨免山東各屬節年因災借欠常平穀及東平災緩丁賦詩以紀事

慶惠春隨帝省方，肩摩轂擊視如傷。倉儲久已垂爲令，民欠何曾責必償。恤患三時無使奪，恩飢一箸肯教忘。山河十二『齊地十二。』見《國策》。次疊吏，善體皇仁益是蘉。

曉發德州道中即景襍詠

重邱古邑依稀是，此日兼程不覺遥。恭傒民情無遠近，前途望幸已朝朝。

馬頭纔見曉星明，挂樹銅鉦咫尺横。有腳陽春隨輦布，陸行知不異川行。

春滿青齊種作多，迎鑾婦子隊婆娑。早聞七萃傳天語，萌隸來前誠勿訶。

花柳芳郊媚復明，衛河回望鏡中行。畫師試覓張南本，爲寫東人愛戴情。

駐平原行館即事

曾經東狩駐行營，喜見旌門不日成。每廑睿懷紓物力，用頤慈體順輿情。尋常結轍相望路，咫尺停鑾不計程。偶駐平原抒聖藻，習勤從儉德還并。

再降旨免濟南等六府屬新舊借欠麥本銀並成是什

豁逋至再澤應周，民隱仍須瑣屑求。徧地膏流無少靳，如天福降一何優。

恩殊幡券歡同薛，詔下謄黄祝有秋。父老争來扶杖讀，笑他輸粟泛秦舟。

於平原作

由來封邑等常員，試訪平原古道邊。指掌輿圖判齊趙，從兹考古息紛然。

停　蹕

春風迴小閣，停蹕豔陽天。雨霽郊原潤，時和景物妍。牕中山翠列，林外杏苞鮮。宣召來

群吏，籤名慎選賢。

齊河道中作

柳帶榆錢紫陌連，數家茅屋起新煙。居民幾度蒙恩澤，蹕路來迎意藹然。

共許瞻上詔令寬，沿塗鞫晉有休官。三年黜陟虞廷事，不掩瑕瑜一例看。山左接駕，廢員俱

命送部，核其原案事實，以備録用。

細雨如絲草木萌，飛來布穀勸春耕。村民動作關宸念，緩轡芳郊取次行。

齊河縣行館疊乙酉詩韻

祝阿下邑仰邦居，復此來歌憩玉輿。阜俗真看時異彼，勤民彌廑治從予。又逢和煦年光麗，尚憶鐫題天筆書。軫念民依三致意，書紳循吏莫忘諸。

題晏子祠

夷維人往事長留，齊相祠堂故蹟搜。應悔一言出孔子，徒傳三世顯諸侯。傳同敬仲如韓老，書別儒家近魯鄒。《七略》云：『《管子》十八篇在法家，《晏子春秋》七篇在儒家。』千載是非公道在，馬遷安得廢宗周。昔人論春秋之周與戰國迥別，故孔子尊周室，而孟子勸齊梁之君，以行王政，實則尊王捄世，易地皆然。馬遷《管晏合傳》責管仲不勉桓公至王，孔子以是小之。豈知僖王、惠王之周，正是有爲，下較顯王、慎靚之周僅延一綫者，不可同年而語。史遷是論，不特《春秋》大義懵然，亦且昧於勢矣。恭繹御製詩後一跋，使麟經大旨，昭如日星，足正千古繆誤。

長清縣行宫作

祝國連廬邑，軒楹洵可娱。鄉傳晏平仲，俗近管夷吾。恰恰鶯啼樹，瓏瓏蜂抱鬚。名泉訪雙鶴，明發指靈都。

題姚文瀚倣清明上河圖用舊題沈德潛所進張擇端清明易簡圖韻

皇祐學士編次繁，三朝訓鑒列卷端。郭若虚《圖畫見聞誌》：『皇祐初元，上敕待詔高克明等，圖畫三朝盛德之事。人物纔及寸餘，宫殿、山川、鑾輿、儀衛咸備焉，命學士李淑等編次序讚之。凡一百事，爲十卷，名《三朝訓鑒圖》。圖成，復令傳摹鏤板，頒賜大臣。』誰教題改上河字，汴京風物移江關。當時清河數佳手，大小二李差堪班。《畫禪室隨筆》：『張擇端《清明上河圖》皆南宋時追摹汴京景物，筆法纖細，亦近李昭道。』心摹冠蓋繁音蒲臺盛，目想燈火樊樓攢。夢華竊比孟元老，寫景迥别劉松年。松年有《西湖春曉圖》。千里河朔淪殊域，半幅江山難棄擲。追咎從前顛覆繇，一花一石流毒螫。强保故宇輸金繒，忍行新法召蟓蜮。一朝戎馬生郊原，頃刻銅駝在榛棘。此圖閲世如朝昏，獲逢聖代肯自匿。假手詩老登大風，精神歷劫猶完粹。縮本妙得孫吴生，《畫譜》：『孫夢卿傳移吴本，大得妙處。至數丈人物，縮移數寸，悉不失其形似，號稱孫吴生。』咫尺真疑到梁魏。聖心不忘治忽幾，昔否何妨鑒今泰。瀚乎爾幸奏其能，展之蹕路設色明。指點新煙近臣悉，行軒飛藻增超逸。

甜崮山傳餐因而有作

望見青松便到山，崮山上多松。見御製詩註。玉驄繫處致偏閒。松枝也解迎香輦，班列蒼翁仰聖顔。

山色欣逢翠罕過，叢祠金碧鬱嵳峨。春雲處處峰螺繞，幻出遥天瑞靄多。對山更起面山樓，嵐翠侵衣入坐收。一箸不忘民力普，更咨六府飭勤脩。民數無央集廣途，皇風皞皞倍歡娱。今朝旰食停清蹕，胞與爲懷見物吾。

饍榆錢餅作歌

青春買斷飛青錢，春榆猶足充夕餐。屑榆糁餅餅可説，芳鮮嚼處真堪憐。百二十品豈求備，《周禮》：『天子羞用百有二十品。』聖皇食不改糗餌。對之窮簷茅宇，歷歷如親嘗。何必樹皮草根，乃實有其事。時過寒食槐火新，味如角黍頗率真。採風問俗遇進野人製，作歌釐爾艱食民。

靈岩寺西入石路四用唐劉長卿韻二首

相識道林寺，劉長卿詩題作《道林寺》。重尋石路苔。雲飛巖豁閜，泉響徑紆回。梵琯隔花出，峰霞過澗來。人家比閈少，佛屋幾層開。殘碣不知處，高松依舊栽。寺有摩頂松，相傳爲玄奘手植。

宸遊山景熟，那問渡餘盃。曾印唐賢屐，猶然鋪緑苔。斯人何最幸，遺跡屢低徊。天筆頻邀賞，巖棲四度來。路辭樵父導，門訝法崇開。舊句崖曾泐，前遊樹尚栽。山靈亦知感，欲獻白雲杯。

靈岩寺禮佛作

聲繞鐘螺經滿壇，祝釐是處足臚歡。花開優鉢仍飛鉢，林入旃檀更爇檀。古洞白雲春靄靄，虚亭甘露草攢攢。白雲洞、甘露亭，寺中八景之二。願增慈壽同山壽，翠壁丹崖歲歲看。

駐蹕方山三疊前韻

江南濟北此名符，兩處山堪一處娱。况值敷天同壽域，相逢勝地即靈區。候占魯野非吴野，歌仰軒乎復蘉乎。龜鶴名泉知獻醴，雙鶴、石龜，方山六泉之二。試將瑞應判輿圖。

夕

山氣夕更佳，悠然萬籟静。好鳥猶送聲，斜月已出嶺。林昏聽如聋，澗白酌仍泂。流照芸編開，未炧松明炳。由來樂山心，岑寂自深領。

曉

似聞報春鳴，已覺山牕曉。香爐金爐温，漏催銀箭巧。藉非宵衣人，安見昧爽早。空翠攬最多，餐秀如欲飽。相契有羲輪，同此健行道。

登玉符最高處

方山絶頂何崔嵬，移蹕恰趁勤民暇。我皇蘸筆最高層，興酣直以山爲架。玄奘栽松尚指西，圖澄卓錫都在下。但聞疎鐘扣雲端，時見紺乳流石罅。探幽歷勝知無窮，就中數笏平如砑。造物有意分仙凡，仄徑可窺行輒罷。好相莊嚴誰鑿成，惠之能手倘曾借。唐楊惠之工塑佛，爲古今第一手。黄龍噴泉白露飛，黄龍、白露，並泉名。灑潤長清佐元化。雨花岩名數點還争春，梯磴千尋足消夏。金陵亦有玉符山，所恐相如名特假。

至泰安白鶴泉行館作

鬱葱翊葦氣長延，岱麓靈岩路接連。纔訪黄龍尋勝概，又看白鶴酌名泉。丈人峰近相迎矣，王母池邊一遲去聲焉。甘洌故應供茗宴，慈顔願駐萬斯年。

體元堂

堂以命名尊，須知裕化原。乾行停玉輅，慈壽茂金萱。春氣常隨幕，山光已入軒。體仁思長善，行慶惬推恩。望秩循初禮，如綸焕大言。日躋瞻聖敬，道岸睠焉存。

謁岱廟六韻

帝典燔柴重，天孫俎豆新。延釐尊聖母，錫福徧黎民。肇舉千秋禮，時巡二月春。呼聲同太室，瑞靄結重囷。昊紀逢連歲，堯年衍六旬。升中憑至德，休命自常申。

擬子建飛龍篇

極天巖巖，鬱確其崇。孔子《邱陵歌》：『題彼泰山，鬱確其高。』我皇東狩，至於岱宗。延祚坤維，受釐物始。以介慈寧，曼壽同此。何用丹藥，何有真仙。天龍負圖，《孝經左契》：『天子孝，天龍負圖。』神明通焉。化洽極蟠，治隆繼禪。膚寸之雲，崇朝而徧。雲行雨施，六龍時巡。天錫難老，布德兆民。

登泰山即事言志

三公秩首岱，五帝祭先青。《周禮·小宗伯》：『兆五帝於四郊。』注：『五帝，青曰靈威仰。』王氏曰：『帝即易帝，出乎震之帝，主元氣。』贊化仍宣化，棲靈復降靈。至誠無不感，明德況維馨。永賴一人慶，咸知萬國寧。生寅尊立極，冒卯祝延齡。鶴算添神筴，仙輿駐玉軿。香升近閶闔，臭達妥宮庭。分野占亢宿，《爾雅》：『壽星角亢。』弧南耀大星。《史記注》：『壽星以春分之夕，見於丁。』

登泰山七依皇祖詩韻

雲梯仙侶迎槎手，天闕鉤陳見舉頭。海水一泓杯裏瀉，李賀詩：『一泓海水盃中瀉。』齊煙九點檻前浮。歡呼孝治超千古，喜洽恩膏徧九州。七奉宸遊繩祖武，昭回又仰大文留。

日觀層巒紆一覽，時巡茂典遡從頭。廣塗魯國諸生集，絶頂吳門匹練浮。年問丈人殊絳縣，語傳孟氏小神州。衆山依舊看羅列，佳氣長因翊輦留。

五大夫松

五松昔未遇有道，蒼官假授秦封號。須知閲世已無存，豈真問年不知老。種松好事無時無，生逢盛代何榮枯。山中歲月曾未幾，形勢已成質榦粗。解帶撫摩來聖主，一顧之榮擅千古。品題幸列虞廷臣，冠劍趨蹌見風度。

賦得泰山不讓土壤得容字八韻

撮壤重霄聳，丸泥萬仞封。須知土不讓，共仰岱爲宗。厚積原無擇，安敦信有容。衆山憑一覽，百産自能供。層累斯胡底，躋攀竟絶蹤。後天無量壽，長嶽最高峰。出類人希聖，拘墟見益庸。即看雲觸石，寰宇澤春農。

曉發泰安府二首

曉發泰安府，延禧紀慶成。緇林應在望，岱麓早抒誠。舊館供留頓，春星戴啟行。麥苗青徧野，最愜省耕情。

曉發泰安府，迎鑾轍迹周。日高喧市估，春半喜農謀。鞭任看山拂，衣真待旦求。天孫知扈聖，積素遠峰留。昨晚微雪。

四賢祠行館疊舊作韻

名傳慶曆諸賢舊，宦學鄉儒列輩行。四賢惟石守道、孔原魯爲兖人，餘俱流寓。共業投書曾滿澗，孫石胡讀書泰山事。聞聲給事也登堂。孔道輔。帷宫緑映祠門柳，輦路青連岱畎桑。覽古惟期風俗美，宋初遺直感徬徨。

過汶河疊壬午舊作韻

仙臺新泰與萊蕪，燕尾環流抱此都。汶河之源有三：發於泰山旁仙臺嶺，暨萊蕪原山之陽寨子村，至州静封鎮合焉。見明人喬宇《記》。又國朝紀邁宜《汶河堤工記》：『源自新泰來者，爲小汶河。自萊蕪挾岱麓東北諸泉來者，爲大汶河。兩河環抱徂徠，而滙於大汶口，如燕尾叉。』兩岸麥苗看漸長，一堤柳色望何殊。試尋峻石波應帖，大汶口中央有峻石巍峙。回顧巉巖路未紆。指點分明成印合，詳御製詩註。早從閲視判形模。

麥　苗

汶水宜麥田，灌溉日復日。氣滋易敷榮，穎豎争茂密。恰看首種苗，『首種謂宿麥』，見唐臣王方慶疏。正應圜鐘律。仲春夾鐘卯律，長七寸。元韻『量欲盈五寸』。所厪望澤般，時哉無或失。如鍼狀已符，鋪雲功乃卒。林間快活啼，愛爾覆金術。《氾勝之書》：『子欲富，黄金覆。』謂曳柴覆麥根也。

題致本齋

東道行軒此暫停，齋顔致本座留銘。一人自厪急先務，百爾咸宜儀式型。即事是行還是訓，其間攸芋復攸寧。皇言孔思原相契，同異徒横虎觀經。

駐蹕泉林即景

泉林不到幾經年，風景分明在眼前。鳥語花香成妙諦，水流山静得真詮。層層麥浪經時雨，隱隱蓬壺起瑞煙。此際宸衷多悦豫，掞牋索句興悠然。

至泉林四疊舊作韻

舊是鑾輿臨甜地，魯經川上記分明。一城激水牆陰遠，《水經注》：『《從征記》曰：「洙泗二水，交於魯城。闕里背洙泗，牆南北一百二十步，東西二十步。」』泗水排沙樹影晴。《水經》：『泗水冬春淺澁，常排沙通道。』明月當頭寧獨印，青山負尾陪尾，一作負尾。自相迎。由來道統淵源合，妙旨如斯愜睿情。

春流喜值涓涓始，帝侍慈遊特地來。遲日安輿同眺覽，清音宸扆足趨陪。出山是處皆山也，取水曾聞曰水哉。遥羨從臣從下列，頻瞻聖藻此低徊。

泉林行宫晚坐疊壬午舊作韻

帷宫春麗晚霞侵，紅燒飛泉翠繞林。天趣溢從言外得，化機流向箇中尋。堯心先後皆同揆，孔思迴環詎異岑。就此摛辭如噴玉，衰齡賡韻愧清吟。峨碑巍焕照當年，聖祖神孫統緒肩。在後鴻猷仍裕後，無前偉績自承前。孝思已足光天下，心法相將契水邊。潭影悠悠兼晝夜，帝車斗運與推遷。

泉上六詠

皇　源

往來不舍有根源，一勺琤瑽石罅翻。道體無方因水鑑，在川默契更何言。

泉　雲

片段初疑水面雲，非煙非霧自氤氳。遥看作勢封中起，已到松梢五色分。

泉　風

巖前飛瀑瀉清池，林際春風着意披。吹萬何妨先一曲，坎流巽動盡如斯。

泉　石

玲瓏特占瀼東西，何處飛來映碧溪。玉子成形明可數，袖中東海價應低。『我持此石歸，袖中有東海。』蘇軾詠石子句。

泉　藻

叢生小草不知名，濯濯風摇映水清。葉底遊魚碍鱗鬣，只嫌纖影太分明。

泉　花

花光潭影共澄鮮，栽向那居分外妍。香氣無端來水上，静看疑是鏡中蓮。

雨三月朔日

春雲堆黯澹，亭午雨霏霏。唼荇魚兒出，啣花燕子稀。潤桃含笑靨，濕柳減腰圍。霡霂如膏澤，知時遍四畿。

於泉林雨景八詠

雨　泉

三穴由來注不窮，嫣亭今日雨濛濛。《水經注》：『魯國卞縣東南桃墟有澤，澤西際阜，俗謂之嫣亭山。阜有三石穴，自此四十里許，岡之西際，便得泗水之源，蓋謂陪尾山矣。』淵泉似此真時出，合併纔成澤物功。

雨林

一洗林端數日塵，自然姿致緑添新。相逢古蔭堂中客，古蔭堂爲泉林八景之一。莫是尼山假蓋人。

雨山

桃墟陪尾望中存，雨景糢糊一抹昏。多少蒙亨資利益，可知山下即泉源。

雨麥

泉水春來溉麥苗，衛公况肯挈瓶澆。唐李靖行雨事。效珍圖取西川穗，西川麥秀圖，見《宋史》。始信郊原潤未消。

雨花

杏臉桃腮正鬭奇，臙脂濕處鳥先知。徐熙没骨尋常畫，冒雨看來更不疑。

雨竹

擺取和風掃取煙，雨餘竹兔走獮猭。却教洗得娟娟净，轉似文同淡墨然。

雨幕

川上俄看列幕稠，連營杙處有深溝。朝來對景吟成候，早釋祈甘蔀屋憂。

雨舫

陸處依川作榜形，浪花無際雨冥冥。篷聲似聽菰蒲響，唐人詩：『蘆葉有聲疑霧雨。』解纜仍同繫纜停。

夜雨二首

暝色連春雨，濛濛濕更濡。知時原可計，潤物豈能無。殘漏催難定，鳴泉響欲俱。停鑾勤問夜，屏翳肅前途。

猶是東山雨，從知六幕濡。夜聲澄衆有，元氣浹虛無。燈檠清能伴，麥秧渥已俱。明朝看饁餉，抃躍更填途。

曉

初聞雨點稀，未覺晨光泮。喚起鳥名語深林，鑾輿入清旦。山巔宿靄收，樹杪齊煙判。濺濺泉水流，漠漠杏花粲。晴雨有先徵，課量可預斷。漸看景物暄，宸遊得奇觀。

風

五日風春風，杏纈吹已去。十日雨春雨，柳綿吹又聚。雨師與風伯，默默自展佈。落英水面飛，文藻於焉助。噓氣試薄陰，當春亦無慮。想見萬壑中，濤音吼松樹。

復雨

野徑雲堆細雨來，高吟天藻句頻催。秧田潤處真濃也，麥隴飄時已渥哉。乍別泉林猶繫戀，遥瞻闕里尚低徊。林中又聽鳩呼婦，草色如茵翠輦迴。

上巳

題糕識秋九，脩禊正春三。欲賞陽和景，來停紫陌驂。園中花灼灼，堤外柳鬖鬖。何必流觴泛，方諧勝事探。

曲阜道中作

青蒼出沐九峰寒，着雨霓旌半濕竿。望見五雲知啟蹕，道旁鞠𦣻早騰歡。

鄒魯遺民擊柝連，帶經鋤不廢於田。聖人鄉近聖人至，言孔孟言豈偶然。
香導金猊夾仗排，雞人纔報卯時牌。馬頭鮐背紛紛集，大遂經年望幸懷。
慰爾春農曰雨暘，改觀迅速麥苗長。豐年總是天家澤，歌詠東人篤不忘。

至闕里瞻拜因成八韻

過闕陪慈輦，升香達聖心。尼山高可仰，泗水蹟重尋。絃誦聞陬邑，鸞旂集泮林。文章超往古，性道接來今。展禮冠裳肅，登階廟貌欽。千秋師表在，幾度翠華臨。德業門人紀，經綸後聖任。釋芹違九載，瞻拜意彌深。

三依皇祖過闕里詩元韻

惟聖能知聖，淵源共一堂。入門思禮器，望道切羹牆。絶學尊無偶，斯文澤孔長。心傳承百世，瞻仰肅衣裳。

駐蹕古泮池疊丙子舊作韻

泮池最古傳東土，曾展鸞旂此獻功。地儉遺墟因少皞，道隆太廟有周公。魚依泉水芹莖碧，鳥下牆陰桑葚紅。駐蹕詩成心企切，金絲不遠魯王宮。

闕里祭先師禮成述事

重謁緇帷十八年，精禋孚格禮尤虔。文章河嶽星辰燦，道德金聲玉振宣。統系獨承千載脉，治隆真荷一人肩。聖心每自昭乾惕，瞻望宫牆倍肅然。

賦得手植檜再疊舊作韻

古檜宣尼植，三才得天地。托根真使獨，受氣永相傳。左紐渾忘矣，老檜再生時，有左紐文。青牛或化焉。蘇軾《詠檜》詩：『地連丹砂井，物化青牛君。』屈盤如鶴立，蒼翠似龍纏。香葉栖靈鳳，虬枝拂瑞煙。清芬還自茂，已歷歲三千。

題乙卯登基遣祭碑石陰

試果云然人亦云，由來一見勝千聞。萬年有道龍飛日，早向靈鼇卜右文。碑石有金鐘玉磬音，今試之果然。

金絲堂用前題韻

壁奏金絲昔所云，六經奕禩共尊聞。如天廣大新題在，揭示儒林式至文。元韻『聖道祇如天廣大，神奇反覺小斯文』，仰見聖學純粹，體道功深，於易簡中庸之旨，有心契脗合者焉。

詩禮堂

聖門垂訓本無奇，詩禮真於今古宜。漫説子禽稱善問，傳賢傳子實兼之。

古泮池疊丁丑舊作韻

釋奠臨環璧，依然仙仗停。方池流更碧，古柏色常青。殿廡重垣峻，橋門一水渟。泮林諸博士，額手祝慈寧。

過陋巷顔子祠

巷曲千秋焕廟模，簞瓢食報信非誣。曾云昔者於斯矣，孔曰賢哉其庶乎。克配饗堂占道泰，何殊燕鎬笟雲需。顔子簞瓢陋巷，樂可終身，而爲邦一問，子直告以四代禮樂。論者謂其王佐之才，不屑一官一邑，實則不遇明王，故用行無日耳。伏讀御製云『道在寧逾食飲，需覺酒醴笙簧』，千載而下，如覩唐虞嘉會也。式閭聖主懷王佐，天筆長留照臒朱。

恭和御製錢陳群奏進所書登岱祝釐頌及御製詩文并賡韻詩册至因成是什書以賜之元韻

聖世壽民時善頌，三朝柱史日惟欽。還鄉猶飫千鐘禄，報國祇平聲憑一寸心。引領紫宸傳鉅製，頻書銀管托微忱。何期休鳥飛鳴處，忽下鈞天韶濩音。

乾隆三十六年辛卯，恭遇皇太后八旬大慶，詔舉東巡典禮。仲春下浣，上駐蹕德州。適臣遣家人奏獻《登岱祝釐頌》，及昨歲奉敕恭和恭跋御製詩文，敬繕册子以進。使旋，奉到此次蹕路睿製詩百三十首，中有賜臣長律一首，跪誦之下，感悚交深。伏念臣衰老餘生，叨沐聖慈，至優極渥。每於賡颺元韻，少抒依戀微忱，且藉此得蒙開示愚陋。兹恭繹宸章，分忘天澤，恩渥雲霄。而格律渾厚，思致纏綿，在唐宋盛時，燕、許、潞、温所未能得者，臣何幸際此殊遇耶？敬書賜詩，并附恭和於後，仰祈訓示。臣不勝惶悚，感愧之至。

恭和御製賜兩江總督高晉元韻

釐吏求章肅遠迎，岱封裒對共抒誠。朝宗江海勞宣化，財賦東南重責成。治水安瀾看湜湜，得人爲國念怦怦。康侯三接傳殊遇，蹕路春隨慶賜行。

二兒汝恭部選蜀之洪縣引見時上霽顔問汝父在家佳否汝恭免冠叩謝隨調衛之新鄉令因得歸省留數日促其行詩以勖之

天語殷勤下紫宸，許兒捧檄候嚴親。他時重較觀風日，要看淇泉易使民。

香樹齋詩續集卷三十三

恭和御製幸熱河各體詩

伊犁將軍奏土爾扈特汗渥巴錫率全部歸順詩以誌事

得鹿原由鹿，熙朝事最奇。歸仁理所致，面内信如斯。托命知天大，求生望雨施。恩綸周且悉，廷議更奚辭。

舍楞昔負慝，竄迹腦温俄羅斯江名。濱。萍梗同飄泊，蓬麻或等倫。耕屯依土著，游牧附邊民。繼述成先志，還咨綏輯臣。恭讀《御製土爾扈特全部歸順記》，仰見睿慮周詳，仁育義正，尤非自古帝王招攜懷遠者所可倫比。至善後事宜，惟在經理大臣悉稟恩諭，綏輯盡善，俾絶徼遐荒，咸躋仁壽之域，誠史策所未有也。

七月十日啟程幸熱河駐蹕木蘭行圍即事疊去歲啟蹕詩韻

常時租賦免經過，又見霓旌指熱河。蹕路恩膏加潦歲，塞田禾稼滿巖阿。已占茆卯叢生易，《漢書》：『冒茆於卯。』注：『師古曰：「茆，謂叢生也。」』尚厪柔金水漲多。即景課量農事在，高低豐歉判如何。

喜晴七月十二日

由來喜雨心，不抵喜晴倍。雨餘忽遇晴，日色如散綵。晴雲乍浮空，雨雲已赴海。秋成望少紓，宵旰憂暫解。古帖繙時晴，休徵行可待。

白河水漲待橋未成因暫返御園恭問皇太后安即事書懷

白檀積雨河流漲，坐待杠成伐木揸。占候未妨紆日馭，問安彌厪望雲慈。逡巡水落農功集，次第風高獮政宜。遲爾迎鑾諸父老，情殷早荷一人知。

處暑

殘暑何能卻，新涼亦任招。扇携幾望月，是日爲月之十四。衫换舊熏潮。即用范成大詩意。樂歲偏逢潦，憂民鎮欲焦。遥知對時處，小甜待成橋。

河南巡撫何熠奏報黄河伏汛已過工程平穩詩以誌慰

霖潦兮年覺勝常，豫河是處厪隄防。驚聞使旅兼程至，喜見封疆奏牘詳。睿慮周時旋受祉，人功到處孰爲殃。還憑北顧紓南顧，兩界安瀾入報章。

兩江總督大學士高晉總河李宏等奏報黄河水勢漸消詩以誌事

黄河天上來，奔流滙江省。尋歸赴尾閭，相度慎要領。我皇握金鑑，南顧一再省。異漲逢辛年，思患期底定。叶議欲殺其衝，必先洩其猛。減壩啟王營，力能奪鴻涬。釃流暢支條，增庳及顛頂。培堰各脩防，護埽更加餞。叶要令清水强，庶幾黄流靜。披圖念停淤，運道濬宜併。上閱河臣所繪圖，深念河過沙淤，有妨運道，特諭高晉等量施人力濬治，毋專待清水滌刷，仰見睿畫周防，瞭如指掌。痌瘝厪下邑，撫卹逮微眚。由減壩洩水之清河、安東二縣，已得邀恩撫卹。嗟彼草屋人，九重覩艱窘。詩成民隱宣，澤國感且幸。

恭奉皇太后啟程之作

五雲迢遞護金萱，曉色曈曨敞御園。雁塞涼生迎啟蹕，魚梁水落送行軒。扈隨甸服連荒服，入覲新恩浹舊恩。一例高原看刈熟，潦痕深淺與評論。

出古北口

金水天一生，柔剛或倍蓰。驗辰於已往，辛未及辛巳。今秋辰在辛，驟漲致城圮。習者早豫防，計惟避而徙。惟於漲落後，廬舍被衝耳。六龍晨所經，凝睇周涯涘。築城本衛民，再傾亦再峙。古有讓地言，善籌其讓水。讓水民安堵，橐鼓可勿屢。叶幸際太平時，金鏡其視此。

關　外

又見從東貢渥洼，款關雁信送音佳。風翻穲稏連畦動，露洒珍珠萬頃排。野渡漲消還架木，茅簷葉落自添柴。塞農久佇迎鑾目，此日輿情愜睿懷。

北　來

西風禾黍儘消愁，一望原田便豁眸。沃土靠天常得歲，塞外山田多以靠天爲名，而地頗肥沃。陽坡經潦尚宜秋。輕程漸覺旌門近，古道猶看轍迹留。舉目民天關至計，豈徒得句紀官郵。

灤陽別墅

翠罣遥飛駐水陽，扶疎古木繞深堂。林中鶴去移清影，峰外雁過帶早涼。雲薄秋高看似幻，溪迴風激走如狂。漲消迅速村農悦，多説今年稼不妨。

至避暑山莊即事有作

橋臨輦路先去聲扶培，十日功成如子來。鳥語花香相應接，山容水色自縈回。奉慈愛日承歡永，懷遠秋高錫宴陪。萬樹園中佳氣爽，又看籬菊幾叢開。

秀起堂

到來仙館静居諸，始信人間總不如。有約青山圖畫裡，無窮好句爽晴餘。秋巡秘景於兹領，幾暇幽尋致不虚。臣是玉皇香案吏，幾生得侍此看書。

出麗正門恭迎皇太后即事誌喜

佳日安輿穩步移，輕程按候自恬怡。九重色養真無量，萬國歡騰正及期。番部躬桓來織絡，塞垣父老拜仳池。蓬山風物分明是，天保時康詠罄宜。

題宜照齋

蒼然山色正當門，宜照高齋踞古原。屋角松風隨雁度，峰腰檞葉帶鴉翻。偶於事理徵新得，不是幾餘避衆喧。克廣皇心同絜矩，由來道義本存存。

登四面雲山亭子

雲山性不因人熱，揭示何分暫與常。自是天心得深會，要於幾暇領清涼。生來面面起嶙峋，董巨倪黄各入神。題柱若教隨鳳紀，不知幾許闕庚寅。元韻『歷觀題柱闕庚寅』，注：每歲至山莊，必登此亭，登必有詩題柱。昨歲因朕六旬慶典，中秋後始啟鑾，至熱河駐四日，即幸木蘭，未及登此，遂闕題柱。臣恭讀至此，因思鳳紀再周，繼此而後，永循此例。《書》曰：『欲至于萬年。』《詩》曰：『天子萬壽。』臣詩亦云。題詩閒愛賞晴巒，雲影天光彙筆端。信手天章天所縱，不居仁知尚稱難。元韻『欲去陳言戛戛難』。

玉岑精舍

樂山幽寄賞偏深，偶下高峰此重尋。幾暇便攜詩本到，秋高又擬對時吟。化機自洽鳶魚性，理藴常涵天地心。指點烟雲凝靉靆，鳴鞭緩緩度遥岑。

晚荷二首

塞上風高香尚仍，舩牕霞蔚一爲憑。荷花隊裡後凋者，此或能承君子稱。塞河荷花入秋猶盛，較他處獨遲。

綽約丰姿翠蓋停，採來特地獻慈寧。拈毫一笑吟成候，内侍猶擎幾點星。

即　事

巉巖圍繞玒清娱，遠似層城近似郛。竝塞風高來㖃雁，臨溪水闊有飛鳧。量平聲松解帶銀濤湧，掃石留題碧蘚鋪。孔性堯心隨處見，知仁流露信兼乎。

熱

塞上涼宜早，山中景未更。不須驅薄暑，猶得喜時晴。林静添蟬噪，泉喧應谷鳴。田功看按候，先後報秋成。

千尺雪

千斛銀河無定源，一條界畫此山園。華嚴樓閣經彈指，个裡真銓契聖言。元韻『因而有悟爲文法，氣以行之緒是言』，指點爲文妙諦，真最上乘語。

憑誰注向白雲潯，聽雪還餘不盡音。鄧尉田盤各標勝，山靈應羡六飛臨。

永恬居

迤邐谷中行，新秋物色清。澗泉通略彴，煙靄接飛甍。净几芸編展，晴嵐翠黛呈。怡神兹一憇，好鳥弄聲迎。

創得齋

齋中白石與清泉，景物無窮在眼前。偶一來遊皆創得，欣於所遇有同然。瑞靄秋深空際籠，當庭鶴舞影氋童。種松漸老添形勢，學作之而散緑鬉。

夕佳樓

一樓暮山色，恰對夕陽西。粉本峰峰换，新詩處處題。煙凝隨靄遠，鳥下入林齊。設使看朝爽，還歌雲爛兮。

過東嶺遂至水月菴

登樓已挹西山爽，探勝更陟東嶺東。清景滿前寫不盡，倪迂黄癡將無同。衆山羅列分佳氣，過嶺一望尤蒼翠。由來障日因峰多，豈若峰陰暑堪避。

罘移木杪青摩天，俯視萬品躋層巔。花宮鐘磬響逾静，山中節候仍推遷。洞壑宜涼復宜暖，以水印月月常滿。至人妙諦因詩宣，隨處能將法輪轉。

山心精舍

信是空山生道心，結廬異境趣偏深。鹿因暑退鳴相逐，蛩爲涼多咽復吟。十笏真成止觀静，六時可悟去來今。幾餘少憩覞來復，牕外扶疎幾樹森。

新　月

甲子計重周，秋月此重度。裁帖擬詞頭，丹桂含芳處。一彎應上弦，碧落霏珠露。鼻觀聞妙香，眼界領真趣。詩成玉繩低，雲裏纖阿住。

即　景

好山宜雨復宜晴，拄頰真看爽氣迎。繞屋虬松鋪作蓋，映階翠蘚踏還生。鳥如對語遥岑碧，魚若空行遠澗清。即景吟成思祖澤，書齋萬壑有同情。萬壑松風，上潛邸讀書處。

桂

蟾窟分來第一枝，塞垣開處正秋期。錘峰晴挹香偏遠，灤水烟籠粟自垂。種向仙莊多秀氣，賞從天上有新詞。喜乘桂檝瞻雲近，延佇還深千里思。

錢陳群奏進謝恩詩至即以其韻答之並書以賜

晷刻殫勤同禹敬，文思疊焕本堯欽。瞻天漸近三霄路，戀闕常馳七載心。臣自乙酉春，恭遇皇上四巡浙水行在，屢蒙召對。閲今辛卯，已七年矣。芹曝喜逢長壽節，梯航争獻祝釐忱。扶筇計日趨丹陛，又拜宸章一矢音。

恭和御製一字至七字體五倫詩元韻

君。基命，子民。作元后，惟聖人。作覩萬物，從以風雲。四表仰格被，九疇敘彝倫。會極歸極同軌，斂福錫福一身。克明而類亦克長，如神之智如天仁。

臣。正己，致君。后克聖，臣哉鄰。行以達道，資於事親。忠貞志不屈，精白心乃純。徵角相説汝聽，宫商叶應以倫。許身竊比稷契佐，承流澤被堯舜民。

父。詒孫，繩祖。爲子鵠，興孝矩。敷菑既勤，竦橋自樹。靡瞻即靡依，有恃必有怙。義方率下劬勞，慈覆戴同煦嫗。寬惠有禮道乃成，《荀子》：『請問爲人父？曰：寬惠而有禮。』實厚貌薄是所取。《韓非子》：『實厚者貌薄，父子之禮是也。』

子。負薪，懸矢。家督稱，家政委。敬愛致文，《荀子》：『請問爲人子？曰：敬愛而致文。』綱紀乃理。克家爻可參，昔構喻誠旨。裕後庀乃雲仍，承先光厥祖禰。象賢式穀無歉然，先意承志斯善矣。

夫。親之，《禮》冕而親迎，親之也。尊於。《白虎通》：『夫尊於朝，妻榮於室。』化之本，教之模。百行是飭，三綱以扶。擇德有良匹，内助乃不孤。能倡一家咸理，有依百室奚殊。敦懞以固斯可矣，《管子》：『爲人夫者，敦懞以固。』致功不流其庶乎。《荀子》：『請問爲人夫？曰：致功而不流。』

婦。齊眉，白首。壼範遵，女憲守。孝養尊嫜，善事君舅。但得班昭賢，何嫌孟光醜。琴瑟静好宜家，蘋蘩有齋在牖。相待如賓事可師，持久寬裕道宜剖。《後漢書·曹世叔妻傳》：『敬順之道，婦之大禮也。敬非他，持久之謂也。順非他，寬裕之謂也。』

兄。若手，如肱。率同産，敬所生。庭敘天顯，户起孝聲。爲長殊不易，推肥有至情。家事豁而後處，宰府讓以先徵。况父之法固可則，《白虎通》：『兄況也，況父法也。』謣謣之弟亦可聽。《説苑》：『兄有謣謣之弟。』

弟。克恭，至悌。從兄名，自長始。書重友于，雅歌具爾。朝典宗爵酳，幼儀辨韠韋。叶同師而學一也，比順以敬尚已。《管子》：『爲人弟者，比順以敬。』聚若德星信難哉，連爲圭璧亦賢矣。

朋。晨夕，邁征。麗澤益，天衢升。德業互進，家國俱興。要得斷金利，無媿盍簪稱。攻錯他山石取，和鳴空谷聲應。皐夔元凱傳盛事，二十二人洵有徵。

友。交寡，静有。貴知心，樂聚首。佐虞者七，《國策》：『舜有七友。』興周者九。縞紵僑札通，膠漆雷陳守。同道同術相期，燕朋燕辟毋誘。千載上如親炙之，天下善士其足否。

臣竊惟人倫本乎天秩。堯曰敷教，舜曰察倫，禹敍彝倫，湯脩人紀。自古帝王，脩齊治平，權輿於此。我皇上文武神聖，悉本仁敬孝慈，以爲推暨。兹借唐賢一字至七字體，衍爲五倫詩十首。語本六經，理該萬彙，指示親切，意味深長。聖人爲人倫之至，天藻與日月同光矣。臣憶十載前，祝釐來京，直次恭讀《御製補雅六詩》，教孝敦倫，務本皁物，直追四始，與典誥並隆。臣曾敬書陳設，爲多士楷則。今得賡和睿篇，曷勝欽忭。附繕册尾，恭呈御覽。

恭和御製漁樵二十詠元韻

漁　網

撒網雲滿天，舉風雲在手。漁人樂魚樂，生機隨處有。仁化遍鯤鮞，數罟所勿取。試問澤國中，有不咸若否。

漁罩

施罛淺渚中，遊鱗集荇澤。但趁朝夕潮，不尋去來跡。得失本無心，多少究何惜。生涯一罩輕，忘筌更奚索。

漁梁

蕭蕭荻橫渚，淲淲波穿籬。劃然煙水中，蓮葉東西迷。江湖本相忘，箄笱從教遺。寒雲下雙鷺，畫意天工爲。

漁叉

持矛沿斷岸，直鈎非綸竿。夜火一星照，良宵肯棄捐。簎魚禮經載，以時取重淵。仁澤頌於牣，寧有鯫生歎。

漁種

手把種魚經，云自鴟夷子。九洲六畝池，策策旋挹彼。臨風辨白萍，轉瞬成赤鯉。早識鱎與魴，陽晝真佳士。

漁笭箵

佩此如腰鐮，小大取適用。吹火荻花中，一斗霜鱗重。得錢笭箵空，意氣自豪縱。買酒對月斟，此樂誰與共。

漁　菴

屋小亦如舟，半水半在陸。團瓢誰所成，韋茅隨意束。春潮上松扉，江風響簷竹。月明好放船，歸共鸕鷀宿。

漁　磯

遥山斂餘照，小甜塵跡絶。枕石遲歸雲，跳波看噴雪。無魚意亦佳，空影静可悦。何須雙骭留，多事濠梁説。

漁　簑

雪意壓孤篷，寒簑釣江水。禿鶖羽褷褷，聊亦蔽吾體。青浮螺色佳，碧漲魚紋起。念彼芰荷衣，製或仿諸此。

漁笠

披簑弄漁艇，笠子何團團。冒雨入遠浦，伺魚下前灘。取携惟自適，去來有餘歡。太平蒼鬢叟，奚羨進賢冠。

右漁具十首。

樵谿

托迹在巑巒，結侶緣溪進。富媪無棄材，入林往何吝。曉烟複谷深，宿雲芒屩潤。知有汗漫人，相招上尋仞。

樵家

嵐光下叢薄，先到山人家。風葉滿庭户，籬落從攲斜。劚雲自尋苓，帶雨還鋤瓜。四時佳日多，此致餘清華。

樵叟

頳肩不知疲，久矣烟霞老。小松已拏雲，逢春尚妍好。笑指舊樵路，石磴藤蘿繞。倘從許斧子，豈羨彼商皓。

樵　子

生小習樵蘇，析薪克負擔。嬉戲岩谷間，居然太古念。矯似鷹脱韝，捷如猿出檻。叶莫辨山澤材，攓雲貯幽闞。

樵　徑

雲深不知處，歸路失所由。或逢仙人奕，或遇開士脩。盤旋古木古，披拂幽篁幽。一笑問終南，吾生更何求。

樵　斧

行行執斧戕，豈屑遠揚遠。取材何必多，量力便當返。邪許應重重，和歌聲宛宛。誰知空山中，蒼然生意滿。

樵　擔

束枯不取枿，留此山中春。候門有稚子，自喜能負薪。所惡貨棄地，遑惜勞吾身。擔歸一大嚎，長作蓬蒿人。

樵　風

好風拂面來，攀陟無所避。松下生微涼，谿行送清吹。鳥聲幽谷應，平聲人語空巖墜。早晚不知寒，衣褐山家備。

樵　火

夜爐富薪蒸，寒谷春温在。誰分鑿壁光，爲問入山採。茅屋爇松明，明月不須買。寄語蘇源明，照字功真倍。

樵　歌

亦有笑士懷，偶作無心曲。不知宫與商，皓皓出林隩。青山多古歡，仙侣自相逐。爛柯及桃源，誰能辨水陸。

右樵具十首。

恭慶聖母崇慶慈宣康惠敦和裕壽純禧恭懿安祺皇太后八旬萬壽樂府謹序

臣謹案帝王世紀，自妊姒附寶，胎炎孕黄，至女節景僕，實生少昊、顓頊，誕育伊耆，厥有慶都。是以五帝三皇，壽皆千萬。惟天地母生天地主，壽世壽民，均禧衍慶，有自來矣。欽惟聖母皇太后慈覆萬有，母育群生，福備箕疇，化隆熙皥。我皇上以天下養而孝道昭，合萬國歡而孝治大。乃益仰體慈仁，恩覃錫類，内而臣工耆庶，暨外藩部落，莫不躋之仁壽之域，納諸福禄之林。古泰上成鳩之道，周洎徧照，萬年一范，莫盛於兹。臣於辛巳面闕呼嵩，蒙恩賜杖，獲於九老高會，閲今十年，恭遇慈壽八旬，駢算彙籙，增熾而昌，諸福之徵，無不備至。臣以耄耋餘齡，躬申祝嘏，葵藿之私，曷勝榮幸。臣惟聖母德厚載福，雖《詩》《書》所載，有莘有娀，誕啟夏商，姜嫄任姒，徽音周室，未足方比。史稱福壽隆貴，訓流國闈，如漢明德、宋宣仁，又何述焉。臣陳群弇陋不文，敬陳我皇上延洪錫羨，推本璇闈，臚次崖略，擬成樂府九章，竊附衢謡，以當華祝。

坤維

天眷佑我清，篤生聖母，誕毓聖主。延期流祚，鞏億載丕基，爲《坤維》第一。

體太乙，運大鈞。鎔蒼昊，配紫旻。襲氣母，揖殊仁，嫗掩百族子兆民。宫中化而柔雍，儀巛天下以式型。内壅鴻基，外懷異域咸抒誠。覆露普汜，品物元亨。蠉飛蠕動跂行噱，息以時仰德而生。至哉坤維固且寧，富媪蕃鳌翊永清。

右《坤維》，一章十八句。

泰元貞符

黄帝紀元起辛卯，慈禧鳳紀，週甲而遇，爲《泰元貞符》第二。

惟泰元，肇萬紀。協貞符，應昌期。叶歲在重光日壬癸，冬爲安寧。元下起璇籥，葭飛玉琯迴。圜壇蒼壁煙霏霏，叶光景披祥霽虹隤。如川之至莫不增，增受神筴周復始。天開景祚胙天子，敬拜泰一上文母。叶

右《泰元貞符》一章十四句。

德車至

天行奉慈輦，所至仁周恩洽，爲《德車至》第三。

大安輦，金根車，至尊陪侍六龍輿。手掖鶯衡行衙衙，音魚羽蓋華蚤前後趨。春夏藕館御宿，秋冬饗飲校獵，按時温凊怡以愉。巡狩四郊，存見耇老寡孤。所過勞軍減役，徧問守臣治狀賢不。叶遂東至遼左，西登五臺，叶南禮大江，北過灤水，中歷嵩少開三呼。開三呼，

千萬載奉慈娛。

右《德車至》一章二十句。

嘉澍應

歲遇田禾待澤，密禱宫中，甘液旋應，爲《嘉澍應》第四。

自我天覆，雲之油油。祥應將至，協氣旁流。氣調時豫，致此奚繇。曰我聖母，璇宫步求。祝先持鼎，訓切劭農。叶風雨順易，秔稻盈疇。津莖表沃，荷臿雲優。非畿縣，六幕九州。膚寸之雲，曾不崇朝。叶含和吐穎，歲乃有秋。

右《嘉澍應》一章二十句。

泰山高

春二月，上延鑾泰岱，爲《泰山高》第五。

泰山高，高無極。海水深，深莫測。天都如蓋海如帶，豈比慈鑾與聖德。我皇孝治邁重華，岱嶽春因祝鑾陟。青帝承令布陽和，玉女獻秀呈祥色。呈祥色，五老降迎九仙翊。延光勒崇垂千春，騰華照寓昇初日。延光騰華臻孝熙，陋彼金泥銀繩七十二君躅。叶倏風慶煙，騑騑翼翼。發靈者岱，含潤者瀆。叶奔奏屬車各揚職，用錫下民受恩福，叶慈寧願之壽千億。

右《泰山高》一章二十三句。

土爾扈特徠

秋八月，土爾扈特汗渥巴錫率全部踰萬餘里内附，爲《土爾扈特徠》第六。

大海蕩蕩，群流赴之。聖德芒芒，遠人慕之。在昔夙沙歸炎，有苗格舜。珍羽既納，白環載獻。亦越漢京，奇木附枝。騶牙先見，豈若今兹。邇臣日域，逖賓月窟。氈裘皮服，山栖海竄。莫不均禧感和，含懽革面。於時準夷四衛之土爾扈特，稽首伊綿峪，起舞悚息。上奉觴上壽，曰惟聖母之德，非予一人之力。

右《土爾扈特徠》一章二十五句。

萬年玉册

諏日加上皇太后尊號，爲《萬年玉册》第七。

符天媲昊我聖母，誕育聖神天下主。叶歡臚萬國福九有，朝慶鱗萃工難圖。重譯畢至狀睢盱，四廂樂作兩陛趨。嵰州甜息霞爲漿，青麟作脯駝作羹，叶重觴醴飲樂未央。山莊布金名普陀，轉大法輪聲鐘螺，金經葉葉寫貝多。天降祥錫集聖躬，尊親歸善百福宗，美意延年覆載同。精璆玉册萬年寶，晉上徽稱紀辛卯，安惟敦仁祺壽考。

右《萬年玉册》一章十八句。

麟趾

上承歡介祉，慶詒五代。爲《麟趾》第八。

麟趾振振，螽羽詵詵，慶承奕葉綿來舄。詵詵螽羽，振振麟趾，受天戩穀詒孫子。歌螽羽兮歌麟趾，母京室兮超任姒，俾天潢兮多受祉。

右《麟趾》三章，章三句。

弧南耀

壽世多，老更行，慶首被渥澤，爲《弧南耀》第九。

弧南一星耀紫垣，列宿之長明亢躔。聖皇御極初週綺甲亘億齡，億齡萬歲奉慈懽。朝有艾福臣，衢有擊壤老人，暨黄耇之士，鮐背之民。沐藉舜日，餐佩堯仁。錫民爵一級，賚士登朝紳。遊敖嬉戲如小兒狀者，飽飫粟肉被服温。蔀首再閏紀昌運，各各獻壽朝楓宸。耆英高會列三九，請歌雲爛賡星陳。

右《弧南耀》一章十八句。

恭和御製錢陳群來京叩祝聖母萬壽詩以賜之元韻

水驛山郵幾涉攀，紫煙深處覲天顔。渥恩慶溢葭灰候，温諭春回黍谷間。三祝人抒多壽頌，九疇帝錫列仙班。臣叨與九老爲林下諸人領袖，曷勝榮幸。據鞍捧得驪珠顆，耄齒猶慙馬未閑。恩賜禁中乘馬。恩命再入九老會，恭紀廿載林栖紫邏煙，臣世居鹽官之紫邏村。賡颺韶濩近千篇。重趨鼇禁仍攜子，再拜鳩扶許學仙。寵秩久慚白傅老，領班新注潞公年。在籍九老，蒙恩特許臣居第一。祝鼇優眷傳佳話，鶴髮銀鞍緩着鞭。

奉敕恭和命九老等遊香山再用白居易詩韻

陽回黍谷春隨履，會約蓬山雪滿鬢。昌運萬年週綺甲，勝遊十載繼清娱。辛巳年恭遇慶典，蒙恩得與九老之列，曾賜遊香山繪圖。攜笻躡薜仍忘憊，解帶量松幾許麤。驂假禁中將子侍，蒙恩賜禁中乘騎，并令臣子臣錢汝誠隨侍出入，是日侍遊。鹿馴巖畔當童扶。煙霞好換新詩卷，面目應慙舊畫圖。歲數三千人廿七，問他桃熟又開無。

奉敕敬題恩賜御筆仿梁楷潑墨法以臣詩中鹿馴巖畔當童扶句爲圖仍用白居易詩韻

捧來潑墨傳仙藻，願乞松煙上鬢鬚。曾入雲來窺秘景，再遊文囿得嘉娱。案頭突見瑶光麗，鹿爲瑶光之精。檐際猶餘雪片飌。前一日喜得瑞雪。學步敢誇黄絹好，臣才思弇拙，奉敕命和，方深慚，而過蒙天語褒嘉，益增惶悚。拜恩況重紫團扶。蒙賞人參一觔。香山眷許成三會，蓬壁榮珍第四圖。臣林棲後，曾賜《如意》、《石芝》、《橋梓》三圖，今拜此，合爲四圖矣。慎保餘年承雨露，昇平此樂不能無。

臣陳群昨奉敕恭和命九老等遊香山再用白居易韻呈覽中有鹿馴巖畔當童扶之句寫野老山行景況乃蒙激賞並賜特仿梁楷潑墨法一幀臣謹依前韻賦謝敬題兹又頒示御筆第二幀伏讀御題指示詩中境界雲門之奏瓦缶之音相懸霄壤仰蒙睿訓慚悚滋深又蒙聖慈弆石渠以爲臣陳群重來之驗臣草木餘年得沐生成雨露自當益加葆攝以副恩主優眷臣何勝感激懽忭之至仍依前韻敬題一首

隨身再賜新藜杖，橐筆仍攜舊鼠鬚。逸趣特邀天上賞，閒情祇稱野人娱。廿年幸耳咸韶盛，臣予告旋里，蒙恩頒讀元韻六七百首，無美不臻。晚年詩境得稍有進，感謝難名。暮齒方知元白鼺。觸處拈毫皆妙藴，偶然潑墨有神扶。畝邱願繼申嵩祝，蓬島欣重入瑞圖。堯舜璇闈堯舜主，徵祥紀美古來無。

乾隆辛卯冬陳群祝嘏來京荷蒙聖主渥恩仍直内廷再與香山高會奉敕仍和白居易詩韻隨承諸皇子皇孫次韻見貽體格雅正詞旨謙冲益服聖朝家法美盛陳群耄齡荒殖勉和一章殊形蹇拙慚愧

慚愧

振振天上多麟趾，不棄林栖雪鬢鬖。爲善樂時方有得，讀書佳處總堪娱。道從體認功能密，詩到温柔語不麄。藹吉親承心一寫，蹣跚再拜手爲扶。慚叨雒社論年會，喜接堯衢擊壤圖。元愷由來傳盛事，可知古有豈今無。

諸城金沙兩相公暨額駙福大司空奉命假予馬於禁中乘行祝嘏禮成以馬還三公并詩留别

誥許銀鞍入紫宸，諸公贈我玉麒麟。十年扶杖申前約，香土輕馱百歲人。

恭和御製錢陳群來京祝釐禮成遵陸南旋詩以賜之元韻

瑞雪纔飛入臘前，臣心戀闕自迴旋。法書命跋教垂後，奉敕敬跋《欽定淳化閣帖》後。大藥頒嘗爲引年。恩賜人葠一觔。都市笑看重較馬，用《淇澳》詩衛武公年將九十時事。闕津争羡米家船。御書寳繪，臣拜賜獨夥。萬年連理皆隨手，臣於十載前所拜賜杖，恭鐫『萬年天子賜九秩老臣扶』十字。今年賜杖，則天然連理藤本。感喜能無復悚然。

奉敕敬題黄子久畫恭和御題元韻

流傳神物事最奇，造化所到聖所知。大癡真跡不多得，況此筆墨尤淋漓。臣年耄矣趨秘殿，敕許題句快覩之。嵐光臣匝雲影驟，元氣蓊鬱神明隨。正名考譌富天藻，藝苑傳信森脩眉。諸家辨證互真贋，是一是二夫何疑。記里宸遊後車載，興到領趣呈坤倪。雪溪唐跡曾寓目，雲煙夢想猶追思。王維《雪溪圖》向弆項氏，臣與同里，幼時曾得一見。畫禪先後歸秘笈，非神呵護誰之爲。神所護者壽永永，歡喜讚歎奚嗟咨。珠璣敬展拜手讀萬遍，豈如歐陽三日坐卧索靖碑。

奉敕敬題御筆仿柯九思鳳尾竹畫

丹邱寫篔簹，蕭疎比君子。穿石瘦而清，迎風静相倚。幾餘一仿之，天然洗華綺。毫端試龍跳，粲若舒鳳尾。着墨自不多，傳神乃如此。還笑文湖州，有竹終成技。

奉敕敬題夏珪西湖柳艇圖恭和御題元韻

湖光鏡面夾東西，禹玉傳神得得迷。一道幂腰斜柳外，白堤深處接蘇堤。年時翠罡上湖船，楊柳風邊幾溯沿。天藻題詩成對面，聲聲夏諺起當前。

題裘叔度尚書斷碑硯圖卷用東坡韻

石之大者爲岡陵，小而奇者能幾騰。尚書嗜奇有奇遇，摩空一眨如秋鷹。當年玉局題墨妙，肥中帶骨藏鋒稜。後來文成拾數字，斷裂幾寸澌春冰。鴝眼鳳味尚隱現，山人名氏皆可憑。巧者不貪豪不敓，摩挲寶玩時忘憎。我有半丸張遇墨，淋漓拂紙黄絲繒。冷淘可進芹可獻，何不玨入内府登。蘇王相去五百載，借石結契如賓朋。尚書好之連璧重，我亦新拜連理藤。昨蒙拜賜杖，爲連理藤，朝天老輩見者多歎爲稀有。扶藤彳亍覓題句，展卷縱筆彈寒燈。平生尚友存臭味，吾所畏者皆服膺。

題古藤詩思圖

幾个蕭疎竹，一枝樛曲藤。人間閒草木，空際結賓朋。臭味尊前輩，風流此一燈。因君追往事，其奈髮鬅鬙。

補題謝金圃閣學聽鐘山房舊圖二絶句

住近旃林梵誦清，蒲牢百八送聲聲。遥知舊日題詩處，早有紗籠護姓名。

麗譙西畔又移家，聽徹紞如曉鼓撾。一自觚稜番直後，自鳴鐘裡記年華。

題方母姚太宜人傳經圖

遲遲春日暉，鬱鬱蒼松樹。寫出寸草心，一抒老萊慕。水部少也孤，母賢兼師傅。手持緗帙貽，謂是青雲具。辛勤宋宣文，黽勉韋長孺。家聲誦清芬，慈範託豪素。庭萱既含和，陔蘭亦承露。勖哉敦慎勤，及時箴皇路。

題祝芷塘編脩接葉亭圖

少宰湯西崖賓朋席屢移，老仙張宫詹，自號南華老仙。筆札手頻披。海昌才子瀛洲侣，管領春風又一時。

婆娑老樹發新叢，帬屐由來臭味同。記得哦詩樹陰底，移紅換碧卅年中。余佐秋官時曾居此亭。

題韋鐵夫贈公授經圖

我昨來京師，蒲輪指東道。喜聞鄒魯間，甄拔悉俊造。爲問司衡誰，韋侯鑑尤藻。邸第一接談，握手倍傾倒。袖出授經圖，贈公儼儀表。具陳過庭時，所勖經術飽。教子以教孫，穀詒遡若考。綈襲五十年，今老昔尚小。留題盡朝彦，仙侣半蓬島。作傳紀述真，誌墓辭筆老。乞言值俶裝，呵凍媿草草。嗟哉食報人，積善爲世寶。

渾齋觀察購得惲南田天香圖幀首有烏日山人題字審爲南田紀夢所作觀察令子於今歲辛卯舉京兆是圖有先物者矣爲題一絶句

畫手南田記逼真，天香飄處悟前因。題詩爲語延陵季，冐茆年中折桂人。

恭和御製聞沈德潛故詩以惜之元韻補刊

不矜奇服重姱脩，生際昇平眷遇稠。耄齒承恩寧覺晚，卌年被放不悲秋。禁中激賞詩篇在，松下低徊杖履留。接武停雲數耆舊，多將領袖説吴頭。

除夕旅中

齊右仍歸路，民風山荏淳。五更千里夢，三世一家春。時同大兄、六兒及孫輩俱宿於此。老怕年華换，客惟杯酒親。明朝瞻北闕，瑞氣繞楓宸。

香樹齋詩續集卷三十四

恭和御製詠金剛四相元韻

即看現在如來相，莫問前身與後身。圓滿奚殊澄水月，莊嚴固是妙天人。化金帝釋憑莖草，『一莖草化作丈六金身』，釋典語。摶土媧皇長兆民。拈出吾儒最真諦，誰云無我擬非倫。

右我。

降衷夫豈有殊才，吹萬芸芸化育該。遇主德孚資器使，得天氣厚荷栽培。添丁便與充耘耔，盡力還應治草萊。雖曰藏心人莫測，心能相應一之哉。

右人。

須彌結撰豈無情，諸相當前憐憫生。蝡動蠖伸俱率性，鼠肝蟲臂任呼名。睫邊穩構蟭螟宅，角上徒勞蠻觸争。浩劫所期蠲惡趣，與時偕息與時行。

右衆生。

閲世恬熙樂事遲，蹣跚行步更何之。日長蓬閬猶餘閏，春到羲皇數此時。善養天和惟静默，慎持佛戒在貪癡。衆中忽見長眉相，不是應真却是誰。

右壽者。

恭和御製詠金剛四生元韻

未發混沌不知誰，隨分亭之與毒之。柱史能言絶墮地，周任豫教貴先時。有胞獨紫何從判，在手成文孰所爲。會向法輪共流轉，人禽也衹辨毫釐。

右胎生。

日出團團彷彿呈，《樂府》：『日出團團雞子黄。』目交神注也能生。陸佃《埤雅》：『禽族有以目交者。』圖來太極從中判，鑄就渾儀像此成。巢可俯窺原至德，見《禮運》。鷇堪探弄太閒情。見《晉書·王澄傳》。偶然會得迦陵語，解脱先除怖鴿驚。

右卵生。

淋漓元氣鬱蒸同，變化多奇借雨工。入甕醯雞常在底，爲螢腐草亦飛空。一枝�管蒲盧長，韓詩：『案頭�管長蒲盧。』注：『謂果臝也。』百結衣裍蟣蝨通。總向人間沾潤澤，孳生無數愛河中。

右濕生。

空界紛陳色與形，定餘觀物不攖寧。拖泥蝌蚪偏知字，轉糞蜣蜋豈識馨。生意如荄春盡茁，化機似轂晷無停。著書譚峭分明在，底用蟲天更釋經。唐譚峭著《化書》，言化生最詳。『惟蟲能蟲，惟蟲能天』，見《莊子》。

右化生。

恭和御製金剛六如元韻

占吉居然有慶譽，黑甜鄉裏樂于胥。韓家吞篆文猶在，江氏生花筆豈虚。蕉葉覆來還記鹿，屋梁照後更緘魚。大乘正覺多參語，鐘動蘧蘧亦恍如。

右夢。

酒噀欒巴曾説有，花開殷七詎云無。海山樓閣荒唐爾，曼衍魚龍縹緲乎。渺渺懷幾迷近遠，非非想孰判贏輸。便令佛土多奇術，得果奚分智與愚。

右幻。

指點浮漚喻更奇，果然如是逝如斯。云何杯水觀舟芥，遮莫蹄涔蹴路逵。只有鷗閒波共泛，肯教魚戲沫相吹。恒河去住真無數，要看風輪轉激時。

右泡。

朗月澄波鎮自逢，鏡中問答又何從。由來一合方爲相，可識三生共此蹤。了了觀空常住體，如如不動是真容。却因與我周旋久，心跡相期滋益恭。

右影。

芭蕉堅固竟誰司，瞥眼晞陽詠露斯。美説三危蹤亦寄，瑞誇五色論何卑。試將沆瀣金莖味，比似醍醐貝葉辭。施與人天無量澤，諸華香散一嘗之。

右露。

陰陽激盪孰尸之，闔闢空明即更離。蟄啟百蟲光乍掣，鞭施列缺影相隨。千條眩走龍蛇變，一道驚開霄漢奇。縱使然燈資佛力，刹那隱見可能爲。

右電。

恭和御製詠金剛二事元韻

同觀一體是真如，應化非真妙有餘。皆用《經》中篇名。譬彼百千萬億分，演成三十二章書。了黍天女拈花笑，諦聽菩提合掌譽。識得本來何筏喻，阿波陀亦並忘諸。佛言「阿波陀那」，此云譬喻也。

右如。

大千妙諦總無多，實相其如究竟何。長老悉知來去幻，凡夫貪著色聲訛。莊嚴菩薩因緣是，具足金剛不壞麼。希有世間原第一，永除障礙與邪魔。

右相。

袁春圃觀察惠盆梅盆蘭二種歸舟相對用相怡悦各贈一首

袁侯雅愛客，遺我蜀岡梅。束縛寵盆盎，便攜近尊罍。我舟坐煩悶，對之進一杯。相對兩三日，一日一花開。色偷紅粉頰，香入新篘醅。東風無私拂，生意涵九垓。況此第一花，忍勿盡其才。平江輕裝下，賴爾相追陪。歸來付園丁，慎選好手裁。佩兹君子德，斯致何悠哉。

右盆梅。

東風起百草，有草亦名蘭。幽意托山麓，遠致依江干。採之作清佩，質弱偏耐寒。亂頭與麄服，净可壓綺紈。梅兄同入座，臭味静且端。豈以南枝貴，而遂遺榛菅。顧非九畹姿，敢邀枕簟歡。衆草不可没，讓爾自珊珊。歸當好扶植，挹泉培其根。珍重良友意，庶使古道存。

右盆蘭。

雲坡胡臬使請封長嫂節孝甘夫人得旨後詩以紀之倣柏梁體

皇帝孝德根至仁，磅礴漸被周垓埏。重光冒卯昌運新，慈寧洪算屆八旬。紫泥誕敷錫類恩，雨施物滋浹族親。豫州屬縣有光山，家脩三物官春官。爲子長壆求嘉姻，甘氏有女孝且賢。甫年十六歸德門，上堂善承尊章歡。入室雍睦睇與曅，衣帽勸學依良人。良人無禄尊章存，仲叔娣姒先後淪。最後有季嗣以延，鞠之育之嫂力殫。媍也而子季也孫，尊章既没甘呼天。季時對之聲暗吞，季也非甘命曷全。櫬歸京邸堂帨懸，待季授室謀懸棺。勸經夜績帷堂前，課督直如仉母然。惟聖眷舊及九泉，季也一麾來長安。將車奉嫂雙鬢斑，季亦子女嫁娶完。彩衣繞膝娱慈顔，季聲直上官三遷。甘不逮養胡溘焉，季陳臬事於江南。叶疊開壽域慶典駢，陳情一疏達帝閽。季曰臣隱有必宣，臣嫂如母實生臣。臣非臣嫂臣不人，婕節已邀綽楔章。叶臣心未酬顧復勤，服期報鄭昌黎韓。臣堂再拜昧死言，帝鑒其衷俞旨頒。群昔幼鞠外氏陳，曰外大母實生群。陳群生甫周晬，患痘甚熾，垂危，外王母陳太恭人抱歸其家，百計療治始活。後患鼠瘡，太恭人一手捄之，相依爲命者八年。後漸成立，出就外傅，命名曰陳群，識恭人德也。皇帝御極之元年，群官學士具奏論。惟帝頷之臣涕潸，遂著爲令例可循。皇上孝德，性之聖也。雍正十三年冬，臣奏甫入，即准貤封，並許嗣後臣工受外王父母鞠育深恩者，皆許引此例，皆得貤封，令之臬使之奏，不覺感泣伏地，稽首曰：『聖人之德，何以加於孝乎。』誠哉，是言也。群年耄矣栖林泉，祝釐昨從日下旋。讀季手泐陳情篇，棖觸往事涕闌干。放筆紀事以類編，播諸彤史琬琰鐫。

寄懷隨園邊鴻博三首即用其韻時隨園侍其兄竹岩先生，就養其姪霽峰都轉於邗上。

夙昔經過處，停車瀛鄭濱。論文歸舊學，稽古屬斯人。幃幔平生業，怡和一室春。此中有至味，白首不知辛。

顯晦存吾道，謳吟遣晚年。嘉遊真得地，好事總由天。報稱非虚願，功名付後賢。笑予還賜馬，車靷且高懸。昨歲祝釐入都，蒙恩賜紫禁城騎馬，又諭諸城、金沙兩相公，額駙福大司空，各贈予良馬。陛辭後，將歸還所贈馬，且謂三公曰：『上七旬萬壽，當即來京，計馬齒加長八九年也。』

以人微尚在，五紀舊勞臣。國典裁三牘，君才聚一身。隨園爲予所拔土，尋以鴻博薦，又以經學薦，皆以疾未應。凡受知於予者三，閉門讀書，孝友無間，予益重之。相逢猶款款，存問辱頻頻。此致真堪賞，還同傾蓋新。

恭和御製壬辰暮春月中澣駐蹕香山錢陳群奏抵家鄉信至詩以示答并書賜之

天上攜歸諸品貴，草堂聚話一家春。頻叨主眷皆逾格，敢謂臣年竟軼倫。

批答淋漓丹筆煥，上閱臣奏摺，即得末二句詩，硃批摺後。視事竣，續成全篇。吟成璀璨墨光新。

聖心遠注惟求舊，㦸感三朝縻禄人。

恭和御製幸盤山各體詩

詣暢春園問皇太后安遂啟蹕往盤山之作

乘陽行令率常經，纔報雞鳴問寢寧。群卉相將娱上苑，萬松咫尺祝慈齡。春耕典始迎鑾省，夏諺聲初駐輦聽。寄語山靈須整備，烟螺淡掃片雲停。

雪中過大嶺

東風隔夜作去聲春寒，謝絮漫山滚作團。試向巉巖一迴眺，移來西域此同看。『雪山峙於西域』。見謝惠連《雪賦》。

忽教山勢失崚嶒，跋馬虚無躡雪登。横幅堪圖眼前景，跨鞍載筆有誰能。

横看成嶺側仍昂，點綴瑶林盡夜光。漫道衝寒山意寂，就中早杏已含香。

駐蹕静寄山莊作

仙莊曾是舊停鑾，豈若今來對雪看。糝徑如鋪還積素，飄崖入隙不封丹。宸遊即景春無價，聖藻隨年句不刊。摒擋繁華歸太璞，須知静意寄非難。

暫遲百卉鬭芬菲，造化寧停翕闢機。但兆豐年宜黍稷，那論韶曙弄烟霏。斜侵蘚磴留蒼篆，冷壓松梢露翠微。小憩悠然來妙會，居然未覺野人非。

盤山雪景十詠

雪　峰

雪後餘寒春未暄，玉山朗朗望中存。六龍初省乘時令，輯瑞頒璜奉至尊。

雪嶺

山際無稜自有稜，春寒積素曙猶凝。偶吟西嶺牕横句，杜老終推第一乘。

雪瀑

雪作瀑飛還是雪，雪融隨瀑自還真。天章朗誦盈千遍，不着人間半點塵。元韻『聲聲色色兩離塵』，指點高妙，不可思議。

雪溪

幾暇餘情一晌過，評量幽景入吟多。出山溪水在山雪，試較忙閒有幾何。

雪松

霏霏浛浛灑山椒，鶴跡風迴未易消。畿近麥田儲餅餌，田盤松頂見瓊瑶。

雪杏

行宫門外雪初融，杏臉新承明庶風。玉勒銀鞍矜區匝，粉痕消處露輕紅。

雪寺

近寺鐘聲似遠鐘，招提深處白雲封。紅爐點雪禪機遞，不問南宗與北宗。

雪村

野外春巡審蓋藏，山農欣仰御袍黄。深鄉茆屋高眠者，未解相思地上霜。用李白詩意。

雪閣

四壁無須剡紙糊，排雲樓閣爛銀鋪。尋常晝漏稀聞處，未要王維着色圖。

雪亭

不施簾幕總相宜，繚石縈松拂復披。記得一方明月上，亭前地白恰如斯。

晚晴

快雪雪固好，時晴晴亦佳。尚餘垂簷霤，一一懸玉釵。延春堂名添媚景，流照閣與齋。鳥呼漸柔滑，鹿鳴無驚豗。日暮聞遠瀑，不辨雲外來。

對月

山月山所吐，吐已旋覺圓。交輝遇霽雪，有似相競然。對之成二妙，一洗萬象蠲。當春重農務，首種儼在田。同雲繼霡霂，義取於斯焉。大哉聖人心，省歲期萬全。

曉

殘漏音甫徹，嬌鳥聲已喧。求衣及昧爽，鷄鳴夙所敦。逡巡螺峰上，又挂扶桑暾。霽色明遠樹，晨光曖高原。俯視萬頃雪，晃朗難悉論。種麥望霑足，要令培其根。

題含遠樓

千仞峰巔百尺樓，獨立縹緲向天際。聖心運量遠際天，八荒我闥程難計。望遠方知天地寬，齊物一視人間世。偶從攬景體乾元，所廑推仁究其惠。至人樂山有本懷，邇可在兹遠可繼。

山行雜詠三首

迤邐盤中雪，如逢太古初。逕開旋復合，風捲亦能舒。灑潤無如爾，迎恩各徯予。山農凝佇久，早荷阪田鋤。

最愛入山徑，沙明犖确填。人家圍遠瀑，磵户籠輕烟。洗出粼粼石，添來滮滮泉。高低林岫色，以次入新篇。

恰轉盤盤路，平移面面山。留人逢竹塢，隨意啟松關。語换禽聲樂，遊偏鹿跡閑。臨風憶逋答，憺蕩自忘還。

坐槃阿精舍復成長歌誌興

山靄微茫晴始放，卷阿漸覺春盎盎。移來翠罨入雲中，立馬一覽宸襟暢。高下連蜷圍萬松，東西羅列盈千嶂。平明殘雪猶未消，照影飛泉自摇漾。嵐光着手堪捧提，振衣倏忽千仞隮。懸崖精舍穩架構，考槃誰歌寵從兮。此間招隱差不惡，盤桓坐揖諸峰低。巢由亦賴堯舜理，人世可遺物可齊。彼惟不知與不識，用能耕鑿安作息。何況化人之所栖，道心寂歷空山色。俛仰真看萬景清，瀑水淙潺峰艴屶。飛歸幽鳥啄蒼苔，一片瓏瓏墮絶壁。興飛物表甜巖阿，中盤形勢高嵯峨。春韶自作雲木秀，紛來會向毫端羅。因知造物無盡藏，變换頃刻無如何。山靈傾寫潋天筆，天成好句兹山多。

青峰寺

青楊峪名旋折隱螺峰，古寺依山儼萬重。麥隴能肥雲自護，杏苞欲坼雪仍封。調猿不到譚禪石，盤鶴常投偃蓋松。疊巘層巒青未了，璇題到處煥跳龍。

山中雪景

山行恰稱鞓銀鞍，浄洗春烟六出攢。無數琪花與瑶草，移來仙苑恣情看。
何須積雪更爲山，已訝花開頃刻間。種玉有田皆粲粲，跳珠無澗不湲湲。
吹送芳晨萬點花，降同天女散無差。田生也自嫌荒闃，要博生春筆底誇。

貯清書屋

石生於山貯於山，底用山中更結屋。祇緣此石清氣多，未許翻飛且跧伏。採之徒費千石工，載去還須百車轂。不如守樸就巖栖，如壑藏舟天趣足。

花朝作歌

盤山之花猶易逢，盤山之雪不多遇。今朝花雪喜合并，傍人那得知其趣。花朝未問花開無，催花恰得雪相助。須知花信廿四番，看花亦自行吾素。雪花領袖百花頭，此是天工遊戲處。

延春堂對雪

入山喜逢花雪飛，積雪山中如太素。滕六争春次第稠，後先迎輦來相赴。今朝雪似勝前朝，藉少成豐盈蹕路。散漫真看累靄凝，氛氲只似連雲濩。頓教遶砌鋪碎瓊，坐使飛甍盡連璐。嶕嶢挂月並峰名。不可尋，一角林端偶然露。田盤獻瑞雪呈奇，物色争新肯襲故。行看薊野屢康年，記取題詩春不負。叶堂中淑氣遠能延，欲勤輕寒釀韶煦。轉瞬深山萬卉敷，東風膺律何曾誤。詩成競秀同天葩，恰望農祥亟先務。

喜　晴

臘雪不可少，春雪不必多。自來喜雪詩，每以三白哦。春山展佳霽，餘雪留巖阿。陽坡清未化，陰嶺秀仍羅。日高露稜角，一一呈青螺。既已滋麥種，亦足雝去聲苗科。起看阪田迹，早有蒼鹿過。

再題泉香亭

一泓清可漱，一掬净堪對。白雪合清泉，兩美更多態。遇象自能怡，信美斯成愛。或同江練澄，或似天紳挂。茗飲裛其香，心清默焉會。

晴瀑

千疋落遠澗，一條颺新晴。有時斷還續，誰辨滅與生。已侔春雪潔，更鬭春日晶。溉田任飛灑，故足滋春耕。

坐千尺雪烹茶作

四圖曾以一景名，是一是二誰能争。田盤鄧尉雖有别，因高著潔天然成。名爲煮泉實煮雪，對雪點舜開妍晴。折取松明就折脚，活水尤貴活火烹。又新伯芻昔評水，唐張又新、劉伯芻品泉最著。少濁即重清益輕。此泉名實允相副，宜補紀載繙山經。

山行

山行宜晴不宜陰，雲烟起滅偏多幻。妙境允在霽雪時，時向峰坳落餘片。所須小雨得優霑，山農荷臿忻如願。雨前雪後最可人，颺彩流光似飛霰。壁立遥攢小石城，石城盡處連僧院。黄絲緩鞚馬蹄輕，穹谷風來泠然善。

再題半天樓

飛樓倚天天四垂，天光自射岩牕裏。新晴興發一登樓，殘雪猶明雲共委。白雲出岫知有時，積雪停岡真止矣。樓中遥岑寸碧横，樓外空霄一握耳。

聖心對雪馳遠猶，更念西征諸將士。碉樓那得當臨衝，行見歸仁紀因壘。元韻『一爲慰因衆黔黎，一爲念廑諸軍士。』僧格桑尚未就擒，執戈方將攻玉壘』，仰見聖心遠注，雖荒徼蒸黎、防邊兵旅，無不視切如傷。《語》云：『至仁無敵。』固知小醜狐跳，不足殲也。

降東嶺遂至泠然閣

登頓竟忘疲，屈曲峰第幾。下嶺閣聳然，位置信佳矣。義取御風行，徑尋犖确裏。松石包絡之，異境莫可擬。勢本據建瓴，制略規重阸。蘇磴倚作梯，登者不知耳。吹送蓬閬間，披襟有如此。

盤山迴蹕度大嶺至大新莊行宫作

雪飛是處迎清蹕，春好依然展嫩情。山似千巖惟競秀，鳥如九扈早催耕。薊邱就近求民莫，盤谷因春寫聖情。少憩帷宫決幾務，由來不息仰天行。

盤山迴蹕至暢春園恭問皇太后安喜而成什

經旬展義即言旋，問豎萱闈達聖虔。上苑已看花灼灼，歸途彌望草芊芊。宸章盤谷增璀璨，慈輦香岩樂静便。上命皇貴妃、皇子等，侍皇太后遊香山静宜園，先一日還暢春園。循例一遊還一豫，昇平共戴萬斯年。

題玉燕投懷圖爲張氏女甥作

昔聞祓無子，燕睇宜芳春。古禮雖不復，徵祥兆始娠。吾甥豔香茗，早爲清河嬪。紫鸞分名字，班鳩上承塵。不惜薌蘭媚，所期瓜瓞綿。東絹寫徵尚，遺事燕公傳。一雙尾涎涎，素羽何明鮮。似借宜男語，謚隘鳴相宣。耳目移近玩，懷袖沾情親。恍從梁間戲，倏下欄廡馴。墜鈴彩旗蓋，持石浮磬濱。吾老寄禱祝，扶杖足及門。願上誌公座，撫頂摩石麟。

際虞吾友設帳荒齋逾四年矣今春三月携其子傳璧來學七歲有成

人度示之以詩用彭南畇先生示其孫芝庭尚書幼時作韻

黄香陸績孝名初，習氣兒嬉盡掃除。他日連蜷能讀賦，人傳曾侍老尚書。

恭和御製詠冰床元韻有序

清和之吉，恭誦《御製詩初集》《冰床》一律，因語諸生曰：『御製《冰嬉賦》，爲賦體極則，班揚爲之屈伏。此詩其緒餘耳，而詠物曲盡其妙。』昨嘉平二日，率臣子汝誠隨侍瀛臺。是日寒甚，上召見便殿，有旨賜臣坐冰床以歸。臣子扶杖趨冰上，中人謂曰：『何不旁坐代步耶？』汝誠答曰：『此上恩恤老臣，猶禁城乘騎例也。我則何敢？』臣語中人曰：『我子言是也。』偶憶其事，敬和一首。

秘殿同雲四面垂，傳宣造膝晷初移。安便温語從天下，冰雪臣心對鏡披。雙導絲牽非捩舵，一痕玉印自成規。鵷班同直人争羨，還笑家兒步較遲。

節届寒食約誠兒侍余放舟至泰溪上冢因雨未果令誠兒先往歸得詩四首並識小序詩末句云鄉園處處堪娱戀感誦南陔荷聖朝飲水思源雖一飯不忘也三日後開霽予亦繼往即用其韻

衰年上冢似閑遊，遲到今朝一放舟。古刹鐘沉僧自定，春塍雨歇水仍流。狂蜂翅重飛偏緩，輕燕風微語更柔。閑數榮枯徵往躅，幾家封隴幾蒿邱。

邏水延緣處處通，後先艤棹展私衷。布袍尚衍詩書澤，皂帽惟餘淳樸風。要以睦婣宣聖化，好將勤儉答年豐。鄉園物色猶存舊，喬木風煙自鬱葱。

年時雜興賦閑居，三拜鈞韶到里閭。予自壬申予告歸里，曾率二兒汝恭上冢，時從孫載亦在舟中，用范石湖《田園雜興》詩韻，同賦十首。丁丑，上南巡賜和，壬午、乙酉兩次南巡，俱蒙上疊韻賜和，御書竝壽貞珉。燈檠帳煙猶爾爾，竹樓松广一於於。田翁來餉如拳芋，鈞叟能供縮項魚。要與兒曹延舊澤，得從活水養成渠。

雞豚近局略相招，斗酒爲歡永此宵。學溯高曾風可挹，先太常家居講性命之學，生徒問業於此。先高祖著《詩》《書》二經講義，聖祖御纂《五經》傳説採入，列於諸家。功留保障久曾要。明嘉靖間，鹽官被倭寇抄掠，先太常傾貲練鄉勇以禦，居民至今傳述，事見郡志。即今郅治三光序，仰見昇平六氣調。慎保餘年瞻德化，扶藜歲歲祝興朝。

附原作　　三月三日雨中上冢遂至半邏舊居即事感述有序　　男汝誠

緊寒食禁烟之後，正蘭亭脩褉之辰。陌上花開，風暢諧而扇物。檐間燕語，春旖旎以宜人。遂脩上冢之儀，乃鼓中流之棹。五十里武原溪外宵深，雨打篷牕。越翼日松柏岡頭曉霽，雲開縠霧。誦先人之舊德貽垂，聿在詩書。愧薄植之過情感愴，爰增雨露。敬陳桂酹，便返梓廬。曩日危樓多半，桑陰十畝。當年小築仍留，笏地一區。招垞北之阮昆，誰歟貧窶。集舍南之荀族，孰是俊英。因而商論農蠶，皆其夙解。較量志業，或未同方。

大都務末之居奇，鮮有多文以爲富。可爲惜者，良用勉旃。然而蝦渚魚汀，具足田園之興。菜畦麥隴，居然豐樂之鄉。賞愜芳辰荷予養，幸依子舍。遊非遠邁喜甜留，本是臣居。即事銜恩，載頌白華之句。抒情寫境，寧誇黄絹之詞。律賦七言，詩成四首。

不是尋芳作勝遊，恰逢褉節放扁舟。晚雲閣雨溶溶濕，野水穿渠濊濊流。春暮尚嫌裘力薄，夢回猶覺櫓聲柔。經年未到鄉原路，細數村橋記某邱。

先原咫尺溯迴通，拜掃追維益惕衷。早濫簪纓思祖澤，迄無術業愧家風。一尊敬矢貽清白，五鼎難言享潔豐。猶喜隴岡松柏外，尚餘秀色鬱葱葱。

頹垣曩是好家居，桑外樓陰柳外閭。燕子年年如舊識，主人歲歲一相於。機聲比户能梭布，笭竹緣溪總簖魚。只少篝燈勤課者，清溝竊恐作汙渠。

諸從相將不待招，團欒情話坐春宵。壺觴真率無兼味，心跡清芬共久要。周急那論囊槖空，祈年維願雨風調。鄉園處處堪娛戀，感誦南陔荷聖朝。

生平作文甚夥懶不自收拾遺忘過半兹將篋衍舊稿付雕工檢刻老病昏眊未能自爲釐正適兒子汝誠侍養歸悉心校訂得免舛譌以舊藏賜硯擘窠書大筆勞之并系以詩補刊乙酉舊作

老我何心問魯魚，一編掇拾感桑榆。發祥文字因緣在，天硯真堪付大蘇。用東坡《天石硯銘序》。

藜閣新看校字回，天教槖筆更循陔。他時太極如題牓，佳話重誇老健來。余蒙御製賜詩，有『老錢筆老健』句。

題繩菴相公鏡景照

至人之踵，善用息也。頭如青山，抑何直也。南國詩人，寄兹媕孄。頭既不笠，足亦不屐。元祐之蘇，長慶之白。

又題笠屐圖

攜長竿，釣雙鯉。退食餘，進甘旨。蓑笠者，誰家子？宰官身，豢龍氏。

題布袋和尚照

鐵石心肝，歡喜面目。脱却行纏，擎將邛竹。呵呵。當年爾曾摩我頂，今日我來捧爾腹。

題暎水梅花照

江梅抱幽姿，一笑聊自喜。誰知臨清流，郁郁香在水。高人非邱園，信脩含内美。奇服不自炫，形在影則似。披圖得真契，持以比君子。

題撫雲西老人畫軸

誰將蒼老雲西筆，寫出蕭疏硯北人。亭外風來茶正熟，可曾許我着閒身。

蔣母丁孺人像贊令子元龍求題

猗歟蔣母，巾幗之賢。食貧服禮，守女箴篇。善相夫子，奉事周旋。夫子于役，齊魯秦燕。有無黽勉，是粥是饘。脂膏滫瀡，甘旨無愆。歲時膢臘，菹醢豆籩。教誨爾子，燈火一編。勤勞盡瘁，逾三十年。幸哉有子，令名有焉。煌煌翟茀，申錫自天。母心庶慰，用光重泉。瓶山累累，韭溪涓涓。譜之彤管，俾琬琰鐫。

汪介思輓詩并序

介思封翁，篤行君子也。教子憲成進士，官比部歲餘，急歸省，侍養於家。適予予告歸里，每至會城，輒主其家，羨其家法敦厚嚴整，訓子孫以積善力學，有萬石之風。夫婦相莊，年登古稀，令子魚亭夫婦俱年半百，率諸孫諸婦稱觴介壽，里鄗豔之。歲庚寅，介思遘疾。予於數月前卧痾，委頓殊甚，浹月少差，訃至，予悲不可任，因病起尪羸，未能赴哭，今阡有宿草矣。予重來武林，信宿舊館，人琴之感，其能已於懷哉。補哭以詩，不自知老淚之横集也。

晚近論交有幾人，先生直諒我所敬。一生孝友無外營，作型於家是爲政。守口如瓶師吉人，舉步如繩杜絶徑。我官京師翁家居，未邀片刺通名姓。憶承恩旨主南宫，令子名登始趨請。到門兩拜度春然，叩之乙乙自緯經。分曹臬事白雲司，庶獄無冤允乃平。陳情得假賦歸歟，我亦懸車荷恩命。先生喜兒侍晨昏，我亦有子時温凊。先生七十方齊眉，謂是積善承餘慶。昇平樂事在庭闈，孝治幸際天子聖。我曾扶杖訪西湖，攬勝探幽多考評。鹿頭船子柳陰中，雙屐僧來一手枰。茶寮酒厂互主賓，碧蕁未菝荷花净。夕陽多處連袂歸，少長相隨歌且詠。去年我苦舊疾纏，伏枕經時酬應屏。人生聚散無常期，我疾少差翁轉病。訃音忽到髩絲邊，老眼模糊淚珠凝。寢門遥望不勝悲，作詩當誄憂心怲。夜深脱稿讀幾回，自剪殘燈移短檠。

題淡遠先生柳邊歸院圖遺照

賜馬鞚金勒，先朝侍從臣。拜瞻歸院景，省識補戈人。柳暗長堤晚，花明上苑春。吟鞭斜照裏，得句自清新。

坐我春風日，於今七十年。群未弱冠，即受業於先生。後二年遊學京師，留寓邸第。蓬萊水清淺，棐几跡聯翩。群父子先後蒙恩入直内廷。祖澤孫能守，此幀爲先生令孫與九員外重裝，索群父子續題。神完氣更全。柯亭傳濟美，下直記花磚。先生曾孫瑩，丙戌成進士，蒙恩選入翰林。

哭子甥荀伯西曹

老去春愁似草荄，驚聞失子不勝哀。雲亭客去雞香杳，薇省人歸玉樹催。自列孫行同我出，曾論國器惜門才。逋翁往事猶堪例，贏博清魂倘再來。

題蒼培姪孫婦遺照

幼日鞶纓奉慈母，笄年井臼事孀姑。余衰忝竊稱宗老，淚下今朝對畫圖。
堅脆參同密諦深，夢回茶後偶追尋。惟將未展芭蕉卷，比並平生不盡心。

輓魚亭西曹三絶句

晚近論交得汝賢，冥心默會在陶甄。斯人而竟有斯疾，一訣曾無握手緣。
篋中不食曾心施，魚亭每出，見貧乏，輒爲動念。歸即出篋中金以佽，曰：『我已心許之，不敢食言也。』架上猶餘未手書。天禄石渠供採擇，緼袍白屋盡欷歔。魚亭好藏書，手不釋卷。近有詔求天下遺書，子瑮檢數百部呈四庫館，以供採擇。
頽唐如我尚爲人，桑户居然已返真。淚落春風湖上路，鹿頭船外草如茵。

香樹齋詩續集卷三十五

恭和御製題鄒一桂花卉二十四種元韻

九疑仙子鬭新妝，綠萼於梅品最爲清高，花譜比之九疑仙子。題品争誇第一芳。綠水青山花共豔，先春傳信有真香。

右『青山千畝白，流水一春香。』綠萼梅

媿白含香錦自舒，奪朱作豔態還餘。魏家色相分明在，百結終嫌習未除。

右『拂檐香瑣碎，堆砌紫蒙茸。』紫丁香

一幀穠華豔欲然，上承下覆萼彌鮮。棠棣花萼，上承下覆，故詩人取以喻昆弟。詩删花轉嘉名重，借鏡應同駉四篇。

右『華開古唐棣，實結小櫻桃。』棠棣

蓀荃杜若詎方諸，紉佩真教蕙不如。展玩忽聞香在室，居然幽閣與林閭。

右『穆如仁者静，香比聖之清。』甌蘭

聞名識面是非間，笑對梅花爲解顔。嘆竹穿松誇作友，更從藝圃占華班。

右『暎竹分青色，穿松夾翠濤。』翠梅

啼紅舞斷三更夜，化碧魂消一片春。寂寞楚宫雲散後，花猶如此況於人。

右『風翻紅袖舞，露浥翠眉顰。』虞美人

躑躅山榴燦爛同，子規啼處萼偏紅。鶴林妙手傳殷七，畢竟歸承閬苑風。《續仙傳》：殷七七於九日幻開杜鵑，遇花神曰：『妾奉上帝命，來司此花，在人間二百年，不久當歸閬苑矣。』

右『翠烟深夜月，錦水舊東風。』杜鵑

晚涼小摘對蘭風，清韻冰姿特洗紅。佛國自從移此種，頓教鼻觀色香空。

右『爽致清繁暑，高情謝曉雲。』茉莉

也分酈谷澗邊香，譜牒紛如擷衆芳。菊種獨多，名亦鮮豔。試向柴桑籬畔種，人來錯比殿秋黄。殿秋黄，亦菊中佳品也。

右『晼香難入譜，籬豔欲分秋。』藍菊

風前雨後偏增態，石畔牆陰倍有情。未必豐肌似春色，秋來婉媚亦幽清。

右『嫩香偏帶雨，薄暈不禁風。』秋海棠

誰倩小黄蜂作蜜，房房絨蠟到於今。忽看破蕾探春早，分得寒香是冷金。

右『粟玉圓雕蕾，金鐘細作行。』蠟梅

冰水爲裳玉作衣，雲寒雪豔步應微。若非姑射山頭見，離合神光定洛妃。

右『翠帶施雲舞，金卮照雪斟。』水仙

因樹思人偏惜樹，不關素豔炫華妝。上公雅化垂南國，留得當年蔽芾棠。

右『素豔雪凝樹，清香風滿枝。』棠梨

蒸霞近遠豔方舒，日暖瑤池晏罷初。新燕已來花未謝，徐黃小景此何如。

右『霞輕籠樹影，日暖散林光。』碧桃

匪伊垂却有餘紳，品擬腰金色麗春。翻笑康成書帶草，尊榮不似此花身。

右『蠟苞方半吐，金粉若爲垂。』綬帶

下坂澤偏宜寄跡，花生下坂澤中，故名澤蘭。都梁香正喜披華。騷人解作離憂佩，卉譜疏爲辟蠹花。澤蘭能解書中白魚。

右『芳心同佩茝，馨室擬親蘭。』澤蘭

種出三湘絕代姿，洛陽價重比紅兒。鳳飛自對魚雙貫，獨步今推必大詩。周必大《詠魚兒》：『牡丹有枝頭窈窕，魚雙貫風裏褊襬。』『鳳獨飛』句，至今傳誦。

右『蘂含香國信，囊括小園春。』魚兒牡丹

宛宛脩條長施架，重重雪朵自凝粧。女郎嗤彼薔薇態，無力徒矜一院香。

右『何郎初傅粉，荀令乍薰香。』木香

麝香眠處羅衣繡，『麝香眠石竹，石竹綉羅衣。』李杜皆曾以此花入題詠，誠不易得也。李杜詩篇不易求。工巧縱令并剪快，染成五色可能不。野老以石竹爲致佳，五色鮮豔，花樣裁剪獨新。

右『殷疑曙霞染，巧類匣刀裁。』石竹

花如蒂葉緑還新，夜月凝香不動塵。只合幽姿儕抹麗，即茉莉。相將女伴待花神。

右『紅塵飛不到，玉露夜生涼。』夜來香

書牕暎作連珠茂，瓦斛移來山麓安。用楊萬里詩意。怪底朱顔常美好，仙家自有九還丹。

右『光融勝杜宇，顔色甚安榴。』山丹

灘頭新雁起蕭騷，晚色晴雲散隰皋。點點垂垂紅照水，漁舟疑訪武陵逃。

右『寶絡垂蓮岸，紅絲拂釣磯。』蓼

飛去殷勤杳若遺，參横月落與爲期。花如解語還翩舞，啅得芳心有所思。

右『清音自瑶島，仙夢到羅浮。』翠雀

丹鼎生香麗更柔，九霞春暖在枝頭。天風吹笛江城外，爛漫繁華豈自由。

右『烘笑從人贈，酡顔任笛吹。』紅梅

恭和御製題鄒一桂詩中畫山水小册二十四種元韻

好句方干紀等夷，青藍誰識出于斯。方干《洋州郝氏林亭》句：『雀盤遠勢投孤嶼，蟬曳殘聲過别枝。』爲古今詩家膾炙，而祖詠二句，實干所脱胎也。閒披一幀鄒長倩，貌得林亭又勝詩。

右『盤雲雙鶴下，隔水一蟬鳴。』祖詠

薄雲出洞形如噴，深竹連山路欲迷。誰向茅堂遲去聲來客，到門凡鳥不須題。

右『近牕雲出洞，當户竹連山。』錢起

潑翠飛流帶斷霞，山池清讌夜無譁。尋詩移節南山下，曾到開元中允家。臣於雍正六七年奉使關中，曾訪輞川故蹟。

右『積翠紗牕暗，飛泉繡户凉。』王維

薄暮花光隱掖垣，歸來柳色又侵門。試看放筆多生趣，始識詩家善選言。

右『退朝花底散，歸院柳邊迷。』杜甫

高枕江聲此草亭，孤撑巉絶入雲青。風濤千里成煙景，倦客扁舟一晌停。

右『江濤出岸險，風磴入雲危。』王勃

可是成都舊草堂，衹餘水色與山光。當時得句難消悶，今日披圖悶轉忘。

右『捲簾惟白水，隱几亦青山。』杜甫

杜老曾經倚杖臨，感時觀物酒孤斟。寫將山縣江橋景，讀畫人來自在吟。

右『山縣早休市，江橋春聚船。』杜甫

東屯北崦任長吟，步屧看松開短襟。賡拜當年未身遇，幸他稷契一生心。

右『步屧風吹面，看松露滴身。』杜甫

橋如虹帶兩條横，水似青銅一色明。不是謫仙懷謝句，那知畫裏是江城。右『兩水夾明鏡，雙橋落彩虹。』李白

雲英化水人蹤闊，水氣成雲洞壑含。千載圖中有摩詰，水雲相對恰成三。右『行到水窮處，坐看雲起時。』王維

青排遠岫牕中色，碧滙諸泉池上聲。聽水看山隨處足，披圖最愜卧遊情。右『泉聲到池盡，山色上樓多。』張祜

拾遺健筆本淩空，持論殷璠亦至公。唐殷璠選《河嶽英靈集》，以『鐘聲扣白雲』句爲歷代未有。遥想題詩最高頂，鷲峰渾在指揮中。右『塔影掛青漢，鐘聲扣白雲。』綦毋潛

寺隱雲峰未可尋，蒲牢驀爲遞清音。畫中添寫空潭曲，一插安禪水可斟。右『古木無人逕，深山何處鐘。』王維

征帆帶雨掛輕航，别館花開送煖香。遥羨翰林張司入聲馬，曾因奉使博詩章。右『野館濃花發，春帆細雨來。』杜甫

啟户相看揖一峰，當階隨步濺懸淙。義公禪宇依稀是，古屋還應添畫龍。孟詩爲《題大禹守義公房作》：『古屋畫龍蛇。』杜甫《禹廟》句也。右『户外一峰秀，堦前衆壑深。』孟浩然

直下層梁卧石披，斜穿一徑洩雲垂。畫中指點三泉路，讀盡何人曾過之。

右『透石飛梁下，穿雲仄徑斜。』蘇頲

未到蘇州看畫知，蘭橈平底柳垂絲。紅橋四百隨人泊，處處堪題兩句詩。

右『夕陽煙柳岸，春水木蘭橈。』李乂

黄添森樊白氛氳，木葉蕭蕭滃滃雲。會得秋來無限意，賈詩鄒畫竟無分。

右『高頂白雲盡，前山黄葉多。』賈島

青藤蓋瓦門常閉，緑水穿沙竹自垂。漫説秦州詩句雜，東柯谷裏費尋思。

右『對門藤蓋瓦，暎竹水穿沙。』杜甫

月明山翠光消靄，露滿松花響滴梢。獨坐夜牕伴松月，枯棋燈下任閒敲。

右『月臨山靄薄，松滴露花香。』張喬

風起魚腥各繫航，雲移粳稻共停檣。須知飄泊南庭老，此是風餐雨卧鄉。

右『結纜排漁網，連檣並米船。』杜甫

繞屋花枝無漏景，躡雲梯磴有飛泉。畫師涉筆成遊戲，詩傑詩僧合一聯。

右『重簷交密樹，流水響空山。』王勃　釋法振

線棧縈紆遥漸微，逼天嵐翠冷侵衣。更添征馬嘶青草，老杜行裝見亦稀。

右『衫裛翠微潤，馬啣青草嘶。』杜甫

雪近岷山欲到天，城臨錦水自成川。遥知讀畫哦詩處，西顧真如笮索懸。元韻『正釐捷報定金川』。注云：温福等攻破資哩阿喀木雅及達烏黑壟講諸要隘，指日可達美諾賊巢，佇盼擒渠捷奏，仰見聖謨廣運，於偶然題畫之作，粲於聚米，捷於釋機，俾萬里輿圖近在几案，奚啻尺幅間，親覩彼中山川阨塞，小蠢授首，可豫期也。

右『雪嶺界天白，錦城曛日黄。』杜甫

恭和御製生夏二十首仍用元微之生春詩韻元韻

何處生夏早，夏生薰奏中。五絃揮北闕，六幕播南風。長養民生遂，恢台物象融。千章森秀木，舊幹接新叢。

何處生夏早，夏生璇闥中。九重敦清禮，三殿起涼風。蓮莆堯羹奉，蓂枝舜日融。長嬴《爾雅》：『夏爲長嬴。』注：『以爲太平祥風。』協慈豫，茀禄總攢叢。

何處生夏早，夏生勞勸中。耘鋤催劇月，饁餉見淳風。土化田疇美，渠通水脈融。辛勤司牧事，暫輟簿書叢。凡州縣有司，例以農忙停徵停訟。

何處生夏早，夏生助養中。助天養，迎夏樂也。見《漢書》。律吹小吕管，即仲吕。見《周禮注》。迎山出育遺風。《山海經》：『旄山之尾，其南有谷，曰育遺，凱風自是出。』左个居離位，南郊祭祝融。迎來陽德盛，捧日卿去聲雲叢。

何處生夏早，夏生甘雨中。人占大有歲，樹應少男風。見《魏志·管輅傳注》。似注炎歊釋，均沾愷澤融。青疇一以望，成穗復成叢。

何處生夏早，夏生太液中。河通瓜蔓水，香散芰荷風。素練澄如許，朱明景最融。藻舟時一汎，魚躍在蒲叢。

何處生夏早，夏生鳳舸中。聲聲來櫂唱，面面送帆風。兩岸垂楊蔭，中流畫旆融。西山玉河外，一片翠叢叢。

何處生夏早，夏生蘭水中。禊川沿上巳，浴佛徧華風。蠲潔心无垢，昭明德有融。湯盤崇聖敬，陋彼沐芳叢。《楚辭·九歌》：「浴蘭湯兮沐芳。」

何處生夏早，夏生新竹中。玉堦栽福地，紫籞沐仁風。筍立班初篷，苞開粉乍融。養成棲鳳樹，不羨碧梧叢。

何處生夏早，夏生薦麥中。種先滋宿雨，刈熟占秋風。五月，俗稱麥秋。氣倍蕭脂達，香升肹蠁融。含桃時節近，更採上林叢。

何處生夏早，夏生獻繭中。婦工勤奏績，女手藉承風。作服章方見，分繅雪旋融。迴看絺構日，簇簇似蠶叢。

何處生夏早，夏生賜葛中。尚方頒午日，下里拜恩風。臣昔直內廷，每承恩賜。自予告林栖二十餘年，猶拜茂典。色著中央正，香含表裏融。稱身任裁剪，誇與綺羅叢。

何處生夏早，夏生鳴蛩中。吸將霄漢露，嘶向碧虚風。遠道關門迴，斜陽浦岸融。殘聲過別樹，仍入柳陰叢。

何處生夏早，夏生讀畫中。玉叉分挂壁，素練展隨風。若個通靈妙，誰家意匠融。品題留聖藻，壓倒衆談叢。

何處生夏早，夏生蒲酒中。蟻浮池上緑，鱗動席間風。『酒鱗』，見宋人詩。艾虎簪頭舞，榴巵映頰融。錦標看競渡，敚取萬人叢。

何處生夏早，夏生乳燕中。喃喃調脆舌，剪剪試斜風。哺就巢初掃，泥新壘自融。簾前涼雨後，已解集深叢。杜詩：『雨燕集深條。』

何處生夏早，夏生漬菓中。浮瓜汲寒井，折藕弄柔風。冷比調冰冽，甜如啖蜜融。天家仙果熟，瑶水萬年叢。

何處生夏早，夏生鬬草中。宜男本周俗，嬉稚亦吴風。欲趁晨曦採，能忘熾暑融。袖間呈五色，驚覩瑞芝叢。

何處生夏早，夏生仙苑中。蹕移灤水渡，涼送塞山風。閲本星郵遞，求衣月彩融。炎圭過禹寸，蓮漏報華叢。

何處生夏早，夏生貢箑中。卷舒規霽月，獻納奉休風。聖製奎文焕，臣書墨氣融。臣林栖二十餘年，每届午節恭進箑頭，多盥手書御製詩篇，或附録拙句，或臨仿賜帖，義取閑雅遣暑，幾餘展閲，一爲心怡，並附跋識，以抒依戀。藉將葵藿意，長近玉堦叢。

恭和御製幸避暑山莊各體詩

恭奉皇太后幸避暑山莊即事二律

往歲秋巡按候行，今年特地躦郵程。迎薰恰貢慈顔豫，稅暑宜循仙館名。斷續蟬林嘶近午，高低麥隴颺新晴。時和處處風光好，知向虞絃次第生。

寒農迓蹕各紛如，恩澤先沾一月餘。行緩自遵途坦坦，晝長偏覺日舒舒。天官景從仍聯屬，少女風微爲埽除。早是康田勤課績，豐綏豫卜廑咨予。

過清河橋

此日河平似不流，溉田千頃雨初收。自邀天筆題橋後，歲歲安瀾慶有秋。

水痕消長驗徐徐，舉臿成雲視決渠。兩岸麥禾争秀發，康年彌益仰貽予。

來牟如繡錯青黄，刈麥人忙倍插秧。寄語老農勤力穡，九重清問未曾遑。

割麥行

大麥小麥時候齊，歡呼亦詠漸漸兮。一家婦子共力作，誰肯高卧茆簷栖。壯者磨鐮老者走，此際精神争抖擻。聽説今年十斛收，出門俯拾仰有取。翠華來觀誡勿訶，萬乘有如衽席過。含哺鼓腹遍村落，民欣一飽安知他。喜極翻令生喟嘆，如此豐亨豈常見。但教勤儉答明昭，積貯能權直貴賤。

出古北口即事

水跨山圍馬色明，雄關曉色按程行。民萌樂業山綿治，商旅填塗市不征。清溜平時空宿潦，黄雲刈處趁新晴。由來衆志金湯固，底用沿邊更築城。

過青石梁

夏雲如峰滿天宇，不辨爲雲與爲雨。雲開幻出塞天晴，羅列奇峰翠如許。峰多曲曲還盤盤，三千大千入望寬。鬱葱佳氣無時無，五雲來去路渺漫。飛梁高聳平林短，林杪雲移豈成誕。經過翠罕一遲徊，指點良苗馬蹄嬾。

灤陽别墅

駃雨洗炎溽，郊原物色增。溪橋低待補，野艇小能乘。遠岫依然列，高牕復此憑。微涼披拂處，琴響谷中應。

六月朔日至避暑山莊即事成什

天家堂構有那居，衣德彌思聽聽初。到日喜逢稱吉始，常年較早浹旬餘。對時避暑因徂暑，得境開予又起予。問豎雞鳴心倍切，計程四宿遲安輿。

眺遠亭作歌

空亭位置懸崖巔，宸襟一攬休氣滿。延清挹爽不可窮，畫本倪黄陋平遠。聖人跡偶寄亭林，中衢有酒任酌斟。遐邇一體咸在宥，動天以德天可諶。么麽跳梁偶然事，向隅尚閟歸仁意。玉環白雉會有時，益地圖開荒服至。元韻『況兹金川正有事，遥遥西望常廑意。禁暴安民不易籌，旰宵企待捷音至』，仰見聖謨廣運，德意周詳，行見卭籠小醜，不日就擒。際此重熙累洽，風動之休，無遠弗屆，何有蕞爾偏隅，獨閟聲教耶？

出麗正門恭迎皇太后至山莊喜成是什

不異寢門邊，躬趨七萃前。詢安扶輦入，望久佇旌懸。温清天家禮，晨昏子舍便。慈齡偕聖壽，遞衍萬斯年。

題紀恩堂

舊額已昭述德美，新聯復此紀恩駢。繼繩倍篤雲仍志，林壑真成作合緣。君並師模千古蹟，治兼道統一人肩。蘿圖永荷天休疊，隸首纔添後甲年。

雨六月初七日

今年氣候調，曰陽復曰雨。翕然塞天雲，膚寸徧寰宇。風伯吹萬竅，雷師駭連鼓。甘澍降以時，占驗符潤礎。爽氣從西來，入室充梁梠。此時荷蓑人，畝鍾計我黍。九重早和之，民依各有所。

山中

空翠曉來浮，添將鹿豕遊。雨餘山石潤，風過澗聲留。觀物心還見，揮絃韻欲流。野人不異者，居處類斯不。

千尺雪

何處移來玉塞邊，四圍迴合攬俱全。飛流直下無休息，妙旨憑誰悟恍然。
品水評泉數字顔，熱河原不讓寒山。休嫌地僻經過少，只在天題甲乙間。

塞湖載月之作

月臨塞上湖，載月窮幽趣。兩者慶相遭，一年曾幾度。況乃陰晴殊，意外得斯遇。近秋景漸清，山川自刻露。聖人天爲徒，泛舟一遊豫。如以心印心，上下通尺素。又如二妙俱，傾蓋可道故。咄哉謫仙狂，問月何其固。李白有問月詩。
何所無此月，不能必此遊。豈知陶季夏，絶勝遲中秋。遠水塞上碧，清風蘋末飈。弄波月盈掬，盪槳月滿舟。錘峰環繞處，一一呈螺頭。課量測軌度，時幾問更籌。即景自成咏，寓興渺何悠。千潭同一照，萬里速置郵。

載月十詠

月天

洗盡長空片段雲，野烏鳴噪自紛紛。未秋已覺晴如許，轉瞬秋成實有賡。

月星

疏疏三五覺芒生，恰伴秋河絡角横。不是稀星來點綴，那知海上玉盤明。

月峰

不比朝陽只在東，一規隱現數峰中。塞山照徹澄無滓，清景能令萬國同。

月林

疏仍被嶺密連岡，浮動黄昏雲外香。料是出輪枝有數，連蜷只合護仙妝。

月湖

有月應須更有湖，風吹練帶與匀鋪。年年並塞恩波闊，滄海珠涵似此無。

月　閣

爛銀樓閣排雲出，似鏡清光逼畫檐。縹緲華嚴現彈指，塞山一桁捲疎簾。

月　舟

載月湖中月滿舟，月光人影記良遊。扣舷不用歌如縷，瑞鹿和鳴在野呦。

月　橋

畫船人過畫欄橋，漾月空明湖水漻。擬向橋邊看串月，製將吴榜學乘潮。江南橋門多者，月影照如其數，謂之串月。

月　岸

隄通曲曲石欄憑，沙路高低月下登。比似珠淵不枯岸，迴舟向浦豈須燈。

月　坡

好山隨意上層巔，乘月攀尋薜磴穿。定有仙人拾瑶草，平坡如種玉爲田。

月夜游湖作歌

古今有數佳山水，求之塞上愈難矣。由來可遇不可求，名勝知無自秘理。呈奇獻秀得此湖，月色平分一千里。譬諸市駿搜遺賢，一昔遭逢自限始。炎歊旋卻微涼生，亦有金波散成綺。水底纔看玉鏡圓，船頭競指冰輪委。滑如笏，砑如紙，櫂歌沿溯何能已。恍探月窟尋天根，至人鑒空本如此。

打魚

采蘚於澤川衡爲，《周禮·地官》：『川衡掌川澤之禁。』四寸之目魚入之。灤河水族本充牣，年年打魚魚蕃滋。小魚用命撇波下，大魚或亦悠然也。逃淵失水兩無心，宿沙豈是善漁者。魯仲連曰：『古之善漁者，稱宿沙習子，使魚生於山，則十宿沙不得一魚焉。彼非闇於魚，山非魚所生也。』我皇仁愛及網罛，魚遊靈沼如江湖。偶然打魚設九罭，復挺以叉聲喧呼。臨流欲取不盡取，蜀尾穿鰓貫以口。東海寧須慕任公，濠梁底用懷莊叟。石湖西湖早如斯，小臣親見恩常施。上南巡四次，每過石湖、西湖，略陳漁具而罷，俱有詩以記，臣曾恭和。脱網逝若馬離厩，共喜天家網疏漏。

登四面雲山亭子

虛亭結構勝蓬瀛，黛色雲容接棟楹。一曲河流如碧玉，好風吹浪泛瑤瓊。

坐來心跡清無滓，望去林巒畫有神。繞屋濃陰不知暑，更從何處着纖塵。

花間露滴消殘暑，樹杪風迴動早秋。偶憩兹亭成茂賞，欲摩清景借詩籌。蘇軾詩云：『作詩火急追亡逋，清景一失後難摹。』

登臺待月之作

鍾峰月未上，遲月猶艤舟。一輪漸出海，雲路不自由。登高試流覽，衣袂風颼颼。馬上問刻漏，袖裏數更籌。清輝正皎潔，已滿千山頭。遥空辨草樹，委照明川溝。不知清露滴，但覺蒼煙浮。素魄界銀漢，圓靈覆遐陬。層臺洵多景，翠罥爲少留。晚霞亂魚尾，片片迎雙眸。欣然挹流爽，蘸筆紀斯遊。

夜遊山月十六夜因用十六月字

抹月供清娱，撈月謝妄想。待月月徐來，步月月隨往。月光水底印，月彩山巔朗。今月古人看，古月今人仰。吸月月華流，泛月月波盪。永夜月常圓，對月成佳賞。

賦得驟雨打新荷

池塘喧已動，駃雨欲來過。亂颭千絲柳，輕翻萬柄荷。田田纔出水，點點正淩波。帶露消紅粉，和風墮翠蛾。流傳末句在，元人樂府有《驟雨打新荷》曲。入聽鼓聲多。宋廣平喜擊鼓，有『頭如青山峰，手如白雨點』語。佩解湘江女，珠遺洛渚娥。一番如濯錦，餘響以停梭。記取青錢樣，憑欄愛極麽。極麽，言至小也。見《郭璞集》。

七月朔日作

雨暘洵有序，塞田欣逢年。清蹕駐山館，景物熙熙然。暑退秋早至，坐覺時節遄。涼飔林隙受，爽氣牕欞延。宸襟自舒暢，懽笑怡慈顔。際兹愛日長，奉侍惟拳拳。大火漸西流，豳詩紀七月。秋風貼體親，淅瀝松間發。董説詩：『貼體秋風一倍親，嶺松吹共歲寒人。』靄靄山光青，憑軒藉披豁。豐亨庶可期，農事誠難忽。好雨昨宵多，晨起檐霤歇。聖德感天休，占驗自無悖。元韻有注。

過東嶺遂至旃檀林

好山入望無定向，還憑登陟分東西。偶來拾級升絶頂，俯視紺宇雲霞齊。精廬自在枕山半，石逕迤邐從攀躋。幽禽啁啾林外語，瑞鹿馴擾庭中蹊。洞天福地此間勝，欲窮妙景須輕蹄。高齋少焉涼月上，但聽唧唧鳴莎雞。

鑷白

臣過四十見二毛，吟髭稍稍白可鑷。即今已屆耄耋年，窺鏡白盡鬚與髮。松柏蒲柳俱天然，染鬚膏面以情遷。蘇軾詩：『膏面染鬚聊自欺。』昨者慈禧錫慶典，上庠下庠皆引年。春秋增減真絶倒，忽焉耆英忽焉少。每遇挑選人員，必減年以示强壯，而養老則又增年以邀恩賚，真堪絶倒者。盥誦我皇鑷白詩，承歡璇闈寧云老。

立秋日作七月初九日

一霎風摇牕户涼，灤河山館暑曾當。偶看楓葉從空下，已覺秋容遞遠光。池畔蓮腮遲報謝，司空曙《立秋》詩：『花酣蓮報謝，葉在柳成疎。』草根蛩韻漸悠揚。宸衷早切西成望，省斂恩推願各償。

秋湖泛月

僂指一鈎楊柳外，又逢幾望此輪匡。泛湖冷笑横汾曲，那識幾餘愛景光。

湖水平堤清且淪，浮圖倒影泝流頻。塞湖若按即官例，勝賞千秋屬聖人。李白《泛湖》詩：「郎官愛此水，因號郎官湖。」塞湖屢邀睿賞，當以聖湖目之矣。

幾板平橋幾曲隄，蓮東魚戲復蓮西。太清渾在涵虚裏，聖藻光輝重與提。

平章風月原無價，量課陰晴亦有徵。就此朗吟天上句，塞山響答自相應。

秋　光

蓐收與少皞，司令何煒煌。氣清容颯爽，併爲秋日光。長林葉策策，老柳枝揚揚。均調候寒熱，得中晷短長。一望無遠近，千里分青蒼。古人稱佳日，信美無可方。況乃農夫慶，豐年歌穰穰。攬結欣茂對，元音出仙莊。

聖母登舍利塔恭紀

九級浮圖傳永祐，萬年聖母快先登。何須卭竹扶强健，直把喬松比壽徵。放白毫光仍普照，布金田地可能勝。慈寧歲歲來登眺，鈴語祥占茀禄增。

八月朔日作

好景數清秋，非煙月吉浮。雲容隨旅雁，草色戀鳴騶。篆字凝香鼎，涼飈送茗甌。篝車祝多稼，此日望中收。

即　目

秋澄萬象總清華，玉塞尤徵土俗嘉。户響連耞占歲稔，人拈落蒂辨寒花。碧湖遠岸千尋練，紅樹斜陽一抹霞。次第和門頒獮政，勾陳行導斗迴車。

癸巳春帖子詞

元日開豐象，元日得卯，爲十分豐稔之占。韶華應攝提。寅爲攝提格。立春恰逢寅日，正協孟陬之吉。昌明千載會，仁壽八方躋。

巡河畿甸奏宣防，疏瀹功成聖澤長。翔鳳親扶金母駕，遥瞻瀛鄭有祥光。

敷文自洽昭陽序，保泰彌殷已盛時。帝治常如春日麗，閏年春日更遲遲。

榷使寅虎侯看花艮山門外得二絶句因次其韻

側聞小隊出郊門，放眼花開十丈雲。好句傳來真似錦，要將新樣乞天孫。時兼尚衣使者。

幾番東風楊柳津，淺深紅紫鬬鮮新。蹣跚九十林棲老，辜負花時二月春。

題蔡西齋方伯所作母夫人行實後有序

讀西齋方伯爲其母蔣太夫人行狀，質實簡要，字字從至性流出。記陳群年五十餘，濡淚作先太夫人行述，後蒙聖主索觀所圖夜紡授經卷子，賜題二詩於卷端，中朝傳爲盛事。予父子與西齋先後其事秋官，契分親切。兹製額奉懸繐帳，復成一絶。

移孝從來可作忠，名門南國有家風。回思五十年前事，母範慈恩大略同。

題馮甥虞伯畫册有序

虞伯水墨，濃處取法房山，淡則時入包山。吾郡前輩中，項氏東井及令祖伯陽司寇，競秀趾美。此册寫梓里佃漁各景，如讀竹垞老人懷鄉口號，擬各識一絶，以傳藝苑源流。因病起頹，甚思致瑟縮，遂乃還去。一日，與先中丞偶談繪事，笑謂予曰：『兒子近亦嗜此。觀其趨嚮，似有祖風。』予曰：『閣下今始知之耶。吾識之久矣。何不取《香樹齋集》中題畫詩讀之。其《横江雁》一首，即哲嗣所圖也。』數日前，虞伯復出此册，申前請，則泫然涕下。手片紙，蠅頭墨迹，則先中丞撤瑟之前一月，題此册遺筆也。予讀之而有宿草之感，遂次韻成兩絶。復又得一首，以踐夙諾，且以見吾兩家世契之雅，並質諸孟亭侍御暨令子貽曾主政，知九十老友，尚於筆墨，未除結習耳。

郭外晴郊淡緑蕪，扁舟近局不能無。雙溪用里春流闊，來往新廬更舊廬。
澤國豐年水熟多，昇平是處沐恩波。畫師會得漁家樂，一陣腥風一剪過。
雨後烏犍帶犢犁，雙雙舴艋罱河泥。石湖詩意分明在，補作田園雜興題。

何氏妹寢疾三年溘焉長逝詩以輓之

愛讀鳲鳩一首詩，卅年辛苦嫁微之。那堪婚宦粗完日，便學維摩示疾時。

恬崖年七十三赴南宮試蒙恩授國子先生越歲即歸道山詩以輓之

雪鬢風鬟不怕寒，獨騎羸馬上長安。誰人着讀張夫子，白髮龍鍾拜一官。

題張氏女甥海山正果圖

一拂飄然問路時，三清得到爾何遲。白雲濁海皆無路，此際惟應鸚鵡知。

香樹齋詩續集卷三十六

聖主春巡津水恭擬宣防底績詩百韻倣柏梁體謹序

臣謹案：析津東界渤海，爲畿南諸水總滙經行之處，九河在其境内，渠岸尚存丁字沽及大小直沽，皆神禹疏導故跡。是則言水利於畿輔者，必舉上谷、漁陽，沃壤千里，洵不誣已。臣伏讀皇上丁亥春巡津郡，御製詩有『宣防難措是斯州』之句，仰見睿慮精詳，皇仁周浹，爲津民保阜康於永賴，貽樂利於無窮者，念釋在兹，溢於辭表。嗣是庚寅、辛卯，恭遇國慶駢臻，鴻禧茂集，上歡奉慈輿，疊巡津淀。所在隄防橋座，滚壩引河，俱經聖明指示。遞歲興脩，畺吏水官，祗遵條教，以時疏築，而億兆氓庶亦相與沐膏詠勤，勸功趨事。昨歲壬辰，申命重臣分至河干，履工確勘，遂斥少府帑金五十萬兩，次第從事。除永定、北運兩河，估帑三十萬外，如王家務、筐兒港等工，以及天津二十五州縣坊庸務固，洄注有方，原隰底平，高下孔濟，疏之使溉，濬之使深，導以爲渠，灑以爲澤，無廢弗舉，有利必興，將使舟鮫祈望之出，時獻鬻鹽之饒，與夫粳稻之轉輸，估帆之輻湊，埒於東南財賦之區，德至普也。三十八年春，西師屢奏克捷，小金川全境底定，恩綸疊沛，率土騰懽。上俯鑒津民顒顒望幸，且水程安適，足頤慈豫而臚衆歡，就近舉行巡典。於是，前此宣防難措之功，至是告厥成焉。蓋水維順軌，上係天時，而思患慎防，全資人事。我皇上每次幸津，閲河觀海，洞燭民艱，因爲策節，宣方略，至周且悉。如庖丁批郤導窾，郢匠運斤成風，又如國醫之視疾，察其腠理營衛，洞見五臟癥結。故凡所以治之者，不以壅而以導，不先於決口而始於下流，增益諸淀，停蓄衆水，以委輸於海，使水有所受，濬治舊川，束以長堤，高廣倍於前功，使水有所行，多開支河，聯絡相屬，使水有所分。而於窪淀數十處，各深而隄之，使水有所積。則雖逢偶潦，大川瀉之，支河析之，諸淀瀦之，高隄防之，施加於一時，敷被於久遠。所謂方行以纘禹之迹，端委而續禹之功，不在斯乎，不在斯乎。夫古人有一陂一堰，德在生民者，尚或播之聲詩，登於樂府，臣耄耋無文，不足以鋪揚盛烈。惟是津郡，爲臣賤有舊遊之地，考評行水，略記見聞，用敢以管蠡窺測，竭其區區之愚。敬撰宣防底績詩一篇，繕呈行闕，伏祈聖訓。

歲開昭陽時麗春，春餘推閏資乾元。世躋三皇治化馴，河清海晏忻人神。週甲纔數寅卯辰，重熙累洽國慶駢。屢豐大有書頻年，德威暨訖周垓埏。雪山玉壘掃蠻氛，緩征恤役推殊恩。我皇宵旰持惕乾，健行不息以法天。率祖彝訓在覿民，盡力溝洫必躬親。一再而三不憚煩，霓旌四指析木垣。仰承懿旨頒絲綸，俯答輿望臚民歡。緩程紆頓掖金根，由黄新莊至紫泉。樱亭竹埭開旌門，首途趙北達燕南。叶艫登安福春水船，坐來天上侍列仙。汀桃岸柳錦浪生，叶省耕豈爲春物妍。青皇自玒風日暄，詔免租賦前例循。畿民肌髓久浹淪，恩波汪濊澤國寬。并包萬派兼三津，七十二沽迴復環。九十九澱清且漣，少海之尾通裨圜。枝流條谷相沿緣，虖池涞涿濡溹涫。河名巨細不一源，雲朔恒代口外山。水歸歸墟赴壑奔，就中一隴兩腋分。右爲永定左北運，叶龍鳳白溝介其間。永定河性泥水溷，叶緩則淤阻急爲湍。南行霸州故道存，中亭玉帶洩水徑。叶中亭河受永定金門閘盛漲分減之水，至玉帶河則已成清水。因勢利導貴自然，北運入海道非遠。叶坦坡減漲功力專，北運河遇夏秋盛漲時，藉筐兒港、王家務兩減河分洩，由塌河淀七里海入海。丁亥，上初巡津淀，命督臣接築壩身，使坦坡漸下，以導其勢。通路河合白榆渾。淺宜包隁深陶潭，通漕輓粟求利便。聖人三至勤省觀，相度形勢籌節宣。指授瞭如掌上紋，謂此脉絡相貫穿。灌輸吐噏潤堯甸，叶欽哉大吏來咨詢。行所無事師禹功，叶遂人底用稽周官。亢如建瓴制其肯，叶窪如釜底衛其身。曩者偏告疾苦陳，賑贍不使恩膏屯。阜民之財解民慍，叶治益求治安益安。五十萬兩朱提銀，内帑乃斥水衡錢。督河守土敷皇仁，確勘毋稍糜官緡。增卑培薄分隰原，濬淤釃怒成安瀾。長堤千里平蜿蜿，屹如層巘橫如雲。筧壩埽磧既繕完，杠梁涵洞俱分明。叶昔也斟泥今鏡川，化彼舄鹵溉稻田。津途利濟王路遵，千艫萬艘何彬彬。宸襟喜洽停行軒，蘇橋柳墅賡睿篇。滄波樓頭臨曠衍，叶觀海臺上坐朝宗。叶瓣香昭賽春淀瀕，谷王瀆鬼趍後先。効靈揚職感寸虔，蛟龍慴伏靈旗翻。祥飇習習吹檣竿，海隅月竁徠貢琛。叶臣本此邦僑寓人，板扉雙掩河之漬。年時側帽垂吟鞭，舊遊一一心目懸。欣逢翠華數來巡，耄矣斬侍從臣。作詩一寫依戀殷，體沿漢製成千言。中韶何敢希擊轅，歡謡竊附歌迎鑾。

詠諫果

小品傳能諫，斯名亦壯哉。無心輕一擲，有味自能回。獻納同包匭，和羹比作梅。如何承浴罷，偏喜荔枝來。

文登陶節母詩淮安太守陶經初母

採薪莫採棘，慈母手上痕。得薪煨芋栗，誰云家未貧。東海有陶母，高行爲禮宗。叶盛年矢寡鵠，亟思殉一身。下有黄口兒，上有白髮親。猶子勝已子，婦存親始存。送老畢大事，鞠育殫辛勤。軋軋弄機杼，琅琅誦典墳。學成上六館，賢書旋蜚騰。牽絲作循吏，令守官再遷。子榮母節顯，綽楔旌其門。風木感無已，寸草心獨敦。夙秉封鮓教，難忘截髮恩。即今歌凱弟，聲滿淮水濆。撫兹牽荾衆，回憶拾薪艱。勉爲衆人母，何殊樹以萲。

花朝日雨

積雨過令序，而無客到門。酒盃聊一把，春意此焉存。應候庭花長，弄音檐雀翻。衰齡默自感，容易近黄昏。

雨中題庭前海棠

二分春色一分寒，欲睡花容尚未殘。老眼糢糊猶愛惜，霧中看又雨中看。

恭和御製春巡津水各體詩

閱永定河作

遞歲慎脩防，新堤固逾舊。紆者使直之，歸槽引奔溜。載度卑高形，因知患所受。濬淤規永圖，淤通水乃赴。叶訏謨秉行軒，履勘勤切究。二三來重臣，兹焉効奔走。設非大惠頒，安得巨工就。永靖千頃波，共祝十斛收。叶春巡展安瀾，成績亦既覯。圖始樂有終，思艱保爾後。守土與防河，善體其無疚。

瞻謁永定河神祠詩以誌事即前此北岸二工决口處。

喜報隄繇息，欣瞻廟貌成。明禋神位妥，宵旰聖心縈。自有風雲護，曾無波浪驚。近巡纔駐馬，昭賽此刑牲。旭日當春麗，祥飈傍午輕。瀆祇同奉職，只是感推誠。

題怵哉榭三首

就永定河神祠東廂，地方官洒掃爲憇息之所。因反蘇轍快哉亭之意，名之曰怵哉，而系以詩。

神絃送去復迎來，祠宇巍然枕岸隈。仰賴一人心怵惕，熙哉歌後續康哉。

風颭靈旗漾碧湍，春林如畫雨初乾。即看桃浪安流始，軫忘應紓稼穡難。

治河須爲治填淤，議浚猶然法禹疏。瓜艇一時羅百廿，作舟人各厪咨予。永定河工竣，尚書裘曰脩、督臣周元理等，議設浚船一百二十隻，分布各工，即令河兵以時淘濬，預艤河干，備上春巡閱視。

金門閘

直下渾河流，百里無紆曲。示掌必洞悉，分支亦旁燭。歸淀慎奔趨，到海斯統屬。置閘名金門，在險勢必束。減漲資節宣，由窪任淘漉。壩能逼溜迴，導行庶無促。勢既殊弦韋，路復判遲速。內帑斥金錢，細民給饘粥。一繩挽千鈞，焉能憚興築。濬淤漸釃流，取道徐赴谷。盥誦紀績詩，瞭然在心目。如米聚可觀，如帛裁有幅。仰惟勤民心，百爾當悚恧。

堤　柳

植柳護長堤，堤仍屹柳外。要取萬柳蟠，無俾尺蚓敗。漸長林自成，將疏木無壞。及時須補栽，具有成例在。防河員弁每月例須册報栽柳若干。土疏得木堅，斯理無足怪。柳看衙列分，堤有金湯賴。未雨切綢繆，何愁功弗逮。

良鄉行宫疊庚寅奉皇太后啟蹕之作韻

帝侍慈寧掖輦行，臚歡畿近接滄瀛。上陵先發昭宸敬，練日偕臨誌夙誠。蹕路好風仍汎掃，陽春庶草各抽萌。偶賡舊韻抒新藻，聖水長流眷聖情。

過吉楊邨成雜言一首

近畿近光，如雲如日。青雲干吕，東風應律。有鳥時樂毛羽鮮，聽歌有道俱懽顏。勿謏者詠仁而蹈德，難飾者問俗與臚言。樵夫所笑衷於一是，芻蕘之詢亦必當理。

定興道中作

漸遠山容淡，平添柳色青。燕臺應在望，《通志》：『黄金臺在定興西北。』蹕路此重經。早爲麥田計，還祈靈雨零。荷鋤諸父老，恩意總能銘。

至新城行館恭問皇太后安喜成長句

三朝五宿計輕程，上以躬謁泰陵，先啟行，五宿至新城。因命皇子奉安輿，自圓明園由涿州，三日亦至新城。問豎遄來切睿情。陂美地近督亢陵。麥苗看漸茂，水深柳葉正新萌。艤舟遠放熙春景，掖輦常抒愛日誠。行館仙毫惟寫豫，不逾晷刻報詩成。

麥　色

春添幾稜去聲青，渾不辨畦町。殘雪沾偏足，和風扇不停。延精移種美，《拾遺記》：『背明之國，有紅精麥。』福集感神靈。春秋佐助，期麥神福集。行受明昭賜，郊畿樂晏寧。

至趙北口作

天開曖景净無塵，黄屋青旗舊路遵。北際南垂原有别，邇安遠至總相親。畿民皞皞躋仁壽，淀水迢迢漾好春。最喜屢豐逢浹歲，省耕展義不辭頻。

湛持軒

聖心鑒斯空，監民如監水。周覽淀池瀕，衆壑自輸委。一爲籌節宣，民隱如繪矣。濬畎澮距川，勤民必於是。時巡觀厥成，永賴自今始。欄檻俯鏡川，春水流瀰瀰。空明涵太虛，洞開真視此。

登安福艫作

似馬帆檣艤淀潯，水鄉利涉啟斯今。艫歡億兆瞻堯日，盡力河渠惜禹陰。行令乘陽敷聖澤，對時育物入宸吟。不須更咏烝徒楫，莫罄吾皇于邁心。

閱鷹嘴壩及鹿疃引河處詩以示直隸總督周元理

往年漫水記決口，至今水痕在沙嘴。東西堤埝重繕完，後效前功胥視此。化險爲夷真良圖，使枉者直有至理。築堤取直，兹挑引河亦資取直。行所當行止所止，掌紋脈絡紛可指。斷長補短酌廣袤，東渠已展西渠徙。上以鹿疃引河，經督臣周元理議挑九百丈，足資取直之益。而於鷹嘴壩曲處止擬挑引河百二十七丈，勢促渠短，不能引衢溜以化險工，因指命徙西展長百十丈。仰見睿慮精詳，不惜多費，以固河防。凡爲衛民計者，至周且渥也。聖世康田不惜財，天時雨澤達亹亹。

淀神祠瞻禮疊舊作韻

百瀆由來問所司，淀河不遠海環之。成民以後寧忘報，捍患從今數此祠。不獨井閭安作息，還教年穀慶豐綏。欣逢慈聖同瞻禮，吹送祥飇驗受釐。

中亭河二首

此日中亭自在流，牨牛猶憶潦逢秋。見元韻詩注。祗應聖主提金鑑，賈讓何能展一籌。

屈注狂瀾亟障之，金門挑築豈宜遲。試看淀水明如鏡，一派澄波恰在斯。

蘇橋雜詠

蘇橋云是又云非，六十年前坐釣磯。臣少賤日，流寓津門，曾放棹泛淀，泊橋下，坐石磯垂釣，閱今將六十年矣。今日眉山成不朽，翻垂名蹟近皇畿。一門父子占文章，遺迹猶蒙考評詳。

地以人傳傳以遇，子牙明允亦堂皇。橋號蘇家，河名子牙，均屬傳譌，御製詩中屢經辨正。

臣亦微時卜數間，早春津水聽潺潺。百齡倘再迎安福，一侍天顏幾務閒。

隨輦書船傍水濱，計程一日到天津。誰知天上鈞韶裏，土缶微吟也略陳。上初巡津水，偶於御舟翻閱臣拙刻《香樹齋初集》有《津水早春祠》，遂蒙賜和，凡三次，皆命恭和。

三依皇祖閱子牙河詩韻

水利分司署子牙，成村成聚自家家。空傳渭水三千釣，已閱恒河無盡沙。春浪乍過魚貫柳，鄉童閒集手撈蝦。吾皇繩武頻依永，跋馬尋源一望賒。

閱文安堤工再疊舊作韻

堤成潦旋涸，窪水猶喧豗。何當變粦麥，萬頃東田開。往歲閱寅卯，柔金曾紀災。賑贍户各給，脩築工益培。邑小諸水滙，要是禹蹟皆。聖人親指授，畺吏勤疏排。長堤何蜿蜒，屹然如城垓。更念廢耕者，租賦奚從來。題詩代辰告，陶唐思深哉。

題湛觀軒

淀池與淀河，大小或相倍。悠然魚鳥心，樂此忘湖海。游目寄軒牕，湛然爲之宰。誦詩悟飛躍，契易無吝悔。觀水必觀瀾，旨同川上在。

琴高祠

迎師東海上，擬迹詎云非。一自騎鯨去，何當化鶴歸。琴聲留户幌，水色映門扉。此地蓬瀛近，誰知見亦稀。

題清源堂

記云或委或源，知此務本堪論。望去滄波無際，心將竹素爲園。出時萬斛泉湧，印處千潭月存。惟聖體仁長世，由來安土能敦。

揚芬港二首

種藕河邊暫泊船，好春花氣已紛傳。芬芳詎解宸遊意，幾番東風過麥田。

一曲支流別港分，那居不隔淀河濆。睿篇音叶雲韶奏，萬口傳來齒頰芬。

即　事

六龍時邁御天行，萬彙昭同暘谷明。河水安流關國計，田租賜服浹輿情。新烟漠漠因時改，宿麥青青按候萌。仰答宵衣惟匪懈，慎勤一念凜心怦。

御水營作

津門咫尺水鄉寬，列帳俄成秩秩干。衆壑朝宗瀛海近，百靈擁護淀波安。周遭七萃環行闢，錯落千燈映碧瀾。星拱辰居瞻氣象，爻閭蒿柱可同觀。

至天津府即事一首

春城到處鳥問關，迎輦花開亦笑顔。擊壤讙謡情倍愜，瞻天士女禮能閑。須知一道同風治，不異江南浙右間。僂數翠華臨幸處，閲河觀海總思艱。

命免天津府屬積欠及直隸前歲被災别州縣積欠詩以誌事

豁逋詔頻頒，經過例常有。旁及他州縣，殊恩遇非偶。聖澤無弗周，偏眚如身受。相隔已浹年，心猶縈輦道。叶累萬及盈千，以次蠲所負。漢文免半租，持較顔應忸。

題偕樂堂

略仿茅茨築，巡方偶憩之。命名徵在宥，被澤有餘思。天意無私覆，皇言本若絲。八荒皆我闥，陶詠一於斯。

賦得春水船如天上坐得遲字八韻

春水春船兩不知，詩能妙繪更推誰。欣聞天上傳天藻，恰向静中得静宜。細浪疊來因舵轉，輕帆展處帶雲遲。鏡涵直似霞光映，花落翻疑榆莢披。自有蝘扶隨淀曲，底須蝦引過橋時。迴思四次風雲際，上四巡江浙，臣父子先後俱忝扈從，每召試獻賦諸生，第一次臣與臣高斌、臣汪由敦奉命閱卷，第四次臣子臣錢汝誠偕臣尹繼善、臣于敏中奉命閱卷。不覺十年興會移。垂老難忘舟楫用，賡吟仍與聖明期。玉河億兆迎安福，御舟名。仰覲慈航一頷之。

天津迴鑾之作

人同江國泛吴舲，夾岸欣看麥隴青。流水迴縈依戀意，環堤犖峙阜康形。用詩序意。河防策底九重績，海屋籌添千億齡。曾是微時遊釣處，願隨清蹕祝慈寧。

恭和御製三疊錢陳群津水早春詞韻

近巡芝蓋東風翻，迎鑾士女郊坰煩。皇情怡愉一眷舊，墨卿應召趨行軒。萬毫齊力書新句，金和玉節清且温。寄讀迴思少賤日，數椽猶掩蘆荻村。根觸六十年中事，臣未第時曾流寓津水。閱今五十九年矣。撚髭技養飛詩魂。蘭舟平移花柳外，輕烟宿雨留春痕。臣心似水非眢井，感激脈脈流湲湲。傳觀棐几誦萬遍，穆然有會如逢原。

三月三日病起攜門生輩泛舟南湖至樓下小憩用東坡宿望湖樓詩韻

命楫始此泛，凝眸領秀色。新柳與澄波，淺深同一碧。僮扶引層梯，杖倚踏雙屐。樓高不敢上，對之心慄慄。久佇足知疲，振襟顔已赤。平生湖海心，寧戀菟裘宅。鼎鼎歲月過，老大參摩詰。勖哉二三子，慎勿忘微側。少日同遊人，幾見頭上黑。

附補作　沈叔埏

湖樓初放晴，岸柳初弄色。佳日此延睇，萬頃攬空碧。一坐春水船，勝着遠山屐。風帆檻外移，吹送寒慘慄。新漲笏面匀，晚霞魚尾赤。由來仙人居，況是圍棋宅。于以蠲微痾，偶然學摩詰。諸生分陪遊，予獨阻侍側。及聞詠歸時，入郭猶未黑。

春夜病起小集次玉坡甥韻

老去惟憑現在身，風風雨雨自隨春。遠程早讓雲間翮，先着誰贏局外人。忙裏得閒多是藥，静中求益豈無因。偶然説與二三子，舊學商量便遇新。

附原韻　何龍田

花散維摩不着身，東風杖履便生春。共知獨樂園中客，長作耆英會裏人。偶借談詩期後進，更教把酒示前因。雨餘倍覺晴光好，記取當牕月色新。

玉坡甥匆匆别予赴江寧送鵠雲弟卓薦之京即次際虞韻

此行爲展渭陽情，相送徵車上玉京。自有殊恩最績，星旌計日報輕。

元經歷蓑邨解組歸静海乞詩爲别

木門曾駐節，元氏數多才。蓑村爲予視學畿輔時所得士。我老懸車後，官閒問字來。先生心炯炯，弟子髮皚皚。好去薙三徑，還栽和靖梅。

題陳處士廣寧遺照

龍門桐，百尺强。小山桂，霏天香。翁居址，予舊里。孰翁友，曰予弟。翁隱市，弟師傅。劇譚飲，日無虚。翁仲子，斷斷者。明一經，紹裘冶。予甫冠，去井閈。五十年，忝薄宦。今懸車，廿載餘。仲子亮，歲謁予。予展墓，過翁門。仲提攜，翁孫曾。傳三世，衣傳衣。翁之安，翁之詒。

輓沈建偉明經

親串吴興彦，清門古處餘。有情敦任卹，遺澤在詩書。菊徑花仍吐，蘭齋帳已虚。惟看老友意，垂涕立躊躇。

壽胡誠齋觀察

安定多賢裔，臬使秉朗照。競爽得監司，清聲起閩嶠。世澤衍詩書，家風篤忠孝。一麾出望郎，慎勤歷繁要。敷惠恤星郵，處膏勵冰操。殷勤乞乞言，慙予德未劭。還持好懿衷，相期許同調。

口占答張觀察

廿載懸車卧舊林，多君款款話苔岑。慙無青李來禽帖，持展投桃報玖心。

寄壽王惺齋六十

文名宦迹兩俱清，十載田園願未成。結襪曾來朝貴客，勸經今集魯諸生。望中山翠真同黛，《水經注·華不注》：『青崖翠發，望同點黛。』坐處湖亭是濯纓。遥羨勝遊環講席，趨庭有子正稱觥。

答子健上舍寄懷之作即次其韻

弄珠樓下放湖船，名士曾留鬭酒緣。康熙丁亥，賓應王樓村殿撰假歸，約張匠門、郭迂公作柘湖之遊，適予亦至，會于弄珠樓，巽亭高丈前輩以侍養在籍，分韻賦詩。樓村詩昔犇樓中，今不可得矣。中允風流來甓社，達夫氣誼敞平泉。即今衰白三朝老，瞥眼追陪六十年。昨夜燈花知有意，芳塵追挹託詩篇。

莊杉屋廣文邀遊鄰近朱氏園亭用唐李頎員外裴尹東谿別業詩韻

憶予年六十，碌碌慎官守。未敢營菟裘，爲園時恐後。國恩許引年，賜杖得隨手。舊廬枕城南，門外一株柳。盈几書亂堆，長物更何有。鄰近起林亭，裙屐到門首。招邀同過之，無俟移尊酒。秋花多點綴，散坐互左右。奈予蹩躠翁，踏石如登阜。名勝何地無，過眼成蒼狗。

豐兒授中牟令引見後自京歸省詩以示之

十載防河吏，一行捧檄歸。汝兄違近職，伴我遺殘暉。漲去膏仍瘠，民勞力更微。毋令卓魯治，專美說前徽。

題待渡圖

秋高江闊挂帆便，名利人來有萬千。紅日方升波正穩，春風先渡孝廉船。

題人照

放艇晴溪裏，圖書列古歡。娱情入空際，託意在雲端。漁唱賡新句，蓴絲佐晚餐。春風與春水，天地本來寬。

題王味隒方伯觀瀑圖

方伯瑯琊才，世德裕夙秉。少承家範純，契道握脩綆。官階朱紫移，心迹雲霄迥。二東陳臬事，兩浙開行省。惴惴先績繩，治理亦深憬。三年上順成，諸政樂寧静。予老久縣車，息兹林棲景。話舊古處敦，問俗民艱訂。昨展望瀑圖，瀟灑寄遐領。科頭得大觀，託意在崇嶺。爲霖有推暨，澤潤同滄溟。憲乞際昇平，或鑒芻蕘請。

題舊畫

敦俗戒惰窳，觀風重懷仁。幸生唐虞世，見兹治化馴。耕織仿樓璹趙，孟頫嫁娶安朱陳。鄉里入豐樂，山川還樸淳。就中苧蒲輩，居然懷葛民。陋哉桃源圖，荒唐稱避秦。歲晏展此幀，題詩當吹豳。

答顧星橋孝廉

兩齋舊數三吴盛，弟子誰親安定來。一自故人返兜率，獨騎賜馬上蓬萊。遠程尚佇摩霄翮，低語多傳作賦才。千里九方終會合，要留聲價在金臺。

雲坡臬使愛予書隨手應付輒付裝池因題三絶句

第二廳邊識老吏，曾依書帶揖先生。而今頭白參同異，舊雨碑中附姓名。

嫂德請封纔裕後，父書應詔更先前。笑予弱腕無椽筆，慚愧雕鐫上舊阡。

庾公十札吾何敢，内帖新頒法更超。長夏臨池判水黑，還應相餉幾牛腰。

雲坡依韻見和再疊三首

野鶩家雞幾换更，衰齡塗抹手嫌生。御軒閒本新頒賞，鈐尾承恩許挂名。

稠疊主恩兩家事，勤拳交誼卅年前。墓銘製就經親繕，片石真成有道阡。

達賢有後如操左，官職聲名兩並超。虀臼平生多愧色，行將立馬拜山腰。

題福禄壽三星圖

建極錫福仰我皇，文昌司禄斗戴筐。二十八宿長角亢，弧南分耀景丁方。雙驂白鶴雲中翔，曰觀自在來慈航。石麟抱送犀角郎，曾以圖之懸華堂。産祥下瑞何滂洋，致此有自孝德彰。表厥宅里薰其鄉，冠簪嘉客紛坐旁。吹竿絙色歌浩倡，烹肥擊鮮陳壺觴。主人敬客客具慶，宜爾孫子樂未央。

甲午春帖子詞

凝禧承昊綍，集福奉璇宮。顧祝春如海，長看日正中。

殿頭寶字焕宜春，大盛年華協洽新。立春爲丁未日，考律書，大盛於丁。《爾雅》在未曰協洽，皆豐亨和暢之象。綵勝迓祥先送喜，探支七日肇元辰。立春在嘉平廿有三日。

甲傳雷令皇威暢，午啟奎文聖治昌。蹈詠長扶雙賜杖，臣蒙恩兩與香山九老之會，拜賜杖者二。恩榮重拜鹿鳴觴。臣陳群於康熙五十三年中京兆試，閲今六十年矣。荷聖朝豢養，生成再造之德，乃得長爲壽民，扶杖歌詠昇平。兹者歲在甲午，重逢鄉薦之科，再與鹿鳴嘉會，遭際昌期，實深榮感。

病革口占寄鍾制軍

我近易名典，公當述職時。平生不疚處，猶有故人知。

香樹齋文集

目録

香樹齋文集卷十七……（一五六九）

香樹齋文集卷十八……（一五八三）

序

進有功於時，退有傳於後，士君子之所願也，然而有得有不得焉。輔世濟民，由乎高位，艱於遇合者未能也。鴻文麗藻，輝映後來，闕於經術者未能也。故劉、柳無傳於事業，姚、宋尠見於文章，前人憾之。足於此而不足於彼，豈天之賦予固有定，而人之材力或有不逮耶？考古兼長並遇者，於唐得四人，曰張子壽、權載之、韓退之、李文饒，於宋得三人，曰晏同叔、范希文、蘇子瞻。是數公者，既以輔世濟民有功於時，復以鴻文麗藻流傳於後，千載以來，接跡者寥寥無幾矣，今乃得之錢大司寇香樹先生。先生少具俊才，鑽研六籍，含茹三史，泛覽諸子百家。其蘊植也厚，其抱負也宏。中年遭逢聖祖，選任詞館，繼邀兩朝拔擢，洊歷卿班。宣化秦中，革民舊染，視學畿輔，甄選名流。晉陟司寇，刑罰咸中，取士春闈，珪璋林立。涖事之暇，於朝章國政之鉅，郊廟禮樂之詳，無不隨在討論，援古據今，上下千百年，瞭如指掌，今所載奏疏、考辨、論説之類是也。而又出其緒餘，沾丐宇内，如贈送詩文之弁序，名山大川之題名，魚雁往來之尺素，鉅公名流之傳誌，琳宫梵刹之記載，争欲得先生言，以爲碑版卷軸之光。緬昔之稱子壽文者曰風度藴藉，稱載之文者曰精思經術，稱退之文者曰汗瀾卓踔、奫泫澄深，稱文饒文者曰號令大典皆出其手，先生有焉。稱同叔文者曰悉讀秘書，稱希文文者曰有德有言、傳道爲任，稱子瞻文者曰渾涵光芒、雄視百代，先生有焉。非天之賦予有獨優，人之材力無不逮耶？且先生之遭遇，又有勝於前賢者。唐惟載之始終安全，子壽排斥爲長史，退之貶謫於潮陽，文饒老於崖州司户。宋惟同叔以功名終，希文屢被讒毁，不久立朝，子瞻晚年，群小侮謗，遠竄少完福者。今先生明良一德，僚寀協和，極黼黻文明之盛。乞身歸老，帝眷逾隆，進秩予俸，優游泉石。暇日每挾金石圖書，古琴孤鶴，徜徉於鴛湖鷺脰間，望之者如神仙中人，非前賢所望塵莫及者乎？予於先生爲後進，當其同朝，休沐下直，輒相過從，商搉文史，及乎彼此。抽簪一棹，互相往來，時接先生言論風旨。歲辛巳，帝倣香山九老之會，恭祝慈寧萬壽，予亦許隨先生後，得繪像賦詩。今又序先生文集，挂名卷中，何其幸與。至於先生功績，陳謨颺言，具在史册中。先生韻語、樂府、古今體並可上追古人，藝林共識之，皆不待予言之贅述也。乾隆甲申春仲，長洲後學沈德潛謹題，時年九十有二。

香樹齋文集卷一

賦

河清賦以『黄河清，天下平』爲韻，并序。

雍正四年冬十有二月，河臣及近河所在守土大吏各奏，言由豫之陝、虞等州邑，至江南邳、徐等州及淮上，綿亘二千餘里，黄河清，至今湛然澄澈。臣讀京房《易傳》云：『河水清，天下平。』《易坤靈圖》曰：『聖人受命，瑞應于河。』衆所共稱，咸推上瑞。蓋由我皇上德備生安，治登隆郅，萬善薈萃，諸福駢臻。恩膏同于雨露，照臨並乎日月。用是天不愛道，地不愛寶，御極以來，凡三見卿雲，聯珠合璧，禾九穗，麥雙岐，蓮駢莖，休徵疊至。普天率土，人人歡喜，自幸生逢聖世，得覩太平之有象。即重洋遠島，遐陬極域，職方所未授，版圖所未陳者，莫不重譯梯航，接踵恐後。臣伏思三才一理，有感必通。平成者，參贊之實功也。嘉祥者，位育之徵驗也。百谷之王，四瀆之長，同時效順，有開必先。實由皇上至誠感格，聖心謙抑，復申命自天，告成于祖。垂履泰持盈之戒，廣斂時敷錫之仁。堯之允恭，禹之祗承，何以加兹？臣遭際昌期，覩兹徵應，敢咏歌盛德，以明符瑞之由，乃拜手稽首而作賦曰：

鴻濛既啟，瀆源孔長。路折于陽紆之麓，派分于陵門之岡。出崑崙而蹄涔露白，見積石而土色同黄。三門迴兮浩浩，九曲繚兮浪浪。檢映芝泥，授圖應籙。文成蘭采，協氣流光。洵嘉祥于以徵應，實瑰異之所窟藏也。爾其綿綿亘亘，逶逶迤迤。冒石門而箭激，包砥柱而風過。抱秦絡晉，襟豫帶魯。南會乎淮泗，北入乎滹沱。潤物長族，振槁起枯。既廣濟于舟楫，還分液于田禾。受明禋于聖世，爰後海而先河。其爲流也，直者不止，伏者不停。群鱗之類，栖托而出没。萬年之沙，糅雜而包并。笑寸膠之餘技，曾何足窺其一萍。惟聖德之感召，乃湛然而澄清。似明鏡之鑒物，非滄浪而濯纓。扶杖而慶者萬衆，應期而至者千齡。則見夫迅而不駭，徐而不遷。波恬恬兮湜湜，流緩緩兮涓涓。河伯受命于蒼昊，令百神之我先。大盧折溜而隱見，黄龍覺水而潔蠲。冰彝握帚兮騰騫于後，琴高秉扇兮盪滌于前。折則明玉潤，回則孕珠圓。洵亘古之罕覯，昭聖治于中天。維時澤腹方堅，吹豳飲社。際兹嘉平，降此福嘏。涇渭一色，納濟水而同清。日星朗照，映銀漢而如瀉。覩漣漪之可愛，悟晝夜之不舍。維黄輿之獻瑞，布大喜于天下，倣元會之盛事，乃升歌而進雅歌曰：

聖人在上，敘五行兮。懷柔允翕，感至誠兮。河水湛然，應文明兮。家用平康，百穀用成兮。五風十雨，泰階平兮。德可歌兮，不能名兮。

天上種白榆賦效唐人律體，以『垂陰天上，歷代不彫』爲韻。

邈彼晴顥，白榆交垂。布高空而奕奕，擢柯葉以離離。榦自倚天，迥拂星辰之上。根能拔地，低臨河漢之湄。想閶闔於混茫，紐芽奚自。緬春秋於榮落，移植何時。爾其敷廣蔭，聳喬林。台階相輔，閣道斜臨。運玉衡而共轉，結華蓋以成陰。三百六十五度有奇，遍栽歷歷。九萬一千餘里而外，遠望森森。種或近於柳躔，帶疎星而共麗。影若交於桂窟，連素月以徐侵。蘢蓊耀彩，薈蔚凝烟。孕育於太虛之表，胚胎於象帝之先。輝綺旭而如周燧火，霏細雨而不墮春錢。豈是玉關千行映日，應同雁塞萬樹參天。徒觀其超越寰中，扶疎雲上。竦碧落以交横，排閶闔而相向。霜雪自葆夫堅貞，雨露深滋乎浩蕩。不藉木公之長養，笑人間之種樹徒勞。詎因土德之滋培，覺造化之神奇無量。蔭大火於南離，分清輝於東壁。質寧枌社之堪儕，名豈山樞之共錫。午隨建木以亭亭，晨倚扶桑而的的。縱大椿之萬六，未足比其敷榮。即度索之三千，又奚方其閲歷。豈不以禀德陽精，植基天載。任二氣之互根，總一元之推代。傍樞極則永麗中央，交天柱而屼然作對。薇垣高暎，聯跗蕚以葳蕤。貝闕遥瞻，疊枝柯而霮䨴。故能與乾坤爲始終，無冬夏而茂欝。非自託於散材，竟長伸於造物。遠斤斧之追尋，謝巧匠之顧拂。有用豈如無用，古亦云然。小年未及大年，其誰曰不。際薫弦之普暢，正嘉卉之含韶。槐堦朗曙，藜閣凝宵。紀瑞而蓂方舒葉，占時而風不鳴條。仰健行之廣被，樂芳樹之後彫。五色雲中，早見輝流若木。萬年枝上，頻看彩焕重霄。

秋郊大獮賦以『大人同澤，上下交教』爲韻，并序。

是歲八月十日己酉，上閱武至準烏拉代地方。道右之圍既合，車駕詣行宫，有旨：『明日駐蹕于此，脩道左圍。』及晨，上乘馬出和門，從官之執事圍中者，咸先期儲倂。臣與大學士臣查郎阿等，侍立門右，仰瞻雲日，霽色順時。魚須之旂既導，雕玉之輿既隨。行未數里，遣侍郎臣傅恒傳諭臣等，綴筆爲賦，以紀斯典。臣惟大閱載于《春秋》，教田垂于《月令》。周宣内脩政事，外攘夷狄，復文武之境土，會諸侯于東都，以講武事。其時詩人爲之賦《車攻》，賦《吉日》，以書其美。弧矢以來，兹爲近古。後世《子虚》《上林》《羽獵》諸篇，鋪陳過實，君子譏之。他若華林之舉非其時，元武之局于其地，庾信、張説，撦撏揚厲，亦無取焉。我皇上法祖勤民，興仁興孝。恩澤所覃，沾溉庶類。乃以安不忘危，有備無患。四年冬舉大閱禮，六年秋脩大獮事，八年幸盛京，恭謁祖陵，蠲租賜赦，進從官階一級，中外震聲，歌咏明盛。今年七月下浣，恭奉慈闈，復脩田事。凡行圍所過之地，皆聖祖當日三至、五至之區。塞農野老，林立道旁，得睹天顔，無異爲兒童時仰覲神堯也。而番部名王之率衆來迎者，亦相望于途。維時山川效靈，風雨和會。臣陳群備員禁近，得隨輦路末行，旃帳濡毫，不文是恧。謹拜手稽首而作賦曰：

蓐收乘令，少皥司天。禱申房伯，道指燕然。選車徒者數萬，號賁育者三千。揚祖烈于龍沙，平移華蓋。奉慈顔于黄屋，廣列細旃。肅馬政以訓五戎，既閑既好。遵秋原以瞻百穀，實栗實堅。下令師中，禁蹂躪于長路。沛恩畿近，賜田租之半年。夜雨知時，潤庶草而征衣不濕。秋山如畫，罨衆卉而鈴旆自妍。于時鎖鑰元戎，屏息凛節。穹廬君長，抗手獻珍。負弓弩者備東樓之裔，通膏沐者列西雝之賓。拖豨之矛，非假淬而後利。射熊之館，不待移而自陳。規延袤以星羅，路方千有餘里。偭爽塏以枰列，圍設一十五巡。肅慎悉暈重圓，聖乎又縱。烏號自呈滿月，天也非人。于是八部分行，視前旌以爲導。兩異競進，拱大纛而居中。人影環山揮袂，雲連霎靆。馬蹄踏草風來，香染芎藭。迎鷹窠之千嶺，審虎蹟于三㚇。洵無幽而不入，亦靡奥之弗通。凡兹經鳥道而用命者，莫不因田事而抒忠。則見驚群虨獸，窟不能營。挂熷文禽，木不能擇。鹿麌麌而緣崗，兔爰爰而越陌。黄羊之起殷殷，斑雉之飛彳彳。狐失冰聽，豹迷霧澤。狼雖顧而離披，熊欲申而狼藉。虓虎迎天弧以就殲，大兕嬰地羅以自搤。或迸石而墜崖，或獲雙于射隻。縱突圍其延喘，終魄褫而神虩。爾其角力，既敵于群。材獻絶復，及于衆養。髯官遞嗾，天狗狰獰。奚奴指頤，海青迅往。隼脱韝而奮擊，犬帶令而直上。小試則似石壓卵，大受則如獅搏象。中必要害，來必惝怳。乍飈發于雲間，仍馴伏于御仗。況復德稱乎駟，凡優于馬。獸多若陵亘，禽墮如雨下。實既登籍，矢猶盈把。按轡于巖嵲之峰，馳驟于廣莫之野。于以見軍旅之止齊，而餘勇之可賈也。衆志懌矣，皇情寫矣。召墨卿而灑翰，何揚風而扢雅。爰整七校，爰建長旓。序涉涼候，歷徧秋郊。解湯網之恢廓，筮顯比之象爻。簡左膘之上等，進慈寧之嘉肴。貴胄公孤，頒以肥脆。羽林鵷鷺，逮以燔炮。豈惟示雨露之均，亦以定上下之交。是役也，發軔流火，迴軫初寒。深谷長松，迢遞盡乎遼土。鐵漿芹菜，館舍覽夫契丹。應氣而行鉅典，撫景而得大觀。示禦攘，課繕完。威武耀，磐石安。惟德車之遠馭，占玉衡之長端。賦成紀實，歌以志歡。歌曰：於鑠皇旅，則時邁兮。仁有義正，敷天對兮。祖烈重光，威無外兮。日未靡旓，無已太兮。又歌曰：率左右兮從群醜，還宸居兮薦嘉卣。天祿申兮昭受，式下武兮萬壽。

冰嬉賦并序

歲赤奮若，日行北陸，水澤腹堅。天子臨太液池，召羽林軍，呈藝角材，行賚有差。諭曰：『是冰嬉也，是國俗也。』乃援筆爲賦，以記斯典，洋洋千有餘言。既曲盡其致，復申之以式。舊施惠而終，戒其逾則一。訓練之舉，以其近於遊觀也，而箴警寓焉。穆乎，煥乎，賦體之極則矣。賦既成，命内廷諸臣各製一篇呈覽。誠不遺菅蒯，不棄蕉萃之深思也。臣才識淺陋，抱詹詹於聖人之門，猶擊瓦缶而答黄鐘，悚仄屏息而作賦曰：

懿夫，我皇之馭物也。因地呈能，順時布澤。巡方而沙漠揚威，練衆而巧捷奏力。歲功既成，汔可休息，乃行健之法天，自朝至於日中昃，不遑暇食。恩必遍逮，寓賞於貞。斯受之者不誣，而收之者可覈。昨者分命諸王，陪以列卿，閱射郊外，以厲府兵。犒以第而施，技以賚而精。鐫感激以騰躍，披衆志而成城。乃稽國俗，爰有冰嬉。玉虹之灣，太液之池。風栗洌兮瑟瑟，波凝滯兮澧澧。展積素於蓬島，琢千頃之琉璃。召期門佽飛之侶，角躡虚軼足之奇。衣短後飾以韋，取堅緻牢以韋，行分林立，如屏如帷。咸抱能而欲試，受節制於一麾。

天子於是建雲罕，移左纛，斲方床以當舟，設重茵以爲屋。亦纜亦篙，不楫不轂。蝘蜓効順以前驅，馮夷應蟄而潛伏。瞻五雲之靉靆，識六龍之清穆。於斯時也，獻捷者争先恐後，超群者汎駕騰空。綳屨以鐵，其形則刓。趁趕儇佻，疾若驚鴻。少衂而機以停駭，迅往而氣以任恍。翔如奮翼，輕如御風。彷彿乎帆檣之齊發，而舵捩箭激突出乎其中。先登者賞，書某某也。賞不鄰濫，格以九也。前遮後要，孰蔽其好也。澶漫不進，又誰之咎也。賞亦及之，以作其赳也。夫何隊合伍開，變換餘技，樹以兩旂，踏以雙齒。執事屏立，珠毬中起，心注手揮，目不他視。驪龍之睡何時，夸父之逐徒爾。遠之則忽怳，近之則遷徙。獲雋者曾不盈於一掬，力窮者笑虚張乎十指。若抗若墜，似合似離。騰騰沓沓，盱盱睢睢。或先迷而後得，或欲迅而反稽，或黏天而不下，或及地而更飛。瞥依襘而傍袂，羌欲挽而成推。任舉趾其防蹶，乃長跪而赴之。

觀夫燕石燕珍，楚弓楚得，劃乎分疆而立限，犁然引繩而削墨。奮翮者圖南，垂翅者返北。幟既拔而奏功，罫方贏而定局叶。邀一貺以自榮，敢云我戰其必克。彼蹋鞠爲軍中之戲，拔河博耀武之名。繩伎近褻，都盧身輕。吞刀吐火，競渡胡旋。叶或詭而異，或駭以驚。孰若此之循舊章以鳴豫，鼓衆士而化争也哉。賚既行，懽�躍，六出霏，鋪洛澤。講武事，求民莫，八蜡通，鬼神索。緊斯典之匪兮，念先民之有作。是故先時不舉，後時不陳，戒臨深與履薄。

香樹齋文集卷二

奏疏一

遵例進起居注疏

奏爲雍正十一年，起居注書成，遵例奏聞事。欽惟我皇上德協中和，功兼位育。紹無疆之泰運，庶績咸熙。體不息之乾行，九功惟敘。躬承郊廟，迓純嘏於明禋。祗謁山陵，普恩施於錫類。治心、治身、治世，性宗闡三教之源。曰誠、曰敬、曰仁，宰制握萬幾之要。念念以天心爲鑒，時時以民食爲先。加賑蘇近海之窮黎，發粟逮河濱之蔀屋。全給運艘之月米，澤國流膏。免追兵弁之月糧，軍中挾纊。蠲億萬之正額，被恩波於兖豫三秦。寬現年之條銀，布愷澤於普沅六詔。下減賦緩征之令，於屢豐大有之年。益欽睿慮之周詳，仰見仁心之浩蕩。網羅俊乂，宏博與理學同徵。眷念勳勞，耆舊與賢良倍渥。量才廣額，邊方悉荷洪鈞。適舘授餐，詞苑傳爲盛事。重塘工則興脩石壩，海不揚波。振士氣則簡閱軍營，兵皆按籍。頒諭旨以垂楷則，永著臣規。納條奏以採芻蕘，廣開言路。辟以止辟，審輕重之權衡。刑期無刑，務聽斷之明允。布德行惠，無非稱物以平施。因事制宜，莫不斟今而酌古。勞來輔翼，番藏歡呼。體恤撫綏，外藩悦服。既揆文而奮武，自遠至而邇安。洪流之引河，自開功能防險。交廣之靈泉，自湧甘可溉田。麒麟表瑞於潼川，卿雲絢彩於閩嶠。嘉祥疊至，徵百福之來同。協氣霶流，彰一人之有慶。臣等身依日月，職在纂編。紀雲物之光華，書成柱史。佩絲綸之昭示，學愧皐謨。懽忭實深，賡揚莫罄。伏查舊例，起居注館記注於次年之冬具奏，敕令内閣收貯。今值雍正十一年書竣，謹遵成例奏聞，恭候命下，臣等欽奉遵行。謹奏請旨。

代母恭謝疏雍正十三年

奏爲代母恭謝天恩事。本年二月十一日，跪聆聖訓，蒙皇上垂念臣母年近八旬，恩賜硯一方，人參二觔，内府緞紬各四疋。臣祇領後，即差家人恭齎到浙，臣母恭設香案跪領訖。今於本月内，接臣母寄臣信，内云『汝自幼孤苦，寒素食貧，遭際聖明，久叨侍從清班，屢畀衡文重任。每接邸報，見汝蒙恩遷轉，我感激惶悚。清夜思之，輒至涕下。但願汝恪守官箴，力圖報稱。我即布衣蔬食，實爲榮幸。乃仰荷恩賞，下賁蓬門。被命服之五章，光逾翟茀。拜靈苗之三秀，澤潤衰顔。感切餘生，舉家頂戴。但我係婦道，所有感激下忱，無由上達。汝現在視學直隸，密邇禁籞，其敬謹繕摺，代申蟻悃』等語。伏念臣一介微賤，少承母訓，長沐皇恩。自通籍以來，一絲一粟，得盡子職，皆出自皇上生成所賜。今臣母復膺錫類洪仁，實臣世世子孫浹髓淪肌，矢報靡涯之厚典。所有臣母感激下忱，理合繕摺，恭謝天恩。臣可勝感激惶悚之至。謹奏。

謝補翰林院侍讀學士疏

奏爲恭謝天恩，仰祈睿鑒事。雍正十三年閏四月二十五日，奉旨：『錢陳群補授翰林院侍讀學士，欽此。』臣隨恭設香案，望闕叩頭祇謝訖。竊臣一介庸愚，學識淺陋，荷蒙皇上生成教育，忝列侍從之班，勉効文章之任。自奉命視學畿輔以來，實心體察，夙夜冰兢，惟恐才力難周，時虞隕越。今復仰荷隆恩，補授翰林院侍讀學士。聞命之下，彌切悚惶。伏念學臣爲化導專司，學士爲清華要職。聖慈策勵，刻骨銘心。惟有持躬益謹，課士益勤，敦實學以振文風，勵實行以端士習，庶幾仰報高厚洪恩於萬一耳。所有微臣感激愚忱，理合繕疏具奏。謹奏。

謝賜聖祖仁皇帝御製文集疏

洪惟聖祖仁皇帝德備生安，道隆作述。亶聰明以照臨四表，本天縱而多能。錫勇知以丕冒群生，集大成而首出。冲齡踐祚，時敏而允懷於兹。晚歲傳經，好學而從心所欲。廣因心之孝，色養備極於重闈。凜昭事之誠，欽若上孚於蒼昊。禮明樂備，徵文德之誕敷。遠至邇安，歌武功之赫濯。授方略而兩河底定，沛恩施而六合清寧。仁敬孝慈，永貽君極。都俞告誡，用立臣規。重道崇儒，心性啟圖書之秘。厚生務本，農桑垂婦子之經。慶賞刑威，法制詳而推行盡善。方名象數，考據備而纖悉靡遺。洪開萬代之文明，共仰一人之著作。可大可久，既易知而簡能。巍乎焕乎，自日新而富有。箴銘記序，論列標藻鑑之公。詩賦歌詞，吟咏得性情之正。集分四帙，如四時之順布以流行。卷必萬言，擬萬彙之昭融而敷布。藹藹太和之氣，煌煌元始之音。蓋敷典陳謨，洵足昭垂於久遠。而紹聞衣德，端賴繼述之聖人。恭遇我皇上中和建極，誠敬綏猷。奉寶訓以牖民，四海咸遵王路。秉韶音以覺世，萬國共識周行。以心傳心，見天人之一貫。以聖紹聖，彰先後之同符。當問安視膳之年，夙親承夫指示。逮繼序守文之日，更默契夫精微。先天下而是訓是行，祖述與憲章並懋。率臣庶以世法世則，覲光與揚烈偕隆。午夜研思，拱天球於虎觀。深宫頒示，耀金鏡於鵷行。臣備員禁近，視學郊畿。仰日月之經天，管窺有志。覩江河之行地，蠡測終慚。惟有身體力行，永書紳以佩服。珍藏什襲，鏤心版以率由。所有微臣感激下忱，理合恭疏題謝，伏乞皇上睿鑒施行。謹奏。

遵旨回奏疏雍正十二年

奏爲遵旨回奏事。臣於本年二月十一日跪聆聖訓時，蒙皇上洪恩，以臣母年老在籍，臣邇年以來，奉差楚南、三秦等處，事竣回京，奉職翰林，未得省視。今復視學畿輔，准臣於科試將竣時，酌量請假，回籍數月，得侍臣母顏色。高厚隆恩，亘古罕遇。臣跪聆之下，感激涕零，無可言喻。伏思周詳盡善，纖悉靡遺者，乃皇上體恤臣下之深仁，而身膺重任，勢難兼舉者，實臣下奉公之大義。學政一官，衡文取士，校閱務必精詳。興讓型仁，化導尤須實踐。矧直隸首善之區，道路周迴七八千里，統率士類一二十萬。中人之性，往往視學臣表率之疎密，以爲勤惰。臣即時加約束，朝夕提撕，猶恐識見未到、才力有未周之處，惴惴焉隕越是懼。至於三年之内，歲科兩試，自應按期報滿。比年以來，因接任稍遲，永平一府曾經兩次展限。臣愚見欲於來歲春初即行歲試，則時日寬餘，庶免以歲作科之請。再四思維，實無餘暇可以回籍省母，隨於家人恭賫恩賞到家寄候。臣母禀帖内禀知，而奉恩旨，俯憐臣下烏鳥之情，准臣於試竣奏請給假省母，再赴學政之任。臣母歡欣鼓舞，感悚交集。昨寄家信，勉策報効，並云『汝受皇上深恩，畀以畿輔學政重任，須實心實力，訓迪多士。我身子比前更覺强健，尚可來京就養』等語。是臣母所見與臣無異，將來仰賴洪恩，臣職守可以不離，母子可以常聚，皆出自皇上温綸體恤，格外矜全之賜矣。爲此具摺覆奏，臣可勝歡忭感激之至。謹奏。

謝賜經典二部疏雍正十三年

奏爲恭謝天恩事。雍正十三年六月十一日，據臣六月初七日所差進摺，家人王梅恭賫欽賜《御録宗鏡大綱》一部、《御録經海一滴》一部到。臣按考通州地方，臣隨出郊跪迎至署，恭設香案，望闕叩頭祗謝訖。伏惟皇上心涵萬善，道濟群生。集千聖之大成，性天一貫。彙諸經之至教，純粹以精。固已最上最尊，千百國仰慈雲之布濩。正如正見，億萬年覩覺路之澄清矣。乃以至德難名，自無藉於言思讚嘆。上乘可企，要不滯於文字語言。酌彼菁華，心可維而口可誦。撮其旨要，美斯愛而愛斯傳。爰錫嘉名，兼題御筆。一曰《經海一滴》，一曰《宗鏡大綱》。百法名門，於慈總備。開鏡光於鷲嶺，群瞻日照中天。納海潤於龍門，共慶澤流大地。臣備員翰苑，久沐恩榮。奉職郊圻，宣揚化導。琅函頒示，身依衆寶林中。盥手仰瞻，心企諸天法界。伏思主一可以神應，而致一尤貴於存誠。執簡可以該繁，而行簡必先於居敬。惟有凛遵祇守，以自利者利人。體立用行，以奉心者奉職。冀稍開於頑鈍，庶仰報乎高深。臣可勝感激歡忭之至。

請選拔貢生即歸皿字號鄉試疏

奏爲直屬已經選拔各生，仰懇聖恩，俯准入於皿字號内應試，以宏作育事。竊查順天鄉試與外省不同，生員、貢監各分字號取中。生員應試入於貝字號内，恩、拔、歲貢及副榜、監生應試，俱入於皿字號内。此例由來已久，但拔貢一項，從前俱係學臣選拔，造册報部，即准作爲拔貢。於雍正五年，欽奉上諭：『六年舉行一次。令各省學臣，秉公選拔，具題送部引見。』嗣於雍正六年，前任學臣楊超曾科試直隸各府、州、縣生員，於雍正七年鄉試以前，選拔事竣，旋即具題送部。禮部將選拔各生，劄行順天府，入於皿字號内鄉試。自雍正六年選拔之後，至雍正十二年，正届六年之期。前任學臣吴應棻遵奉部劄，科試宣化、保定、正定、順德、廣平五府，及直隸趙、定、易三州，已照例選拔。臣荷蒙聖恩，簡畀順天學政。接任以來，科考八旗滿州、漢軍，順天、河間、大名、天津四府，及直隸冀、深二州，亦遵例選拔在案。臣因接任日淺，鄉闈期近，科試難遍，將永平一府，題請以歲作科。俟諸生出闈後，臣即星赴永平，補行科試，業蒙俞允。是永平所屬鄉試，以前不獲選拔，其各府、州、縣已經選拔諸生，緣永平未經選拔鄉試以前，亦不獲具題送部引見。今諸生現俱有志觀光，因具題送部，尚在有待。既不獲邀禮部劄入皿字號之例應試，又以名列選拔，該學生員科舉册内，不復造入送試。紛紛環籲，欲臣將伊等以選拔咨送鄉試。但伊等雖經選拔，現在尚未具題，臣不便冒昧，遽行咨送。理合奏明，仰懇皇上俯念鄉闈期近，特沛殊恩，准臣即將各府、州、縣已經選拔諸生，咨送順天府，一體入於皿字號内鄉試，則諸生感戴皇仁於無既矣。爲此繕摺具奏，伏乞皇上睿鑒施行。謹奏。

請分别已受封典之節婦仍得旌表疏雍正十三年

奏爲已受封典之節婦，仰懇聖恩，分别旌表事。伏查定例，婦人三十以内夫死，守節至五十歲以上，准其旌表。若已受封典之命婦，一概不准。竊思命婦之中，有受封典在先，而夫死在後者。彼既身爲命婦，自宜守節，例不旌表，洵爲允當。其有三十歲以内夫死，守節在先，迨撫孤成立之後，因子顯達始獲受封者，似應准其旌表，以彰潛德。蓋母因子貴，若其子顯達，即尋常偕老之婦人，未嘗不可受封。是封典非爲節婦而設，彼守節之婦，既能教子成名，尤宜急爲表揚。若以其既受封典，不准仰邀旌表，則前此之苦節，竟因子貴以致湮没而不彰，殊非聖朝顯微闡幽之至意。所當仰懇皇上天恩，將守節在先、受封在後之合例節婦，准予旌表，庶潛德幽光，無復湮没之憾矣。

懇請瞻仰大行皇帝梓宫疏雍正十三年

奏爲微臣哀感實深，仰懇聖恩俯准，叩謁梓宫，以申思慕悃忱事。竊臣一介寒素，才識庸愚，叨列翰苑十有五年。荷蒙大行皇帝教誨生成，由編脩拔置學士，屢以文字進呈，輒蒙獎賞。至於差遣任使，乃臣下奉職之常。臣惟祇凛訓誨，敬謹遵行，而温綸議敘，遷擢頻膺。凡褒嘉之下逮，實夢想所未經。本年正月内，畀臣畿輔學政重任。恭請聖訓時，垂念臣母年近八旬，特賜人參、端硯、貂鼠、宫紬、緞疋等物，並許臣於辦公之餘，請假回籍省視。臣以學政事繁，實無餘暇覆奏。復荷硃批優答，准臣迎養臣母。又於七月内，奉旨着在南書房行走。八月初八日，大學士張廷玉傳旨嘉獎。十五日，隨諸大臣進見。十六日，奏明往永平府補行科考，又蒙召見，賞賚獨優，屬望勉勵，刻骨銘心。乃未及浹旬，竟成萬古。驚聞龍馭上賓，五内摧裂，神志昏迷。晝夜考試，席地披閲。事竣後，匍匐奔至京師，恭請聖安。伏思大行皇帝深仁厚澤，沾被九有，凡在臣民，莫不哀思感泣。而臣受恩更渥，悲號嗚咽，口不能宣。仰懇聖恩俯鑒微臣思慕忱悃，准臣叩謁梓宫，庶得少伸哀感。從此整攝精神，益加黽勉，冀效犬馬於聖明之世，以仰報大行皇帝知遇之恩於萬一，皆出自皇上高厚之賜矣。爲此瀝血哀懇，臣不勝呼籲激切之至。

懇請貤封疏雍正十三年

奏爲仰懇聖慈恩准貤封，以全微臣烏鳥之情，以廣天家錫類之仁事。竊臣幼嬰疢疾，孤露無依，外祖母陳實憐憫之，見臣失乳，恐旦夕不保，遂從襁褓中抱與俱歸，延醫調治，百計生全，筆難罄述。自一歲至八歲，無日不在提攜之内。臣年七八歲時，以臣爲錢氏宗子，割愛遣歸，居無何，陳亦即世。臣以撫育之恩，分難遺棄，日夜號泣，幾不欲生。時臣祖年八十餘，病卧床第間，鑒臣斯志，命臣於名字内得存陳字，以誌不忘，此臣陳群所由名也。幸際昌期，旋通仕版，十有五年矣。兹恭遇覃恩，凡官員現任者，俱依品級，彙請封典，並得榮及所生。臣於九月廿三日，蒙恩轉補右通政，例得封及臣祖父母。其翰林院侍讀學士任内應得本身職銜，仰懇恩准貤封臣外祖父母。微軀存活，義不忘於所天。烏鳥私情，實有求於恩主。伏惟聖慈憐察，俾臣得稍展酬報撫育之隱願，皆出自皇上錫類之深仁矣。謹奏。

請旦字號舉子一體分别官民疏乾隆元年

奏爲仰懇聖恩，將宣屬鄉試分别官民，以廣皇仁事。竊惟鄉試分别官民字樣，照額取中。此乃國家體恤孤寒士子，加惠官員子弟之至意。似此曠典，自應率土均沾，不宜更有互異。今直隸一省所屬十府五州，其順、保九府五州，生員鄉試俱分别官民卷取中，惟宣化一府同隸畿輔，因編旦字號，遂不行分别官民字樣，使不得與九府五州官員子弟，共沐聖朝雨露，殊非所以昭畫一者也。伏查雍正二年，禮部議覆，加增五經中額，准將旦字號併入貝字號，比校文章優劣取録，是五經中額，並不以旦字號而有歧視。乃官卷一項，竟以旦字號獨不得與，宜其喁喁向風，在所不免。再陝省之寧夏，亦另編丁字號，甘肅亦另編聿字號，而寧夏、甘肅之官卷，則與通省之官字號比校取中。今宣化另編旦字號，與陝省寧夏、甘肅另編丁、聿字號無異。況直隸順、保九府五州之官卷甚少，每逢鄉試，幾至缺額，而宣化所屬現有官卷，又格於成例，不獲與選，豐兹嗇彼，所宜急爲通融。且宣化所屬之蔚州，素稱文獻地，向隸山西，得邀官卷之典，今改屬宣化，則俱抑入民卷。即就蔚州而言，先後互異，尤屬未爲妥協。所當仰懇聖恩，一視同仁，將旦字號之官卷，照五經中額及丁、聿官卷之例，准其併入直隸通省貝字號内，校文章優劣取録，如此則皇仁普徧，而近畿士子益加鼓舞矣。爲此繕摺具奏，伏乞皇上睿鑒施行。

香樹齋文集卷三

奏疏二

請廣種植以厚民生疏雍正十三年十二月

奏爲請廣種植，以因地利，以厚民生事。臣聞《周禮》地官司徒以土會辨五地之物，生植物凡五，曰皂物，曰膏物，曰覈物，曰莢物，曰叢物。所植不同，其利於民一也。國家久道化成，凡康功田功，無不經畫盡制，惟種植樹木，小民以爲非目前利益之事，多忽而不講，地方有司官亦視爲具文。即勤於職業者，亦不過於官路之傍，種植成行，補其闕略，聊以塞責耳。不知地道敏樹，即至瘠之地，非斥鹵不毛者，皆可種植。誠各視其土之所宜，勤爲栽植，數年之後，暢茂條達。落其材可爲薪槱，取其實可充殽核。至河濱水窟，既可保護堤根，復可採爲捍禦之備。臣曾于役秦、楚、晉、豫諸省，見民間隙地甚多。畸零者不種五穀，閒曠者不便開墾。誠依地官之法，廣樹五植，則官足於用，而民資其利。試就京師郊外，百里之內，度可以種植者，不可勝數，況天下之大，隙地之多乎？從前怡賢親王曾奏請行於直隸近水州縣，數年以來，現有成如效，但未通行，亦未曾設立勸相之法，其利未溥。臣請敕下天下郡邑，務將隙地悉皆種植。如係官地，則令官種。地方官有能資種至千本以上者，准其紀録，務須核實，造在交盤册内，以備地方公事需用。民地應令民種，富民有捐資種至五六百本者，給匾獎賞，成材之後，聽其取用，不許阻撓，上司官仍不時稽查。如此則因民之所利而利之，用力省而成功多者，莫若此也。如果臣言可採，伏乞皇上睿鑒施行。謹奏。

請改歸冒籍生員疏乾隆元年

奏爲敬獻芻蕘，仰祈睿鑒事。竊惟士子之考試，難容任意兩岐。國家之名器，豈可聽其冒濫。臣荷蒙聖恩，畀以衡文重任。學政事宜，倘有應行斟酌者，敢不勉竭愚忱，敬抒末議？查大興、宛平二縣，每逢歲科考試，童生之是否合例，係順天府府丞審音録送至於學，臣惟有憑文録取而已。但大興、宛平二縣，地居輦轂之下，爲賢才聚集之所，是以大興、宛平入學率多外省入籍之人。緣本童之祖父，或因經商而寄籍，或係仕宦而卜居，因而子侄得以援例考試。若此項入學之人果係童生，原可毋庸置議。然其中竟有原係貢監生員，或因實在不能回籍，或係希圖兩地鄉試重考入學者。以一人而佔兩處學額，已屬冒濫。倘原係食餼之生，重考入學，又復補廩，是以一人而食兩處廩餼，豈不大干功令？臣之管見，以爲應照雍正八年三月内，兵部議覆順天府府丞王漪條奏順天府京衛武生改歸原籍之例，定限文到兩個月内，許令各生具呈自首，准其存留一處衣頂。如願以順天府學生員考試，將原籍貢監生員之處移咨除名。如願以原籍貢監生員考試，將順天府學生員之處行學除名。倘敢容隱，過期不首，一經發覺，兩處衣頂盡皆斥革。如此則士子之考試，悉歸一轍，國家之名器，不致濫膺，而學政益加肅清矣。爲此繕摺具奏，伏乞皇上睿鑒施行。謹奏。

請嚴匿名揭帖疏雍正十三年

奏爲請旨事。竊惟朝廷設官分爵，原爲士庶伸理。如果事有冤抑，自可據實首告。倘不過懷挾私嫌，豈可任意揑詞污衊，以圖傾陷洩忿。每有一種奸險之徒，稍不遂意，本無証據，實難顯然首告，又欲避誣告反坐之重罪，遂逞其如鬼如蜮之伎倆，或編歌謠，或作詩詞，徧行粘貼，污人名節，以快己私。此種習氣，有關世道人心非小。查匿名揭帖，久有例禁，但此種條例，最易玩愒，而此種刁風，亦最易復熾。況京師爲五方雲集之所，賢愚更爲不一。若不再行嚴禁，恐若輩將益無顧忌。應請皇上敕下九門提督、五城御史並順天府府尹，嚴加稽查。嗣後無論事之鉅細，若非據實首告，敢有編造歌謠、詩詞、匿名揭帖，粘貼閭巷街衢者，立即拿送刑部，專治其編造揭貼之罪。庶奸惡知所儆懼，善良不致爲其傾陷，而於世道人心大有裨益。爲此繕摺具奏，伏乞皇上睿鑒施行。謹奏。

條陳學政事宜疏雍正十三年

奏爲請停科考舉報優劣，以收勸懲實效，以廣皇仁事。竊查雍正六年四月内，禮部等衙門議覆山西學政勵宗萬條奏請定學臣舉黜優劣，隨棚造册達部，以杜奉行不力一疏，内開學政每考一棚，將文武生員優劣姓名造册達部，於三年任滿時，具疏彙題，優者升入太學，劣者照例褫革。其先經達部之劣生，果有改悔向善者，於彙題聲明除去原册劣生之名等因具題，『奉旨依議。本内議稱劣生果能改悔，即除去原册劣生之名等語，夫分别優劣，以昭勸懲，原以望其自新，但人之遷善，亦有勉强於一時，而不能始終如一者。倘既除劣生之名，將來又復開報，不但紛擾，亦且非體。嗣後凡有劣生改過自新者，即於册内開注，不必除名。欽此』。欽遵在案。此誠激揚之盛典，勸懲之良法。但舉優報劣，祇應行於歲考之時，不應行於科試之日。蓋學臣歲考文武生員，人人畢集，優劣不難面行奬戒，以昭勸懲。至科試則武生不與，即文生之應試者，亦只十有三四，此直省皆然，舉報之優劣，半非現在與考之生，欲行奬戒，必須傳喚，往返需時。優者尚恐不能依期而赴，劣者勢必遷延不至。學臣按試孔亟，焉能久待？既不能久待，則科試之優劣，俱於本府本州而行奬戒，又何足以昭勸懲？且臣恭繹諭旨，雖令分别優劣，原以期望人之自新。夫人之遷善改過，固在一念之猛省，然必少需時日，而後見信於比閭族黨，而後見許於師長，而後州縣長官得以查核具詳，而後學臣得以據詳開注，誠非浹旬數月之所能辨也。乃部劄但就『隨棚』二字上立説行令，歲科並舉。夫歲考所報之劣生，即學臣按試最後之處，其去彙題尚有一年之期，可以從容改悔。若科考所報之劣生，即學臣首按之地，其去彙題之日僅有一年，倘按試最後，則甫經報劣，旋入彙題褫革。即如臣自今年二月接任科試，三月内所報之劣生，現在與雍正十一年歲考所報之劣生，一體褫革矣。即一省以例，各省莫不皆然。煌煌聖諭，實爲望人改過自新而設。乃朝報劣而夕行褫革，終身含恥。至欲自新而無路，則歲科兩次舉行之故也。蓋生員之有犯法者，原許該學教官及州縣官不時詳報學臣，按律懲治，初不必定俟學臣按考始行舉報。猶之内外文武各官，其有貪婪不法，種種溺職，原許各該管上司，不時參劾，初不必定俟京察大計，軍政之年，始行分别。然而明黜陟示勸懲，則三載考績之典，唐虞三代以來，未之或易。伏思文武官員，身膺民社，職任韜鈐，其甄别賢否，内而京察，外而計典，軍政猶係三載一舉，五年一行，而文武諸生，身列子衿，尚屬草茅下士，獨於三年之内，行令歲科舉報優劣二次，行之過數，則劣者始而救過不遑，繼而遷善無期，終必頽然自棄。至於優者，必力行善事，積久而後有成，若年分太驟，則易於掩飾，難徵實行。從前部議，實屬未爲平允，不可不稍爲變通。臣請將文武生員，照京察計典之例，三年之内惟於學臣歲試，隨棚優劣舉報一次，仍先造册達部，俟三年任滿後，彙題至科考舉報優劣之處，應請通行停止。即或生員中有抗糧唆訟、行止不端等弊，仍許各地方官不時詳報，大者請革，小者按所犯之輕重，分别戒飭，俟其仍不悛改，則轉盼歲考，仍可報劣行褫。如此則舉報優劣，易於核實，而微眚小過，得以改悔自新，不致即罹褫革，庶於勸懲之典，大有裨益，而普天士子，咸沐皇仁於無既矣。爲此繕摺具奏，伏乞皇上睿鑒施行。謹奏。

條陳學政事疏乾隆元年

奏爲敬陳管見，仰祈睿鑒事。竊惟士爲四民之首，欲使民俗敦於古處，必須士習歸於醇謹。然士習之端，固在學臣之表率。而各學教官，分司訓迪，約束諸生，其爲士習關係，實非淺鮮。然約束貴嚴，訓迪貴勤，是又非年力就衰，勉强供職者所能奏效也。臣自任事以來，深見首善之地，必得加意整飭，悉心化導，庶幾仰報皇上簡畀之至意。凡按試所到之處，化導士子，諄切告誡之後，又隨時訓迪各學教職，多方示以實心課士之法。間有年富學優，無忝師儒之任者，亦能領會，而年力就衰，勉强供職者，亦復不少。非不即欲令其休致，乃部選教職，類皆年力就衰之員，若因其老也而去之，正恐來者之未必不如今也。雖日令其休致，徒使曠官闕職，於學校仍無補益，倘目擊其勉强，而仍任其悠忽，此又臣夙夜所不能自安者也。臣再四思維，有必宜稍爲變通，於應選各項教職毫無遲滯，而學校實有裨益者二條，敬爲我皇上陳之。一、教官六年俸滿，保題所遺之缺，不宜仍歸部選。蓋教官之得以保題，原因歷任六年之内，所屬士子並無抗糧健訟，蕩檢踰閑，故其俸滿以示獎勵。但此方之士習，甫經幹員振刷，必須繼起得人，方可始終如一。若將此缺仍歸月選，則引年拘格，大概年力就衰，不能勝任。是國家鼓勵人材之盛典，本爲整飭士子，著有成效起見，倘接任不得其人，勢必至前功盡棄。臣仰體皇上加意訓迪士子之盛心，請嗣後遇有六年俸滿之教職缺出，將改授教職之進士、舉人及候選教職之副榜、拔貢内，揀選年富學優才堪訓士者，令其補授。如此則六年俸滿遺缺，可望繼起得人，而甫經振刷之士習，不復致有頹壞之虞矣。一、凡一學僅設有教職一員者，應甄别去留，所遺之缺，亦不宜仍歸部選。蓋教職有一學設立二員者，有一學僅設一員者。如府學之設有教授，州學之設有學正，縣學之設有訓導。此乃一學設有教職二員，倶得人固可毋庸置議，即或僅有一員，年富學優，才堪董率，一員雖年力就衰，尚無過失，則襄贊有人，猶可令其勉强供職，姑留佐理。惟宣化府屬各學，及正定屬阜平之有教授、學正而無訓導，順天府屬順義、懷柔、平谷之有訓導而無教諭，此乃一學僅設教職一員，是一學之士習，全賴該員之整飭，應於將來歲試時，詳加甄别。若該員年齒富强，文理可觀，應令照舊供職，倘年力就衰，訓導無術，萬難姑留，貽誤學校，應令其休致。臣以爲此甄别所遺之缺，亦請將改授教職之進士、舉人及候選教職之副榜、拔貢内，揀選年富學優、才堪訓士者，令其補授。如此則各學教職皆得其人，而士習在在振刷矣。以上二條，倘蒙俞允，應將改授教職之進士、舉人及候選教職之副榜、拔貢，令督臣行文各屬，將部選尚須時日、情願揀選者，由地方官申送，於臣歲試保定時，會同督臣詳加考驗。其堪膺司鐸者，每項揀選數員，行司註册，俟有缺出，督臣會同學臣再於揀選各員内，酌量人地相宜者，一面令其任事，一面咨明吏部，仍於年終督臣會同學臣，將揀補過各員姓名具疏彙題可也。

學政事宜疏

奏爲童生覆試認題，仰懇聖恩，兼出小學以端蒙養事。竊惟《小學》一書，分内外二篇，自立教、明倫、敬身、稽古，以至嘉言、懿行，大而尊親敬上、祗父恭兄，小而灑掃應對，洪纖畢具，所以涵養性天，陶融氣質，與性理相爲表裏。欲窮性理，必先植基於《小學》，方無躐等之弊。伏查康熙五十四年，聖祖仁皇帝諭令童生覆試論題，復用《小學》，誠欲士子謹小慎微，漸探理要也。嗣後於雍正元年，世宗憲皇帝以《孝經》爲聖言悉備，應與五經並重，鄉會論題專出《孝經》。此誠世宗憲皇帝孝治天下，敷教明倫之至意。鄉會兩試既專以《孝經》命題，此國子監司業那爾布於雍正十二年，復有童生覆試作論專用《孝經》之請。今鄉會論題業已兼用性理，則行遠自邇，登高自卑，童生覆試論題所當仰懇皇上恩准《孝經》與《小學》兼出，使士子束髮讀書，先習《小學》，則覺世牖民，已先啟其知能，而主静存誠，得徐探其窔奥。庶理學昌明於天下，而於國家興賢育才之典，實有裨益矣。爲此繕摺具奏，伏祈皇上睿鑒施行。謹奏。

學政事宜疏乾隆元年

奏爲備陳生員對讀之苦，仰冀皇仁垂憫事。查鄉會兩試，俱須對讀，以校硃墨各卷之訛，例取學臣歲試考居四五等生員爲之。會試則取近京之生，如人數不敷，兼用新進生員。皆先期傳喚，申送順天府，轉送入場應用。在各生偶因一日文字荒疎所致，不惟不許鄉試，且當對讀之差，所以因媿示懲，因懲作勸，洵屬允當。惟是考居四五等之生，大半皆貧寒下士，每逢鄉會試期，近者往返約四十餘日，遠者約五六十日不等，裹糧露宿，百舍重趼。各學教官猶恐其擅自歸家，致誤公事，每生派役一人押送，所派之役盤費，皆取資於該生。每對讀一次，館職盡荒，農業皆廢，甚至有賣男鬻女以爲盤費者。臣自幼目擊此種艱苦，然再四思維，對讀需人，萬無可以設法另派別項更換之處。伏思鄉會大典，三年舉行一次，動用帑金不下十餘萬，原爲掄才起見。此項對讀生員，仰懇聖恩憐其窮苦，每人賞盤費三四兩，令各府、州、縣按實在對讀生員名數給與，不得中飽。直省鄉試，對讀通計約需二千人，計三年一次，動支七八千兩，則天下貧寒之士，不致有賠累之苦，得以悉心對讀，於舉子實屬有益。至直隸一省，對讀比各省不同。各省專辦鄉試，直隸則兼辦會試。即以示懲而論，亦屬偏枯。今年恭遇皇上誕膺寶祚，特開恩科，需用對讀，仍循舊例提取，並無別項可以另派充當。若已經歲試之生，既現辦恩科對讀之事，其乾隆三年正科又應對讀。若係未經歲試之生，既當上年正科之差，現在又應辦理恩科對讀之事，合之鄉會，連舉二次，在貧寒士子四次，往返對讀，尤宜加意體恤。臣昨於正月十一日出京，見近畿新生及順天府屬四五等生員，踏雪衝寒，忍飢受餒，目擊情形，實堪憫惻。所當仰懇皇上特頒恩旨，酌量賞給，並飭鄉會提調官，嚴禁吏胥需索勒掯等弊，則普天寒畯，均沐皇仁，而於公務益加鼓舞矣。爲此具摺請旨，伏祈皇上睿鑒施行。謹奏。

請假省母疏乾隆元年

奏爲仰懇聖恩，暫假數日省視臣母，以展烏私事。臣於雍正十三年二月，蒙世宗憲皇帝憫臣自幼孤苦，服官翰苑十四五年，屢奉差使，未得侍母，命臣迎養臣母於順天學政之任。臣去年九月間，科試事竣回京，蒙恩仍令趨值内廷，公餘得侍顔色，舉家感戴，嗚咽難名。今年正月，臣出京按試，因學臣職在周循，刻無寧晷，居無定處，不能迎奉行署，臣母留養京寓。昨晚接臣子稟稱，臣母忽感寒疾，飲食罔進。臣接閲之下，驚惶莫措。臣按試保定及直隸易州文武生童二萬餘人，五十餘日，焚膏繼晷，現在俱已事竣，正定府生童尚未傳集，正值兩不相妨之時。臣輾轉思維，仰懇天恩賞臣暫假，星馳省母，一展烏烏之私。到京後，停留三日，即可星赴正定，不誤考校。臣幸遇皇上孝治天下，體恤臣工，無微不照，倘蒙聖慈准假，臣輕騎兼程，往返不出十日之外，子職稍盡，臣職不誤，皆出自高厚生成之賜矣。謹奏。

陳謝天恩疏乾隆元年

奏爲恭謝天恩事。臣於三月初，在保定試院，臣聞母訃音，即日奔歸京寓，呼號苦塊。中接督臣李衛字内恭録爲奏聞事一摺，欽奉硃批：『覽錢陳群前次奏請回京，稱伊母偶感寒疾，朕以其本屬微恙，且伊離京未久，故未俞允。誰知伊母乃大病不起之症也，是則伊措詞之失，非朕不使伊親視含殮之咎也。將此批令錢陳群知之。』仰見皇上至仁惻怛，體恤下情，無微不燭。跪讀之下，感激靡寧。謹將恩綸捧宣臣母柩前，重壤之下，永深啣結，隨懇督臣李衛轉奏陳達。伏念臣本一介寒微，依母存活，自奉職以來，久闕定省。蒙世宗憲皇帝憫念臣母年近八旬，命臣迎養京寓。嗣蒙皇上天恩，命臣仍在内廷行走，并留學政之任。去冬十月至今年正月，得於趨直之暇，侍奉臣母，一展烏哺之私。且奉職畿輔，離京寓不遠，聞訃奔歸，含殮諸事，猶及親身料理。是微臣子職之稍盡，皆出自世宗憲皇帝高厚隆恩，及我皇上再造生成之所賜。乃荷蒙聖慈垂憫，肫懇批示，即旁觀者猶爲感動，矧身受如臣者，能不汗流淚下，刻骨銘心，以圖報稱。今已過百日，現在料理扶櫬，俟秋涼起程。所有微臣感悚下情，敬謹繕摺陳奏，恭謝天恩。謹奏。

香樹齋文集卷四

奏疏三

進呈遺書疏

奏爲欽奉上諭事。乾隆六年二月十九日，准禮部劄開，乾隆六年正月初四日，內閣奉上諭：『從古右文之治，務訪遺編目。今內府藏書，已稱大備，但近世以來，著述日繁，如元、明諸賢以及國朝儒學，研究六經，闡明性理，潛心正學，醇粹無疵者，當不乏人。雖業在名山，而未登天府。著直省督撫學政留心採訪，不拘刻本、鈔本，隨時進呈，以廣石渠天禄之儲。欽此。』爲合劄前去遵奉施行等因，劄行到臣，准此仰見皇上敦崇理學，羽翼經書，顯微闡幽，表彰潛德之至意。臣奉命視學，數年以來，所有元、明以及國朝儒臣撰著約二十種，理合另摺繕寫書目，並書進呈御覽。惟是臣職司衡校，周歷靡寧，行篋擔簦，披風曝日。現在恭進之書籍，或得之先儒後裔，或得之廛肆村坊，或因慕其人而訪其遺書，或因讀其文而考其懿行。無關正學者，雖才華雅贍，未敢瀆陳。有裨經書者，雖片義單詞，不敢壅棄。鐫板紙色，新舊既不能齊，字畫簡篇，滲漏或所不免。又臣學識淺陋，于六經理學，自問實未能窺見津梁。據所採訪之書，其有萬一裨補經傳、發明理學之處，未敢臆測，仰祈聖慈垂察。臣曷任戰慄恐懼之至。謹奏。

學政事宜疏乾隆六年

奏爲請頒從祀先賢儒哲姓氏位數，遵照設立神牌，以昭畫一，以重祀典事。竊惟文廟從祀兩廡之先賢先儒，皆經歷代釐定考正，載于祀典，秩宗掌之。本朝列聖相承，尊儒重道，自京師以至天下各府、州、縣，春秋祀事，禮隆物具，依古以來，至爲明備。惟是日久易弛，所設兩廡神牌，或因墻垣傾圮，致爲風雨所侵剥落朽壞者。或因脩理廟廡，教官不能躬自督辦，竟至遺失者。或接任之員，祇憑村究鄉生，任意書設者。或有先賢已躋十哲，而原設之位，尚未撤去者。即有一二勤職之員，有志釐正，見由來已久，未敢更改，商之有司，亦以事關祀典，未便輕易置喙，聽其因陋就簡，以訛承訛。即如直隸通省府、州、縣之學宫，兩廡神牌，臣按試所至，詢及教官，或東或西，或先或後，或多或少，或書子，或書氏，現有不能畫一之處。以此類推，各省之僻邑遠州，似此互異者，亦所不免。臣思廟庭祀典，關係重大，府、州、縣學自應遵照京師文廟兩廡列序按次，原不容少有參差。況恭遇皇上道宗洙泗，學貫天人，膺作君作師之任，承見知聞知之統。正先賢儒哲昌明際會之時，郡州縣學從祀神牌，尚有未曾畫一者。臣職司學政，理合仰請皇上敕下禮部，查明諸賢諸儒姓氏，應在東廡者若干位，應在西廡者若干位，按照先後次序，臚列詳晰，開載明白，通行直省，俾各遵照畫一，設立神牌，庶祀典孔昭，而妥侑永安矣。臣愚昧之見，是否可採，伏祈皇上睿鑒施行。謹奏。

恭聞山陵大禮升祔大典俱已擇吉慶成據情陳奏疏

竊臣持服里居，接閱邸鈔，恭聞山陵大禮，升祔大典，俱已擇吉慶成。仰見皇上全體《孝經》，盡禮盡制。所謂愛敬盡于事親，而德教加于百姓、刑于四海者，于今日見之矣。至于孺慕根乎天性，哀痛本乎至情。凡極誠展敬之事，即慕義之士，秉禮之儒，有不能致于其親者。昔滕文公以小國之君，側身而行大禮，猶令四方觀者欣慕悦服，感乎中心而勿能去。今我皇上盛德中禮，孝思維則，信乎聖人爲人倫之至，中外臣民，實所共仰。獨是臣身受世宗憲皇帝造就深恩，由編修拔置學士。荷蒙皇上豢養生成之德，簡畀納言，仍留視學。正圖竭力報稱，乃于去年三月猝遘私艱，匍匐回籍。山陵大事，臣内不獲與侍從諸臣同効扈衛之勞，外不獲與畿輔大吏共効趨蹡之職，撫膺悲悚，食息難安，輾轉思維，惟有及時辦理臣母卜葬之事，使身無私顧，方可宣力奉公，少備犬馬驅策于聖明之世。所有微臣惶悚依戀忱悃，因馳摺家人之便，據實陳奏，伏惟聖慈憐察。謹奏。

請整飭尼山洙泗兩書院疏乾隆二年

竊惟尊師重道，莫先于佑啟後人，講學明經，莫重于滋培根本。臣伏見孔氏聖裔世守宗祊，綿延東魯，秉禮傳家，爲世楷則。諸賢後裔，亦聚族而居，環拱朝宗，各尊匕鬯。我朝列聖相承，尊崇正學。凡推恩錫類之舉，史册所陳，罕能媲美。我皇上心契淵微，學宗洙泗，御極之初，于衍聖公孔廣棨陛見之日，面加訓誨，勉勵再三，懇切周詳，溢于言表。凡在士類，莫不歡欣鼓舞，仰見皇上重道崇儒至意。惟是氏族愈繁，人才日盛，教導之法，誠不可不亟講也。蓋天能陰隲聖賢之有後，而不能不憑藉于啟迪之有人。聖賢能默相子孫于有成，而不能不資助于他山之切劘。子思，孔子孫也，師曾子而後得明道統，一再傳而已，然況二千餘年之久，七十餘世之後哉。皇上膺作君作師之任，接見知聞知之統，握化本而端教源，至道心傳，炳乎若揭矣。衍聖公孔廣棨年富力强，賦性穎敏，以聖人之裔生聖人之世，友善親仁，畜德正業，端在此時，仰請皇上特頒諭旨，整飭尼山、洙泗兩書院，擇翰林院諸臣中言行醇謹，湛深經術，年未就衰者二員，酌與養廉，以董其事。使衍聖公孔廣棨率領族子弟，及四氏子弟之秀良者，肄業其中。其餘如周公裔東野氏，及他省諸賢嫡裔現承襲五經博士者，如果年力姿禀可以就學，准地方官酌與盤費，來就觀摩，一二年後，仍給盤費，令回本籍。至教導之法，無欲速，無怠荒，量材而授之，立課以程之，務使德行文章兼優並進，裕後即所以承前，端本亦所以風世。其派往之員，三年更替之内，仍論俸照常陞轉。年滿回京，酌與議敘，以示鼓勵。一應膏火之費，及需用内府書籍，許衍聖公孔廣棨會同派往之員具摺奏請，仰候頒給，數年之後，自有成效，或令輪班引見，以觀治化之隆，則聖澤儒風，昭于永永矣。

請偏災蠲免分數分别貧富劄子

請將偏災蠲免分數，分别貧富，以廣皇仁，以恤窮黎事。伏查定例，凡各省州縣遇有水旱偏災，其被災十分者，蠲免錢糧七分，九分者免六分，八分者免四分，七分者免二分，六分者免一分。國家愛養元元之意，已爲優渥。近蒙皇上軫念民瘼，特頒諭旨，將被災五分者，亦准查勘明確，蠲免錢糧十分之一。又于八月内，奉旨將被災地方，按其輕重，分年緩征，以紓民力。此種深仁厚澤，體恤周詳，盡善盡美，實亘古所未有也。惟是同爲受災之人，其中貧富之異，實有大相徑庭者。最富者家計本屬豐盈，蓋藏亦復充裕，雖偶值偏災，收獲無多，既邀蠲免分數，其應完之項，届期自可踴躍輸將。即中富之家，力能設措，亦不至于竭蹷。若貧者，不過數畝餬口薄産，終歲所穫，豐年或可支持度日，一遇歉收，其自行耕種者，既以全力備辦籽粒，旱潦之後，工本盡去，生計無資。其租與佃户耕種者，既已成災，佃户照所報分數完租，且恐不足，甚者逃去，抛荒地畝。此等貧户，旱澇之後，遇有豐收，稍復元氣，完納本年額征外，豈能積欠俱清？積而久之，拖欠日益繁多，追呼在所不免。每見偏災處所小民，輕去其鄉，携男挈女，流離顛沛，職是故耳。臣再四思維，仰懇皇上敕部，嗣後直省凡有偏災，富者仍照所定分數蠲免，貧者按其被災幾分亦蠲免幾分，蠲免與破災分數相等，不復浮多，則貧寒士庶可無剜肉醫瘡之隱痛。至欲查其貧富，又最易于辦理。非有挨門逐户之瑣屑，經年累月之需時。蓋民間完糧，每家各有户名，每户每年應完錢糧幾何，皆載在州縣糧册。按籍而稽貧富，瞭如指掌。其分别如何則爲貧民，如何則爲富户，查雍正九年，有分别士子貧富，定限完糧之例，因地制宜，至爲明晰，今應照此區定第定限完糧之例。惟指生監，而言未及于細民，今此分别蠲免之請，當合士庶而統計，趁此時被災地方正在緩征，尤易辦理。臣仰見皇上詳求民隱，無微不燭，而于各省偏災地方，尤加意撫恤，或未雨綢繆，或因時利濟，恩綸所及，萬姓歡騰。伏思文王發政施仁，必先無告。《詩》言『哿矣富人，哀此煢獨』，蓋至可憐者貧民，而尤可憫者被災之貧民。倘臣愚見上蒙採擇，則稱物平施之政，即寓于恤災濟困之時，于國計所損無多，而于貧民所沾獨厚矣。

謝賜康濟録疏乾隆四年

奏爲恭謝天恩事。本年九月十七日，據臣家人齎送欽賜《康濟録》一部到臣考署，隨恭設香案，望闕叩頭謝恩祗領訖。欽惟皇上道被群生，德含萬彙。仁體事而各足，有感斯通。心普物而常周，無遠弗届。體天地之位育，裁成與輔相兼施。致府事之脩和，旰食與宵衣並懋。以治益求治、安愈求安之念，推民饑我饑、民寒我寒之心。發政施仁，必先無告。禦災捍患，時廑其咨。薄税歛，易田疇，既開其源。用天時，因地利，復詳其制。凡前代之有成效，皆睿慮之所必周。猶念布化承流，或有心而乏術，遂使愚夫愚婦，望援手而無由。蓋牧民無異牧馬之情，未盡以書爲御，而醫國可通醫人之理，要在用藥傳方。爰採廷臣獻納之書，復加詮次。用昭聖世治平之略，廣爲訓行。集千百世之經營，拯偶逢之疾苦，無非思艱以圖寧。分千百職之智慮，通數卷之訏謨，庶幾有備而無患。如鏡在握，遇物斯呈。若網在綱，有條不紊。臣生際平康，心存利濟。師乎古弗泥乎今，當局良難。經知宜而變知權，稱職非易。隨事體察，務絶瞻顧之私。悉心講求，稍裕安全之策。惟兢惕乎夙夜，期仰報夫高深。爲此繕摺恭謝天恩，臣曷勝惶悚感激之至。謹奏。

謝恩賜柏梁體詩墨刻劄子乾隆四年

奏爲恭謝天恩事。本年八月二十八日，據臣家人劉榮齎到内閣交出乾清宫倣柏梁體詩墨刻一卷到，臣隨恭設香案，望闕叩頭謝恩祗領訖。欽惟我皇上學本生安，功兼作述。遜志時敏，備道德仁藝之全。熙績亮工，廣明聽翼爲之寄。當歲功之方始，嗚豫順于泰交。稽令典之重新，俾肆筵而授几。元音布濩，欣瑞雪之春融。衆籟和平，應青陽之候轉。惟幾交儆，明良遠紹夫虞廷。述職敷言，體製近倣乎漢代。午鐘初響，百韻具成，弁以御書，壽兹玉版。蓼蕭湛露，載持盈保泰之盛心。颺拜賡歌，寓覲光揚烈之至意。臣備員禁籞，得與追趨，祗役郊畿，恭承恩賜。覩珠璣之璀璨，質愧珷玞。仰鸞鳳之迴翔，心依鵷鷺。黄封乍展，共欽入座天香。紫閣新頒，永襲傳家鴻寶。爲此繕摺恭謝天恩，臣不勝惶悚感激之至。謹奏。

條陳耗羡奏疏乾隆七年

本月初七日，奉旨：『辦理耗羡一事，乃當今之急務。將此一條，發于九卿、翰林、科道閱看，悉心籌畫，各抒所見，具摺陳奏。欽此。』伏查正供之外，有耗羡一項，昉于唐之中葉，立羡餘賞格。于是天下競以無藝之求，爲進階之計，五代相沿滋甚。宋太祖乾德四年，從張全操之請，罷羡餘賞格，宋史美之。然入于公者雖罷，而出于民者未必盡除。明代徵收正賦之外，有傾銷耗銀，即耗羡也。有解費，有部費，有雜費，有免役費，種種名色，不可悉數。大率取之鄉宦者少，取之編户齊民者居多，不特私派繁興，亦且偏枯太甚。本朝定鼎後，耗羡一項，尚存其舊。康熙六十餘年，州縣官額徵錢糧，大州上縣每正賦一兩，收耗羡銀一錢及一錢五分、二錢不等，其或偏州僻邑，賦額少至一二百兩者，税輕耗重，數倍于正額者有之。不特州縣官資爲日用，自府廳以上，若道、若司、若督撫，按季收受，節禮所入，視今之養廉倍之。其收受節禮之外，别無需索者，上司即爲清官。其止徵耗羡，不致苛派者，州縣即爲廉吏。間有操守清廉如陸隴其之知嘉定，每兩止收耗羡銀四分，並不餽送節禮，上司亦或容之者，以通省所餽節禮儘足敷用，是清如陸隴其，亦未聞全去耗羨也。其貪得無厭，横徵箕斂者，時干糾參。自節禮之説行，而操守多不可問，其勢然也。議者以康熙年間無耗羨，非無耗羨也，特自官取之，官主之，不入于司農之會計，無耗羨之名耳。世宗憲皇帝御極之初，見吏治日就侈靡，侵牟之習，驟難掃除。爰是宸衷獨斷，通計外吏大小員數，酌定養廉，而以所入耗羨按季支領。當時初定耗羨，視從前聽州縣自徵之數，有減無增。奉行以來，吏治肅清，民亦安業。特以有徵報支收之令典，不知者或以爲加賦。其實『治于人者食人，治人者食于人』，乃古今之通義，非唐之羨餘立賞格以致之，使歸諸左藏比也。皇上即位以來，蠲租賜賑，免浮糧以紓民力，興水利、捍海患以奠民居。加京官之俸，周兵弁之窮。天下臣民，無一不涵濡沾被，而猶以耗羨一事爲當今之切務。謀及多士，詢及盈廷，咨及岳牧，大舜執兩用中之意，無以加兹。臣恭繹聖諭，實有以洞燭。夫取民之制必如何而盡合于古，百官之費用必如何而後使之寬裕，度支之出入必如何，而後可以常盈而不絀。斯三者勢若相岐，而理歸一致。偏于一必致絀其二，偏于爲民者則曰耗羨宜裁，此迂儒之見。不知自雍正年間至今農民安業者，其盈寧大勝于從前。以耗羨所入，散之民間，不見其增，而日出正項以養廉，則國用易絀，國用稍絀，必致仍復耗羨以養廉，不幾多此一舉乎？此耗羨之未便輕議裁也。謂宜仍照康熙年間聽其自取，必至私相餽遺，導欲長貪，不可止抑。以世宗憲皇帝十餘載之勤勞，皇上之繼志述事，躬行節儉，整飭多方，而始得此吏治澄清之一日，豈可輕議紛更？至于浮議之興，亦察其説之有當與否。皇上試飭各省督撫，細查今之耗羨，可有浮于康熙年間之耗羨者乎？ 如其有之，自應議裁，此最易辦理者。以臣聞之，康熙年間之耗羨，州縣私徵，往往鄉愚多輸，而縉紳士大夫以及胥吏、豪强聽其自便，輸納之數，較少于齊民。則今之一體輸納，至爲公道，浮言亦何足計乎？ 臣請就現在之情形，稍爲變通。凡耗羨所入，仍歸藩庫。各官養廉及各州縣公項銀兩，照舊支給。外查康熙年間公用之款，有應動正項者，有地方官捐賠者。捐賠之款，自雍正二年各官分給養廉後，既無餘力可以捐賠，俱于耗羨内支應。臣思續添之公用，名色不能畫一，多寡亦有不同，應令直省督撫查明，酌量某件應動正項，某件應入公用銀兩内支給，分别報銷。計每省約改撥正項一二千兩、三四千兩不等，爲費無多于經制，似屬妥協。再各省州縣自酌定養廉之後，榮悴不能畫一，即一府之中，有儘足支應者，有左支右絀稱貸無門者。令督撫于通省中確查，此等州縣不論事繁事簡，每處酌添一二百兩，俾得稍寬，裕其耗羨。有餘之省分，如辦理足用外，尚有所餘，留貯藩庫，倘遇蠲免正項之處，耗羨無着，即將所餘銀兩添補。仍嚴飭州縣，勿得耗外加耗，以致累民。則既無加賦之名，並無全用耗羨辦公之事，而州縣各有贏餘，益知鼓勵矣。至于施從其厚，斂從其薄，古之制也。罷羨餘一事，豈有宋太祖能行之，以我皇上之至仁大知，事事法古，而未見及于此者？ 同一薄斂之事，行于三代建封之時易，行于一統之朝難，行于開創之日易，行于承平既久之時難，以今日幅員之廣，生齒之衆，供億之繁，有數倍于前代者。趁此倉庾充裕、民安物阜之時，内而公卿大夫，外而督撫大吏，仰體皇上宵旰勤勞之盛心，裁成輔相之至意。悉心調劑，使養廉之入，不爲素餐。蓋官箴所揭，惟有清、慎、勤三字。清可貴也，清而不流于苛刻者，尤可貴。慎足取也，慎而不鄰于畏葸者尤足取。勤足尚也，勤而不至于瑣屑者尤足尚。如古之大臣，爲上爲德，爲下爲民，將見明作自能有功，惇大自然成裕。元氣于以培扶，天休于以滋至。歲書大有，户慶豐亨，則帑藏自益長盈。然後以三十年之通制國用，或量撥公用，以資養廉，便可量減耗羡，以紓民力。臣固知聖恩寬大，不必廷臣建白如張全操其人者，而德音自下也，夫亦少俟焉可矣。臣謹將愚見所及，繕摺陳奏，伏祈皇上睿鑒施行。謹奏。

香樹齋文集卷五

奏疏四

請改正律例疏

奏爲推原律意，敬陳一得，仰祈聖鑒事。臣蒙皇上天恩，擢補刑部侍郎，兩載以來，夙夜兢惕，惟恐隕越。每遇一事，必詳悉體察，務求平允，以期無枉無縱。現在律例舘應加編輯事務，方與奏歸刑部辦理。臣逐一討論，有兩事相比，而輕重未得其平者，有宜詳情推類，維持體統，方與諭旨恩意恰合者，臣愚見所及，約舉二條，爲我皇上陳之。一、名例内弟毆胞兄致死，父母已故，家無承祀之人，得聲明奏請承祀，將該犯枷號三個月，責四十板。乾隆四年以後，已將前項人犯改擬斬候，于秋審時入于緩決，另册進呈。然蒙聖恩寛減，仍得照舊例枷責完結。惟是兄毆胞弟致死，罪祇擬流。此等人犯内，非無父母已故，家無承祀者，而例内並未准其承祀。豈兄毆胞弟致死，其情罪反重于弟毆胞兄致死者，而獨未許其承祀乎？實以兄既不念鞠子哀，不友于弟，即使其家果無承祀之人，使之棄鄉井、移寄棘，仍有家室之聚，苟存性命，以延一綫，已爲厚幸。乃于弟毆胞兄致死之犯，既免其應斬之重罪，復寬至僅以枷責完結，不特應輕者反重，應重者反輕，于法未爲平允。且乃如之人存留本籍，使井里父老兒童日覩此勿念天顯者，宴然出入閭巷，非所以懲兇惡而移易風俗也。請嗣後弟毆胞兄致死之犯，即或情稍可原，得邀承祀之例者，免其應斬之罪，仍按道里僉妻改流。庶與兄毆胞弟致死，不添設承祀之例，意義相合，而輕重亦得其平矣。一、官吏犯笞杖輕罪應的決者，宜量予納贖，以全國體也。查笞杖以上情罪，以次而重，自應按律問擬。官吏軍民，同凛王章，未便輕議寬宥。竊惟五刑之中，惟笞杖爲最輕，而辱體損膚，亦惟笞杖爲尤甚。唐開元中，廣州都督裴伷先下獄，宰相議其罪，張嘉貞請杖之，張説力争曰：『刑不上大夫，奈何輕加笞辱。』又曰：『此言非爲伷先，乃爲天下士君子也。』卒從説言。伏讀雍正十三年十一月二十九日上諭有曰：『古者刑不至大夫，蓋以維國體而厲臣節。國體不維，則無尊卑上下之辨，臣節不厲，則大臣擁高爵大官而有徒隸無恥之心，此賈誼所以諄切辨論也。朕欲風厲天下，使人各自愛，共敦節行，尤宜自大臣始。大臣有不自愛者，朕仍設廉恥以養之，庶幾動其天良，激勵鼓舞。嗣後三品以上大員，身罹罪譴，即奉旨革職拿問者，法司亦不得遽加三木。如有不得不夾訊者，亦必請旨。將此永著爲例。』大哉，皇言寓激勵之意于優恤之中，所以養其廉恥使知自愛者，至矣。竊思革職拿問之大臣，必係身罹重譴，正當嚴訊之時，而皇恩體恤，至于如此。若夫案情已明，定擬笞杖，其爲輕罪，已無疑義。特以笞杖的決條下未曾分别大臣應予收贖之例，遂使方面、專城、卿僚三事，下與竊賊逃奴同受箠楚，同損肌膚，實與諭旨未能符合。況笞杖應的决而收贖者，款項甚多，如年老、年未及歲皆是也。老老，幼幼，貴貴，國典自有常經，未便歧視。請嗣後審定笞杖的决之案，視其原職應得大夫誥身者，均予收贖，于古者刑不上大夫之義，庶乎允協。如是則納臣下于禮義廉恥之中，而臣下猶不思感激奮發以自砥礪者，未之有也。以上二條，臣謹就現辦律例條規，深維本意，似有不得不釐正分晰者。是否有當，伏祈皇上睿鑒施行。謹奏。

常平事宜疏乾隆八年

奏爲敬陳管見，仰祈睿鑒事。伏查常平之制，因穀有甚貴甚賤之時。貴則病民，故減價以糶，使民不病，賤則傷農，故增價以糴，使農不傷。價增則耗國帑，價減則耗倉穀。二者皆損上益下之事，然行之久而四民受益，國亦無貧寡之患者，以米價無甚貴甚賤。雖有災祲，民情相安，苟非偏災大歉，發粟賑濟之舉，亦可勿事。此常平之設，所爲上下攸賴者也。國家承平日久，生齒日繁，米價無甚賤之時，自可無議增價以糴矣。爲今日計，惟當詳求減價而糶，以平米價，使無甚貴，誠急務也。乾隆七年，上諭内開：『若遇荒歉之歲，穀價高昂，務將實在情形，必須減價若干之處，確切奏聞請旨。欽此。』此誠酌古準今，達權通變，久遠無弊之良規也。今自兩月以來，御史趙青藜奏請，于米貴之年，多減價值，尚書張照奏請顧名思義，以本價爲權衡，少詹事李清植奏請脩復本法。立論雖不一，而爲歉歲計便民，使米不騰貴，其意則同。現在奉旨詳議是穀貴減價之法，廷臣必集思廣益，以仰承德意者矣。臣愚以爲，酌減于歉歲米貴之時，所以濟民食之艱者，固爲緊要，酌減于尋常出陳易新之日，所以從小民之便者，亦宜詳求。則張渠請成熟年分每米一石，酌減五分之奏，雖現在議覆准行在案，實多未便之處，不得不再爲陳請酌改者也。蓋通天下年歲計之，順成者多尋常出陳易新之際，米價尚平，原可無須大減。但陳穀所碾，成色自不及市中行舖所售之米，而交官之銀成色及平，又非市中交易之銀可比。又經胥吏之手，稍爲高下。又米局離鄉窵遠，小民往返需時，守候需時。權衡總計，如米每石市價一兩，官價九錢五分，以官價所得之米，即入市轉售，原價必虧，民亦何所利而買之乎？糶倉米本以便民，張渠之見，防囤户則有餘，便小民則不足也。地方有司，每當出陳易新之時開設米局，買者寥寥。於是紳士便家，仰承意旨，分領穀石，照數交價者有之。行户抑勒，分買者有之。蠹胥黠吏，因緣借領者有之。其畏葸牧令，明知民不願買，僅守筦鑰，坐視紅腐者，亦有之。是豈設立常平便民之遺意哉。請于成熟之年，每米一石，酌減一錢二分，使小民核算，比市價稍賤，仍不拘城市開設米局，使小民得沾實惠，而米價自無騰貴之慮矣。如蒙俞允，則比從前加減七分之數，即于官碾一米二穀，稍有贏餘項内抵補。抑臣更有請者，食爲民天，小民終歲所仰，全在及時播種。每見歲功方興，窮黎因籽粒無措，縱有田可耕，坐失東作者，所在多有。查種穀一石，可收新穀一二十石不等。是以民間借種籽粒，往往加倍償還，借者帖服。今若于糶三數内，令州縣酌量借給粒種，不收利息，春借秋還，每借一石，還倉時仍收一石。每交一石，酌收穀四五升，以爲鼠雀出入諸耗之費，則農本既培，民力普賴，較減價以糶，更爲有益。現在被災州縣，及邊徼苗疆新墾之地有行之者，然未著爲令典，有司恐干參處，不敢擅便。臣讀《月令》，季春之月，命有司發倉廩，賜貧窮，振乏絶，疏長無謂之貧窮，暫無謂之乏絶。及春闕種，始爲暫無，既而荒棄，即爲乏絶，量借籽粒，一轉移間，農有餘粟，及秋還本，倉仍充裕，于出陳易新之義，似更詳備。臣愚見所及，是否有當，伏乞睿鑒施行。謹奏。

請脩思陵饗殿疏乾隆十年

奏爲據實奏聞，仰祈睿鑒事。昨九月二十日，奉旨告祭明代諸陵，臣派往思陵。思陵者，明莊烈愍皇帝陵也。伏查愍帝當國運既替、人心既去之時，流寇蔓延，兵荒四告，在位十七年中，未曾營及陵寢。逮李自成猝犯京城，引國君殉社稷之義，慷慨自裁，就葬妃園，坏土僅掩，至爲慘惘。遭際我世祖章皇帝，應天順人，撫有寰宇，登極之後，躬幸思陵，惘其荒涼庳隘，敕令脩葺，祇期質樸，無事增華，並勒豐碑，鑒其苦心，極爲剖白，謂『自古亡國之君，孜孜求治，未可厚非者，莫明愍帝若』。煌煌天語，公道聿昭，越今八十餘年，風雨剥落，傾圮特甚。臣奉差將事陵次，見饗殿三間，已傾其二，惟東偏一間，數椽僅存。配屋數間，瓦毁椽折，牆垣倒塌。不數年後，盡爲瓦礫，勢所必至。伏思皇上仁心爲質，念舊存亡，天下臣民，實所共仰。《明史》一書，經聖祖仁皇帝、世宗憲皇帝兩朝編輯垂成，恭遇皇上誕膺寶籙，重加校定，傳信折衷，至爲詳備。今讀《愍帝本紀》，贊稱其憂勤惕厲，殫心治理，而用非其人，致罹禍變。惋惜之意，溢于楮表。兹當閱武，駕過昌平，遣員告祭，與世祖章皇帝加謚建陵諸典禮，深仁厚澤，先後同揆。臣恭奉牲醪，身履其地，目擊陵宇坍頽殆盡，幸生闡幽舉廢、昌明無忌之朝，若不據實奏聞，于心實有未安。仰請皇上據情垂察，諭令督臣轉飭有司，重爲修葺，並請欽遵世祖章皇帝奢靡不尚之諭旨，則盛德既被于明代，善述復光于前烈矣。臣曷勝惶悚屏營之至。謹奏。

謝賜御題夜紡授經圖劄子乾隆十六年

奏爲恭謝天恩事。昨臣奉敕將臣所刊詩稿，恭呈御覽。第五卷内，有臣題識臣母《夜紡授經圖》一詩，敘臣弟兄幼時深受母訓，篝火紡讀，寒苦相依景象。乃蒙睿鑒及之，憫幼穉之單寒，感慈母之鞠育，形諸唫詠，用慰劬勞。拜琬琰之天章，榮生蓬蓽。仰鸞龍之御筆，寵溢縹緗。教孝即以作忠，錫褒于以示勸。臣生生世世，子子孫孫，感戴聖慈于無既矣。爲此具摺恭謝天恩。謹奏。

謝賜紗葛劄子乾隆十九年

奏爲恭謝天恩事。竊臣荷蒙皇上再造鴻慈，凡一絲一縷，何莫非高厚所賜。清夜思之，實深悚惕。自抱痾旋里以來，兩易裘葛，每見敝笥故衣，皆從豢養内廷、扈衛行幄所拜領之物。

雖禬結褦襶，猶風浣日暄，珍同拱璧。何期天賫，仍錫生衣。服纖絺之無斁，當暑增涼。裁紈素之有章，稱身惟適。兹有微臣感激下悃，理合繕摺恭謝天恩。謹奏。

謝賜三希堂法帖劄子

奏伏見我皇上義闡軒圖，學宗羲畫。依仁游藝，會道德之大成。舞鳳翔鸞，極臨摹之能事。幾餘染翰，自中矩而履繩。鑑古求真，必去璞而存玉。溯源流于八法，上自鍾王。備體勢于諸家，下及趙董。其間顔歐虞褚，米蔡蘇黄，代有菁華，兼收並録。幅多題識，博訪遐諏。辨别不爽毫釐，籤歸甲觀。珍重有逾鼎鉉，時接宸披。美斯愛而愛斯傳，貞珉永勒。壽于石者公于世，至寶常留。直槊横戈，識萬毫之齊力。骨豐肉潤，必四面以傳神。統魏晉元明千有餘年，有奇必録。合大觀浮化三十二册，無美勿收。洵足彪炳乎藝林，亦可表章夫芳躅。即數行可得，已堪專學以成名。倘全璧拜登，能勿娱神而悦目。臣備員禁籞，幸與窺石渠天禄之藏。解組江鄉，猶得親玉蹬錦贉之秘。譬迷子之涉水，寶筏斯航。比饑者之求漿，珍肴驟飫。

恭進唐書合鈔劄子

奏爲進呈書籍事。竊惟歷代史書，自《史記》至《元史》，列爲二十一史，皆以專書行世，惟唐史有新、舊二書。舊書成于劉昫，昫去唐未遠，本紀、列傳，至爲詳備，諸志多所闕略。新書成于宋祁、歐陽修，議者以爲事增于前，文減于舊。自新書盛行，而舊書寖廢。然司馬光修《通鑑》，獨據舊史，而于新書無取焉。二書瑕瑜互見，無所折衷，蓋千有餘年矣。有浙江已故歸安縣貢生臣沈炳震，訂訛補闕，考据精詳，編爲《新舊唐書合鈔》。其書分爲綱目，如本紀、列傳以舊書爲綱，仍分註新書爲目。他如《天文》《五行》《地理》諸志，舊書殊多滲漏，即以新書爲綱，仍分註舊書爲目。一爲展卷，兩書燦然。計卷二百六十，計帙六十。未經刊刻，僅有手録清本一部。乾隆元年，炳震應博學鴻詞之舉，曾攜是書來京師。未第旋里，適臣在籍，就其家得之。恭遇皇上修明經史，釐定典章，正名山著作表見發越之時，用敢繕摺恭進。謹奏。

恭賀聖德遠孚平定回部捷報武成普天同慶表

欽惟皇上道協三才，澤涵萬彙，仁濡義暨，用兵正以消兵，德普威加，服遠初非圖遠。自伊犂歸順，既慰兩朝耆定之心，乃逆醜披猖，復勞萬里持籌之算。阿睦爾撒納狂悖負恩，遠颺肆惡。和卓木兄弟凶謀背德，轉面内訌。皇上運獨斷之神，定萬全之策，收聚米之形于徼外，握破竹之勢于禁中。既攻其心，俾親離而衆叛。復窮其穴，遂鼠跳而麕奔。乃汗血來自大宛，孤魄冥誅于羅刹。繼總秸輸于鐵勒，游魂早奪于伊西。示以包容而荒陬負版，曉以順逆而前途倒戈。樹亘古之奇勳，欽九重之神策。荷鴻佑于天祖，布大喜于臣民。迴思我戎再出，逆首潛逃。國憲在所必申，軍令豈能中止？賊以竄而愈深，師以躡而彌進。闢疆拓土，天若遣逃孽以導我師。革面稱臣，聖實借鋤凶以安回衆。事機湊集，福禄來同。臣曝日茅檐，瞻天雲際，既作頌以輸忱，復攄詞以志喜，曷勝歡欣踴躍之至。謹奏。

謝賞墨妙軒法帖劄子

奏爲恭謝天恩事。本年十二月初二日，臣子臣錢汝誠遣家人回家，齎到恩賞《墨妙軒法帖》四册。臣恭設香案，叩頭祇領訖。欽惟我皇上道高羲畫，心契周情。耽柔翰于幾餘，神通八法。集大成于墨寶，體備名家。鑒賞而去贋存真，臨仿而傳神如志。鍾王庾蔡，邈矣難名。虞褚蘇黄，信乎足法。示藝林之津筏，啟寶笈之陸離。爰敕詞臣，詳加編校，再宣剞氏，敬泐鈎摩。豈惟壓倒《大觀》，直可超軼《淳化》。即象會意，由八法以裁成。因愛斯傳，萃兩間之靈秀。昔賢之信紙而躊躇滿志者，至是皆壽石而照耀垂永焉。臣幼慚鈍拙，老更無成。雖龟解臨池，僅守蹄筌于俗本。亦自安畫柿，敢希指授于金科。昨者初息茆檐，即拜祕閣新刊之賜，繼而端坐虚室，屢荷九天親灑之書。仰藉清華，稍祛塵土。兹復特頒鴻寶，敬識殊榮。惟指畫神追，銘心鐫慮，以仰副聖天子眷念衰朽之至意。所有感激下悃，理合繕摺恭謝天恩。謹奏。

香樹齋文集卷六

奏疏五

覆奏廷寄字内頒到恩諭劄子

臣以菲材，備員禁近，久荷皇上教養深恩，淪肌浹髓。自十七年秋，奉恩旨回籍調治，體氣漸愈，心戀闕廷，寢興莫釋。二十二年正月，恭遇聖主再舉南巡，臣于蹕路仰覲天顔，晨夕趨侍行幄，屢蒙召見，温霽慰諭，賞賚便蕃，筆難殫述。是年三月法駕還京以來，微臣依戀之心，又積三年之久。明歲恭逢皇上五十萬壽。臣于前歲三月初間，蒙召見御舟，曾奏明二十五年春在家起程，來京恭祝，當蒙聖慈俯允。兹于十月二十一日，接到臣子臣錢汝誠家信，有大學士臣蔣溥、尚書臣梁詩正寄字，内開面奉上諭，念臣與尚書沈德潛年過耆耄，宜在籍頤養天和，不宜遠道跋涉，不必預備起程。仰見聖主優待至意，恩施格外，凡屬臣僚，俱爲感激，身受者更何如耶？惟祇遵諭旨，至期在家望闕，敬效嵩呼。至辛巳年恭值皇太后七十萬壽，臣當于聖主恭奉鑾輅南巡時，欣覲天顔，再行陳請，以申犬馬依戀之心於萬一。謹奏。

恭謝天恩疏

奏爲恭謝天恩事。本年三月初二日，荷蒙皇上殊恩，遣員至先臣錢鏐祠宇拈香。臣陳群率族人之在省城者跪迎，禮畢，即望闕九叩訖。伏念先臣當五季時，著有保護東南勞績，厥後江海漲溢，復奏捍禦之功。宋臣趙抃奏建祠宇，以表功德，迄今七百餘年。雖代膺祀典，未有如我本朝褒錫之隆者。康熙朝，聖祖賜『保障江山』四字匾額。雍正年間，蒙世宗憲皇帝敕加『誠應』之謚。遭際皇上兩次南巡，親視廟貌，賜額賜詩，增輝俎豆。兹當聖主三幸我浙，復頒恩命，焚帛奠醪，榮施疊被。臣等竊惟先臣一生忠順，但知爲民捍患，不敢自利自私，聖天子念切民生，躬親相度，正先臣効靈矢報之日。臣等分屬孫枝，用深默禱，以冀仰酬高厚于萬一。理合繕摺恭謝天恩。謹奏。

謝御書賜和詩劄子

奏爲恭謝天恩事。本月二十四日，頒到御書賜和詩一卷。臣恭設香案，叩頭跪領訖。竊臣叨沐聖恩，旋里養疴，始得痊可。恭遇皇上再舉南巡盛典，臣依戀情切，自浙趨赴山左境内，幸得仰見天顔，以申感激蟻悃。乃蒙賜和前歲進呈《田園雜興詩》十首，復蒙御書以賜。臣捧讀之下，感激涕零。伏念臣犬馬餘生，菰蒲弱植。堂廉義重，既邀鄉禄以榮身。雨露恩深，復賚天聲以眷舊。敲金戛玉，三百顆光燦驪珠。鳳翥鸞翔，億萬年珍同和璧。所有微臣銘勒下忱，理合繕摺，恭謝天恩。謹奏。

謝賜免罰鄉俸劄子

奏爲恭謝天恩事。本年三月二十四日，接到臣子臣錢汝誠家稟，内開本年二月二十八日，内閣進吏部議處『彙題遲延，未經查覈』之歷任刑部堂司各官一本。奉上諭：『錢陳群在家食俸，原係出自特恩，與供職受稱者不同。其罰俸六個月之處，著加恩寬免。欽此。』臣自奉旨回籍調治七八年來，叨沐聖主再造鴻慈，得以存活。乾隆二十二年春，皇上再幸南邦，念臣從前供職尚屬勤慎，奉旨在家食俸。眷舊殊榮，舉家感戴。昨以舊案議處，例應罰俸，疎忽之咎，實所難辭。乃蒙聖恩，特加寬免。捫心自問，方深覆餗之譏。閉閤以思，忽拜蠲瑕之賜。同得過而過中宥過，臣衷竊不自安。既沾恩而恩上加恩，主德益難報稱。佩宸章而被服，春來無事典朝衣。資内鏹以從容，老去仍堪供藥裹。用申銘刻，曷任悚慚。所有微臣感激下悃，理合繕摺，恭謝天恩。謹奏。

謝恩特加刑部尚書疏

奏爲恭謝天恩事。本年十一月十五日，内閣奉上諭：『原任侍郎錢陳群，久歷卿貳，兼直內廷，年逾七旬，學問優裕。前以養痾回籍，有旨在家食俸，用資頤養。今來京慶祝，召對之次，見其神明不衰，而居鄉素稱恪謹，著加恩賞給尚書銜，以昭優眷。欽此。』竊臣浙右寒士，學識愚陋，忝入詞苑，四十餘載，行走內廷，叨蒙豢養。歷任卿貳，雖黽勉供職，實無寸長足録，夙夜悚惕。自壬申旋里，仰荷聖主恩加體恤，靡所弗周，并令在家食俸，以資調養。年來體氣漸愈，犬馬依戀之心，無時或釋。恭遇聖母七旬大慶，來京叩祝，蒙恩召見，温霽有加。茲復特頒恩旨，賞尚書銜，以示寵錫。聞命之下，慚感交深。伏思尚書班列首行，何期遲暮餘生，仰邀異數。恩暉所及，草木爲之向榮。華袞有加，林泉因而增色。所有微臣感激下悃，理合繕摺，恭謝天恩。謹奏。

謝御賜橋梓圖疏

奏爲謝天恩事。本年六月初八日，臣子臣錢汝誠差家人恭齎恩賜《御畫橋梓圖》。臣當設香案，叩頭祇領訖。敬瞻寶墨，字畫詩識，俱臻神妙。臣欣感交集，惶悚實深。欽惟皇上天縱多能，道兼游藝，萬幾餘暇，時或陶情琢句，寄意揮毫，莫不韻叶韶英，法傳羲獻。若夫繪畫一道，昔人謂化工在乎手者，眼前活潑，無非生機，故其人往往多壽。米友仁八十餘神明不衰，黄一峰九十而貌如童顔，沈石田、文衡山皆臻大耋。皇上筆端造化，吐納萬彙，間亦舒寫性靈，烟雲供養。一經著紙，乾坤清氣，自露端倪。寶笈所珍，神物呵護者，即近侍諸臣偶一瞻仰，實爲榮幸。昨冬大學士、内廷、翰林等十三人，各拜御筆一種，臣子臣錢汝誠與焉，拜賜仿文徵明《疎林茅屋圖》。幀首臨寫徵明詩，復御題次韻一首。汝誠感悚雀躍，于家書中述及，鈔寄御題及徵明原韻。臣歡忭無已，恭和一首，亦深知數千里外，臣子未便以御墨遠寄臣恭閲也。然私心健羨，以未獲仰瞻爲悵。今年夏敬書和詩，附貢箑中恭進，以表寸芹，非敢有望外冀倖。乃天心優渥，眷臣衰老，俾林栖櫻散，與禁籞近臣同沾殊數，何脩而得此也？橋南梓北，咫尺賓連。墨瀋流光，神完氣足。聖心屬望，訓示高深，有非牋奏所能陳其萬一者。惟有瞻橋自勵，敬承雨露，以養頤和。亦復策梓共遵，益矢勤勞，以培根本。《傳》有之，韓宣子宴于武子，有嘉樹焉，宣子譽之。武子曰：『宿敢不封殖此樹，以無忘角弓。』《春秋》稱焉。夫朋友贈答，猶且流連往復，比于甘棠。矧義重天親，恩加犬馬，銜結之私，與生俱永。戴高履厚，思答報而何從。鐫腎銘心，實形容而莫罄。所有微臣感激下忱，理合繕摺，恭謝天恩。又臣敬和元韻四首，另製一卷陳謝，仰祈訓示。緣地居鄉僻，裝潢麤劣，不勝惶悚，統惟聖慈垂鑒。謹奏。

兒子汝誠蒙恩賞假省視恭謝劄子

奏爲恭謝天恩事。竊臣子臣錢汝誠于本年七月，蒙恩差江南鄉試正考官。將起程時，具摺乞假省親。奉旨：『知道了，欽此。』伏念臣八載林栖，仰荷聖慈憐憫，幸得存活。臣子汝誠趨走禁籞，叨沐皇上教養洪慈，時加訓誨。臣舉家頂戴，未能仰報涓埃，清夜自思，時深感悚。

欽惟皇上孝治天下，錫類深仁，浹洽寰宇。臣子汝誠于二十二年春扈從南來，蒙恩令其到家兩次，得展情話。今復賜假言旋，仰見聖主體恤臣下至意。恩承北闕，輝光頓曜蓬門。歡接南陔，拜舞喜瞻綵服。沐天家之恩澤，展烏鳥之私情。所有微臣感激下悃，理合繕摺，恭謝天恩。謹奏。

謝賜御畫竹如意劄子

奏爲恭謝天恩事。臣于本年八月，遣家人恭進天然竹如意一枝，是從嶺南得來，藏之篋笥有年矣。詳勘其徑尺之中，包含全勢，肌理温潤，不煩雕琢，元氣渾然，用敢藉爲芹獻。乃蒙聖慈批答示褒。時際秋獮行圍，特賜木蘭所獲鹿以資服食。隨恭製紀恩詩六首，付臣子臣錢汝誠轉達。兹于十一月初八日，接臣子家信，齎到恩賜御筆畫竹如意横卷，上有御題詩一律，後有題跋。臣望闕叩頭祇領訖。欽惟我皇上學由天縱，餘事多能。眷舊情深，既薄來而厚往。鑒攄詞掞藻，復誼美而恩明。臣所進如意一枝，本非由折而成，亦非因工而就，皇上賞其真率，鑒其悃忱。美斯愛而愛斯傳，托深心于毫素。俾之形而形之咏，標能事于藝林。昔也節錯根蟠，受幽叢之雨露。今兹擘箋摛繢，冠祕笈之璆琳。貢自中秋，適當華祝嵩呼之會。頒來至日，恰值飛葭添線之辰。臣何人斯，當兹異數。惟有祝年年如意，歌松茂載咏竹苞，願事事從心，慶昇平還書大有，以稍展犬馬矢報之愚衷于萬一。爲此繕摺，恭謝天恩。謹奏。

謝賜和詩劄子

奏爲恭謝天恩事。三月廿三日，臣子臣錢汝誠奉差過嘉興，齎到恩賞御書賜和詩十首。臣恭設香案，九叩祗領訖。竊臣自養痾歸里，荷蒙聖主再造深仁，得以存活。偶于課雨量晴之暇，寓情吟詠，一寫昇平景物，曾以拙著録呈御覽。内有《田園雜興》十首，于二十二年得拜賜和長卷，珍襲笥篋，傳爲世寶。兹三舉巡典，復荷聖恩賜和，且于萬幾騈集之餘，御書頒賜。敬展跪讀，感激難名。前此鑒臣依戀，喜蹕路之來迎。今也憐臣衰頹，戒前塗之遠接。許直陳夫民隱，戒勿飾辭。令快聚于庭幃，曲加體恤。香山仙境，期步履之如飛。煙雨樓頭，賞揮毫之尚健。凡此敦勉周詳之至意，實臣夢想思慮所未曾。矢酬報于全家，永銘鐫于五内。所有感激下忱，理合繕摺恭謝。謹奏。

謝御賜書香山耆碩匾額劄子

奏爲恭謝天恩事。本月二十六日，臣子臣錢汝誠遣家人恭齎賞賜御書『香山耆碩』四字匾額，并御製長律一幅到，臣祗領訖。伏念臣行走内廷，屢叨御筆，書法畫幅，璀璨神奇，照耀笥篋，至爲榮幸。昨迎鑾常境，喜覩天顔，隨蒙召見，霽色回春。兹復疊頒藻翰，感激難名。仰鳳翥之迴翔，輝生蓬牖。沐龍光之覆幬，健起衰齡。荷叨耆碩之寵褒，殊榮獨被。命許期頤之佳約，晚節同珍。所有感激下忱，理合繕摺恭謝天恩。謹奏。

謝賜内府緞疋劄子

奏爲恭謝天恩事。正月十五日，奉到恩賞御書幅字一方，内府緞二疋。臣恭設香案，叩頭祇領訖。竊臣孤賤寒陋，棲息蓬衡，仰荷皇上眷舊深恩，時加存問，感悚難名。兹當歲晏，復沛恩輝，拜錫福於雲端。墨光璀璨，頒賜縑於天上。花樣斑斕，旋馬高懸。依戀長瞻，日月稱身。永被剪裁，自耀鄉閭。膺百福以騰懽，拜五章而驚喜。所有微臣感激下忱，理合繕摺恭謝天恩。謹奏。

謝恩賞行圍所獲鹿劄子

奏爲恭謝天恩事。乾隆二十八年十月十九日，臣齎摺家人歸，蒙頒賜行圍所獲鹿。臣跪領之下，曷勝惶感。伏念臣林居竊禄，久蒙豢養。鴻慈尚食邀榮，屢獲拜嘉珍賚。兹際梁騶行獮，旌門正數獲之期。乃叨帳殿均禽，梓里有割鮮之錫。十二年未隨豹尾，神每企于三驅。四千里遠賁龍光，澤更深于七校。頒來紫塞，松巖之雪色猶存。分自大庖，苹野之幽香宛在。不獵而居然縣特，愧凛素餐。無勞而仰沐賜腥，感銘熟薦。所有微臣下忱，理合繕摺恭謝天恩。謹奏。

乾隆二十九年二月十六日頒到御畫石芝并御題長律一首卷子

恭謝劄子

竊臣於上年嘉平下澣，恭進石芝一匭。因見結芽海底，托生意於重洋。賦質雲根，孕清滋於華月。斐然白賁，宛爾天成。藉瀝寸忱，肅將葵敬。乃蒙皇上憐此遠致，考所從來。邀睿賞以稽名，識垂成之碧樹。萃琅函而核實，辨佐食之雞蘇。旋召墨卿，發揚盤椀。寵之瓊盎，冠冕藝林。禁籞頒來，恍披拂於緑水。茅簷拜受，永鐫鏤於丹衷。吟詩而仰止，軒圖如登太室。讀畫而神依，芝蓋長映瑶光。前此玉笥壽貞珉，自詡拍肩僧紹。今兹瑞莖傳素楮，居然接踵東坡。珍比百朋，榮垂奕世。所有感激下悃，理合繕摺恭謝天恩。謹奏。

恭謝頒賜御製繙譯書經御纂春秋直解劄子

本年六月十六日，浙江撫臣熊學鵬差提塘齎到頒賜《御製繙譯書經》《御纂春秋直解》二部。臣恭設香案，叩頭祇領訖。伏惟皇上德備生安，道隆精一。奉天出治，既凝命以敉幾。法祖攸行，復光前而裕後。以《尚書》爲體國之典要，研味宜深，《春秋》乃垂世之權衡，支鑿宜去。詳加由繹，務傳古聖之心源。慎予褒誅，庶合宣尼之書法。幾餘批閲，恍見羹墻。特製序言，永昭弁冕。壽之梨棗，俾彝訓之常新。廣貯縹緗，幸師承之有自。臣鄉曲鄙儒，僅依窠臼。

衰齡末學，愧乏指歸。拜讀琅函，仰經天之日月。用珍鴻寳，見行地之江河。所有感激下悃，理合繕摺恭謝天恩。謹奏。

恭謝恩賜紫光閣墨刻三十三卷摺子

臣數載林泉，叨恩至渥，九重翰藻，荷賚尤偏。兹蒙寳刻之頒，仰誦奎文之麗。伏見我皇上神武布昭，聖謨廣運。式廓則程逾二萬，底績則期止五年。惟斷乃成，集奇勳於指掌。如響斯應，宣勝算於心聲。自命將興師，綏遠備稽乎絶漠。迨酬庸頒爵，告成疊誌乎嘉符。示重寄於龍韜，先幾早洞。紀湛恩於蟻慕，顒化偕來。以至寳玉名駒，臚書土物，�冲蒲海，遠列方輿。舉凡流露於吟箋，具見運周於黼座。蓋威稜之赫濯，逖聽環孚。而鴻製之昭垂，祥徵允協。臣摩挲翠墨，什襲牙裝。閣上英姿，憶颯爽風雲之氣。廡邊寳繪，想縱横魚鳥之圖。昔雒誦乎瑶編，仰決勝獨神於魁柄。兹集珍乎珉石，知紀勳遠邁夫雲臺。洪慈銘琬琰之垂，奕世重縹緗之寳。所有微臣感激下悃，理合繕摺恭謝天恩。謹奏。

香樹齋文集卷七

尺牘一

與弟界

自筮仕以來，寸絲粒粟，總屬君恩。如賞賜出自九重，奉禄給自帑庾，盡人皆知感激。群所晝夜惶悚、舉家銘勒者，更不止此。念家本寒素，行年四十有餘，未能時奉甘旨。雖常俸所入，必分獻老母。然食口甚繁，豈能足用。每至拮据無從之時，忽接老母手諭云：『數月來頗至匱乏，賴汝友某官于某念汝貧不能顧我，遺我數金，便可存活，且可稍紓汝憂也。』因思與粟分金，以慰將母，此友誼之古處，所不待言。亦或以群靡禄聖朝，幸無罪戾，庶幾不以是棄予。且群實因通籍後，得與一二士夫相識，向使托跡衡門，則啼飢焉，號寒焉，彼名公卿間，縱不乏樂善好施者，亦何能徧白屋茆簷而盡澤之哉。而謂此周急者，非出自君恩，可乎？故受禄于朝，寒士與素封皆當感激，皆當報効。而隱微幽獨之地，有感激獨深而不能明言所以者，非親歷焉不知，未可以與素封者同日語也。汝自幼食貧，數年來依母與兄存活，今行將仕矣，群能不以親歷之境，永矢之懷，首相告誡乎？時存是心，則出力報効之處，自不得不任以實心，濟以實力，而一切苟且營私之念，不惟不敢爲，且不忍爲矣。若以大本大原而論，則君臣之義，無所逃于天地之間。子曰：『事君，敬其事而後其食。』皇上天地生成之德，盡人共戴，亦何分于貧富耶。此尤不可不知。

示姪汝鼎

讀書須字字體認，實處虛處，全要理會貫穿，有疑必問。《四書》小註，必要熟讀細玩。先生每日講書後，將所講之書尋味明白，然後再習他業。每夜讀《聖諭廣訓》一篇，始而成誦，終而熟背，事事體貼到自己身上。《小學》一書，不可不讀。

精神須要十分愛惜。汝自幼孤苦，汝父未遂之志，全在于汝成立擔當。從前我迎養祖母，汝隨侍來京，原要嚴加督課，見孩穉多病，不甚深求。今聞身子健旺，學業可望有成。又恐汝少涉游戲，致誤讀書，且廢正業。我自幼資性較勝于汝，然畢竟多一番務外，問學不能專精，悔之已晚。汝精神不能及我，而境遇差勝于我。我自幼出門，固多端人正士之觀型，而依人餬口，習俗所移，如博奕、摴蒱之事，往往耗費精神，幸而不廢攻苦，文藝一道，猶能苦心焦思而得。若汝又曰：『吾伯父少時爲之，吾亦爾爾。』則學業必荒，後必不能如我矣。

博古之後，又要通今。汝每事須要留心訪問，況祖母身子康健，老人支持苦寒門户垂五十年，于事理無不通曉，此即汝之嚴父、慈母、明師也。

從幼須認得人，好人自當親近，不認得則覿面失之矣。惡人自當疎遠，不認得則比之匪人矣。戒之哉，慎之哉。凡與人交，切不可一見便成水乳，固結而不可解。語曰：『君子之交澹如水。』戒輕合也。如明知其人不可與交，亦不可面斥之，面斥之則爲怨府。恰又不可依違將就，日久便能沾染，此最難處。古人有一見莫逆，終身遂成知己者，此學識大成者能之，後生小子學之，恐有後悔。

凡有銀錢處，必非事事不可對人言者。子曰：『見利思義。』以害即在利中，思義則不爲利所動，而害亦遠矣。

做人之道，須看接物。以獨處未見過失，接物便過失立見。接物之中，尤重交財。鄙吝者主不與之説，慷慨矜言氣節者主必與之説，兩者皆非也。總之，要看自家地位，斟酌情勢，當理合宜。與之非尚氣節，不與亦非鄙吝。貪夫罔利，喪厥身家，固所深戒。侈言博施，終于傷惠者，亦君子所不取也。汝一寒素孤露，安有力量言博施耶，存此以自省耳。

書房中須將祖先忌辰一一書寫，至是日縱汝力不能辦齋致祭，必焚香叩頭。況致祭隨力，全在心虔。語云：『澗溪沼沚之毛，可羞于鬼神。』羞，進也。此之謂也。

凡遇祭祀，必平時將祖先昭穆位次考得明白，至期不致失次。

自南方來京師者，皆言衣服甚易致。每至廟市，攜十數金便得輕裘一襲，至錦緞、故衣、衾禂等物，價與布疋埒。夫京師爲萬國輻輳之地，人民殷阜，自然物價不至昂貴。若一介寒士，利其易致而輕棄布素，相習成風，必致井里族鄙之間，以衣服相耀。且子弟漸染，久之必致見緼袍而生厭心，厭緼袍必不甘藜藿，皆一念貪賤啟之也。其失便宜處，不更多乎？我官翰林將十年，家雖貧，然易致之物，何難勉力得之。汝見汝誡諸弟妹，曾製一完衣否？此時極寒，大兒惟前歲出門時一敝袍，阿安、阿舡、阿梅則僅擁布絮袄子。我深憐其冷，亦不甚惜也。還恐汝伯母不能深體我意，使其識見淺陋，貽害終身。汝年稍長，尤要知之，日後好教汝弟輩也。

汝母勤儉篤實，謹言行，侍祖母來京師四載，與伯母和協，如親手足，至今臧獲輩傳爲美談。可見多言及氣性，一毫也用不得。汝當善學汝母。

孝順父母，榮耀祖先，全不在華衣服、美飲食上，此乃爲家道素豐者言之耳。若家本寒而貪汙狼藉，比匪營私而得多金，以奉其親而稱孝，則顔氏屢空、原子甕牖，將不得爲孝乎？設存一華美耀榮之想，則宗族鄉黨必健羨以爲孝，而此時又不知若何矣。況幸際聖明在上，安分潔己者，自有好處，妄營實屬無益。汝須自幼立定腳根，不可錯了。

言爲心聲，須要明白。高不可抗，低不可隱，汝四叔言語間少一種清剛之氣，我甚憂之。至于措詞之善，婉轉有婉轉之妙，簡要有簡要之妙，全要體會人情物理。《論語》『侍于君子有三愆』一章，尤宜三復。吾每見家鄉人出言便得罪人，其鹵莽造次、依違支節類繁，不可枚舉，嚮福人皆不若是也。

我遠離祖母在京，汝叔又要進京，汝少不得也要學習應酬，然也要擇人而見，恐妨功課。凡有小病，須要與高明醫家商量，不可逢藥便服。『醫不三世，不服其藥。』古人之慎疾若此。言三世，慎之至也。

若隨汝母到外家，須敬禮外祖母及諸舅父母。留一二日即歸，不可多住，致荒讀書。汝資性魯鈍，我始而憂之，然終不若憂汝身體孱弱之甚也。今聞汝眼病已愈，身子漸旺，則工夫做得縝密，雖愚必明，雖柔必强。只怕人自不學好，若肯學，則魯鈍更妙，較之浮泛者加數等矣，不足憂也。

我十歲時，祖父于課餘教我讀《四書備考》全部。此書却能啟發顓蒙，且與《四書》貫穿，雖與經文多重見亦不妨，汝亦可讀之。斷不可急于考試。汝試看此時老而無成、學問愈退者，何嘗非少時自號神童者耶？若自幼神童而又能力學，則與年俱進，自然更佳。今既不能學他，只有用困勉之功，切不可躐等而進、終于無成也。

躐等不可，蓋謂不必急急于考試，以揜飾自欺，非謂作文一道可稍緩也。讀古與作文，本是一道。若一面作文，一面窮經力古，則相得益彰。若不潛心體認，字字索解，而能成誦六經，與付應僧念佛經何異。

凡獨子與弟兄多者不同，如技勇膂力，俱要磨練方出。弟兄多者，父母亦不甚愛惜，或乘危走險，固有損傷處，然出衆之才，往往從此而得。獨子則自愛之念益宜深切，寧懦弱，毋多才，寧落後，毋争先。至于不登高，不臨深，則凡爲人子皆然，寧論孤獨耶。

吾每每寫信寄汝及汝叔父并族人等，雖極忙冗中必連篇累幅，無非欲見者想吾期望。汝等勉爲端人正士，在家則有益于鄉井，出仕則効力于國家，不致負祖先詒謀之意。汝俱宜細細尋覽。兹又諭汝數千言，文理雖淺近易知，而隨時行之，終身不窮。汝有未解處，可求先生、叔父及諸尊長講明。吾僕直之餘，編校之外，刻無寧晷，呵凍爲之，汝其深體之，毋忽。

與弟界

自春徂夏，得吾弟信，喜懼相半。從西安來者，皆言汝勤苦是甘，則潔清之本已立。然聞汝每事過寬，未免沾滯不能决斷，因略條示于左：

《記》云：『大臣法，小臣廉。』此童而誦之，豈備官而未之聞耶。不知法者聖天子握之，以爲憲天出治之本，何獨與大臣是勉？蓋身爲大臣，所入俸禄不惟能贍其家，且可及戚族黨里。則暮夜之金，朘民之生，雖中人之資，吾知其不爲矣。惟權乘勢厚，恐其犯法，偶一不謹，身陷不義不敬之罪。故曰大臣法，非謂大臣可不必廉也。至于廉者，君子守身之常度，何獨于小臣是勵？蓋小臣初登仕籍，從田間來，家室妻子既累其經營，服食起居復苦于拮据。有守之士必不爲境遇所移，而内念不力，外誘入之，境遇復乘之，則易于傷廉。若夫承乏奉公，小臣唯守法之不暇，而奚暇犯法乎？故曰小臣廉，非謂小臣廉而置法于稍後也。每見秀才們不通典故，不習世務，輒見人行奉法之事，即議其過刻，曰：『他日吾處此，必不爲也。』要之，過刻非法也，既曰執法，安得爲過刻耶？此理不明，必至于獲累而招尤矣。試問今諸生厚自期許，有人曰汝長厚似柴子羔，必欣然喜，猶恐未能也，然子羔刖人一事，則奉法之中將以惻怛之心，未嘗廢法也。曾子謂陽膚曰：『如得其情，則哀矜而勿喜。』三代以來，刑賞忠厚，正謂此耳。至于今日飲酒，明日按事，亦未爲盡善也，亦顧其所按之事何如耳。吾每見人言勸人存厚道長者之心，自五六歲至今，未嘗須臾離此。獨于汝戒勿過寬者，蓋深知汝有子羔之行，而經生習氣未能掃除，不重自繩治，或流于袒護偏私之蔽而不自知矣，隨事體察方得之。右論小臣以先奉法爲要，並發明廉法不可偏廢之理。

讀聖賢經傳，確有分別。如『四海之内皆兄弟也』，愚人讀之則爲交結，爲慷慨，因而受累者，豈卜子之過耶？當玩其上文『敬而無失，恭而有禮』八字，敬以持己，恭以接人，而一準之于禮，則並無苟合之心，四海皆兄弟，論其此心此理之同然者耳。能敬能恭，則獨居一室，一物不交，其大公之懷，無損于兄弟之好，不然則多識一人，即受一友之損，日見其鬩墻矣。兄弟以天合者，故古人遭此每多不得已之苦衷，若朋友則擇人而交，不必多費此籌度矣。右戒不擇交，惟在守禮以致敬恭之實。

受朝廷之禄，只期無負，便是稱職，能稱職便是榮耀。陞遷遲早，自有定分。若一味以遷擢爲榮，則必至干謁求人而後已。我爲翰林十年，從不曾于遷轉時萌一妄想，汝所深知。豈我之才力遠不及人耶？縱不及人，豈不及汝耶？汝去委署尉事時，吾寄言老母云：『若久任尉事，則吏治自練。日後作令，可無憂矣。』舉一事，汝須善體此意，要使才餘于職，毋使職餘于才，致左支右絀也。右戒躁進，不可妄求。

凡人有私求，斷不可違義從之。我居官以來，日以此自勵。每見人有善，必極口稱之，不必其人之知之也。間有後生輒以世俗相於引執贄之禮，必峻拒之，若其人果以學問講習來，則古人未嘗廢束脩之義。因見來者此意絶少，曾有人見余貧乏，曰：『數日内當遣弟從學。』余應之。遲數日，其人軺車致白金四百兩，曰：『日用之需，先奉此耳。若引致吾弟，得有少進則再報。』吾頓首，惶恐辭之，遂不答拜。前年，奉有特旨保舉所知，因適有鄉人素諳吏治，即録其名，將移知選人矣，其人忽詣余，適言及之，且致懇詞。其人去，即焚其牋，誠不欲一語之間，致傷薦舉大典。汝爲吾弟，若此心稍不可問，汝能信之乎？且同寓親友不下數十輩，交往豈能信之，正欲以禮處人也。推此而論，何事不當如是耶？故人以非禮干，應之則自待薄，且待人亦薄矣，況必致後悔者耶？此不可不知也。若夫嚴氣正性，使人自不敢以無禮相干，則功夫更大，吾實未能，願與汝共勉者也，仕途最易遇此。更有一種人，明知此事不能，彼若處此，必不肯爲，因欲市恩于人，偵汝過于忠厚，以此相加者，應之則汝誤，彼無傷也，不應則汝無累，彼仍見德于是人也。酌量婉辭，以處小事則可，若大事違禮則默然，恐不足懲一警百矣。常有此心，則汝自不敢以非禮干人矣。右論絶非禮之求。

弱懦之氣，斷不能鼓勵風俗，其病必至於邑之賢者視汝爲不足與，愎不仁者諒汝無能爲，行見向之偷瓜攘雞者，無何皆食人之禾，牽鄰之牛矣，惡聲倨箕者，無何而紾兄之臂，踰東家墻矣。必多爲條約以訓之，嚴聲厲色以正之，犯者依法以處之，其三令五申而不悛者，重以繩之，總不失父母斯民之心已耳。右戎弱懦。

汝既潔清自愛，則貪黷之行，吾知免矣。又恐平時一味勉强，及至公事，卒辨則周章莫措，甚至重耗之事，派理之事，致干重譴。往往胥吏必進説曰：『爲公事，非私也。』而彈劾已隨之矣。此時問胥吏何補耶？故廉不必矯。又貴始終如一，古人云：『有人來云貧乏不能存，此是好消息。』至哉斯言。右論廉有學問方免矯强，及改節之病。

吾念汝日夜不置，故復就汝居官大概致此數條。至于文移往復，徵發期會，豈能于數千里外，懸揣及之？惟在刻刻警省，庶免罪戾耳。雍正八年五月廿九日，兄群手稿。

與從孫載

前接汝來札，述及學業頗能潛心，至于訓課，殊不作輟。一載玩味，幾爲朵頤。僕期望族子弟心甚注切，善則不啻己有，惡則若痌瘝乃身。區區此心，早爲披示。五載以前，曾于戚族中獨許汝與埰孫、江郎三人，未及二載，皆入補弟子員，差足小喜。然數年來，見汝學業未能大進，心切耿耿。江郎數千里來，或可冀其少進。埰孫僻居古落，從未以文字筆墨就正于僕，僕始責其疎，繼而憐其境，不甚責也。汝資性過于江郎，而詩文書法未能成章者，總坐不能玩味熟背、臨摩碑版耳。僕幼時見老輩猶有午夜跪讀《四書大全》者，彼時自恃强記，謂經學性理子史諸書，當過目即咀吮其華，頭白讀《大全》，豈真怕秀才不穩耶？今看後生輩于《四書》章旨全不體會，方知苦記《大全》，默識心通，終是立得穩也。蓋諸傳全集豈能盡看，其説散見于《大全》及《或問》中，日日尋味道理，自有融會處。此舉業要道也，並須立一看法，教阿鼎也。跟着看至詩賦，則必要從熟精《文選》、老杜、青蓮及漢魏、三唐諸家，但學問須由前以及後，則經學須急急也，即如讀《七月》《東山》《蒸民》諸大篇，方知退之、少陵不過僅入其堂，未許入室也。總之，怕窮躁進是學人大病。汝看古來大學問，立定腳跟，豎起脊梁做好人，有幾箇是少年發達的？都是從食荼之後，進以蔗味也。即或有之，必其資稟遠過于汝輩，當思名位非榮身之具，必以仰報君父爲重。然學問不深，閲歷不廣，經濟不諳，而驟然得禄，雖有仰報之心，猶去柑檝楫而欲舟之濟也，不亦難乎？汝年過二十尚未娶，且父母貧苦日甚，宜思學問長進，人品端方，爲救貧上策。僕自幼至今，但見不讀書、不習上者，歷嚴冬無完褌，度夏日不再食矣，未見學人、好人行乞于路也。就其大概論之，不爽耳。况幸際昌期，脩于家者必獻于廷，特恐脩未至耳。每見後生輒矢口云『無寸進奈何』等語，全不理會到自脩上去，故切言之，一以慰汝之志，且以此意宣示兩尊人，使知僕言之不謬也。知其不謬，宜何以處之？則有簡便法在，曰耐。衣食隨分，有五觔棉花便可過冬，人日進粥二甌，便可撑腸，解得此意，怡然自樂。僕十五歲至十九歲鄉居，日進菽飯，夜則朗誦搆思。先大人及老母憐僕兄弟乏食，諭令少息，僕置燈帳中，默誦不使聞。然貌日肥，學亦從此進矣。第一要胸襟洒落。讀書固要苦心，然須會尋樂處。忽而寒梅窻外，忽而春柳堤邊，偶沽村釀，或買江魚，即過回溪，與二親取樂，所謂『進到鳶飛魚躍處，方知隨柳傍花時』，是又耐字中一團趣味也。汝與垛孫、江郎及諸族人，更有極討便宜處，亦宜知之。凡讀書做人，須要就正有道，那有道便是曾閱歷過的人。僕誠不敢以有道自居，然汝輩今之地步，僕都閱歷過來。至于看文論學，僕雖遠隔數千里，不惜精神，于趨走三舘、編摩秘籍之暇，詳爲寄示，多至數千言，甚至忘食忘寢。至于寄言醴泉弟處，則每至達旦，凡與僚友接侍，有一言一動或可取法，必録寄也。汝輩雖盲，僕爲相者，宜其不墮于溝中矣。汝經歲不寄一首文、一句詩來請教，豈以僕爲不識耶？抑以爲吝教耶？至於阿鼎，年紀長成，務望汝循循善誘，教他看講章之法，自家去點去圈，點差圈差，即爲改正，此是第一法也。《四書備考》必要叫他讀，須將紅硃圈圈點點，或尖圈，或夾圈，使其高興解釋，引而進之，且有益于小考，如《孟》之『反不伐』章，則知清之役顛末之類。蓋其姿性必不能熟讀五經，而《備考》所載，皆孔子門人事實，及《周禮》《考工》之書，作小題所必需也。見字之次日，即讀可也，萬不可緩，且與汝不無小益。飯餘課其作札牋之類，因見其筆下不富麗，甚可憂也。僕十一二歲，老母諭代作家信呈外王母，一洒數百言，使讀者喜悦，至今思之，不知文法從幾時學來也。至于十五歲，夜讀書，忽見月華，即成長歌六百言。雖有孩稚氣，然絶似毛西河、尤展成兩公，時長者多許可。後至廿三四歲，則知已落小家，數痛責自悔，乃取漢魏百餘家全集讀之，方知《文選》中所不載者甚多，又取諸子讀之，方知聱牙詰屈，非昉乎退之也。再聞汝侍大人先生前，語言不能明亮，恐此時不習，將來入于寒酸一路，當以『侍于君子有三愆』章治之。聞汝于友朋中輒多諧語滑稽，雖非大病，亦不可任，當以『益者三友』章、『君子不重則不威』章治之，總之『弟子入則孝』章，道理全備。以上四章，時存諸心可也。京中人口浩繁，日用甚不支，僅得數金奉寄，汝粗備冬衣外，可買斗米斗酒致尊人，聊致洗腆。不盡。

僕每作家信，必隨筆揮洒，文理都不計，意之所觸，即録奉告。此札或言境遇，或言作文，或言讀書，或言做人涉世，或論家庭之樂，或言課訓弟子，或言詩賦源流，或自述平昔。字句多有重複者，叮嚀也，詞語偶有矜詡處，道閲歷也，汝可細細詳味，並鈔録數紙，再囑阿鼎録出數紙，吴忠亦囑其寫數紙，寄一紙于我處，意欲存稿，此本即付裱人裝成紙册，置案頭，以去人匆匆，未及付裝池也。近日眼花，不能燈下作札，字不足珍，但可醫汝等浮嫩之病。僕非甚愛汝，何至勞勞若是？讀者思之。雍正八年十月十八日子刻跋，時雞再鳴矣。

上溧陽大司馬

去夏隨侍西行，晨夕受教者多矣。或因事示範，或略迹原情，或以莊敬重型，或以諧笑見性。大概以誠實立體，以明通致用。群雖中材凡質，尚能奉以終身。自屢次奉委公幹，少或經旬，多或浹月，必聚語一堂，與諸子陪侍。昨摳衣叩辭，鞭且東指，喜魏闕之重瞻，念師範之暫隔，依依楊柳，不自知其心之何可任也。然忍而言别者，暫制于目前，自可久承顔色。行見八騶入覲，碧紗幔裡，白玉隄邊，群得與舘閣諸子叨陪末席，爲日正長耳。人生聚散本自無常，況一通仕版，便難預期。然義合情深，境成身歷，不覺言之縷絮也。三輔民情，實有革面洗心之效。即如群廿四日晨起，忽見行舘外父老數百輩，聞將遠行，遮道縶維，揮之不去。及出城後，自會城至臨潼四十餘里，士庶環集數十人，皆手擕盃酒，洒淚不忍别。行路之人非土著者，皆爲之涕下。群自揣奉差來此，初無見長之處，惟所過地方實心開示，亦循分事也，而民情至此，足徵皇上深仁厚澤，沐浴淪浹，懽欣愛戴，有出于不自已者。聖天子勞來輔翼之盛心，使人耳提面命，稍有成勞，都在桑柘影斜時天然繪出，想閣下聞之，亦應爲之解頤耳。二十七日，宿華陰道上，好雨竟夕，土人目爲金也。明日渡河，河北麥苗俱茂，微不及關内，麥秋可望大有。特述所見，餘再報。

與嵇拙脩少宰

元宵前遣奴請安，以騶從尚未至止，遂爾回家，奉有數行，想入台覽矣。渴欲趨晤，而家中諸事紛如，未能脱身。總之，百口之累，遇此大歉，即目睹井里啼飢一事，便難排遣矣。繩菴司農以公事來浙，夜中經過，未得恭請聖安，擬於其旋也，一爲趨請。聞尹公會鞫後飛呈勘讞，候批回方可還制府也。

法駕恭詣闕里，何日啟行，弟處竟未得信，祈示知，并懇寄扈從名單一看。蓋老懷舐犢，兩月來未得家問，殊懸懸耳。前聞老先生已還子舍，暫違鼇禁，得展烏私，天倫樂事，惟大有福人能響用耳。羨極，羨極。廿載前，曾有吾兩人共舫遊龍山，登眺既倦，圍棋把酒，如少年時遊謔。閣下以爲此固佳，衹可供談資耳。今則當見諸實事，遭際天恩，坐享昇平。弟雖衰白，尚詠加餐，以踐夙諾。如何，如何。

香樹齋文集卷八

尺牘二

與從孫埰

僕于雍正三年，奉太夫人南歸時，見族子弟中年幼而姿禀可造者，唯足下與坤一兩人。因與族衆曰：『遺直老人傳家清白，子孫當有賢者。吾觀載、埰，殆其人矣。』應者環于聽事，亦不知予之知言也。後司衡交河王公下車，首試禾郡，即同補弟子員功名末耳。予言不謬，藉以少慰。繼而坤一得乙科，復舉博學鴻詞科，文筆詞賦，亦日益有名。足下屢遘私艱，贅于潯水之上，聞婦翁頗推烏愛，不致顛狽，吾甚感之。但問學須及時自勵，閱歷必出門有功。不必遠引，即如吾與汝伯父朝采，俱未弱冠，飢驅出門，艱苦備嘗，或三十年，或二十年，然後名掛通人之口，聲綴清吏之編。幼弟主恒亦自幼攜之北上，今名聲亦亞于兄姪，此其驗也。每念叨竊若斯，豈由才致？仰藉先代所貽，固不待言，而得力四方賢士，錫以訓言。其有妬嫉才士，進以美疢，借以警惕，悚然猛省，美疢之功，同于藥石。閉門獨坐，人未易聞此語也。昨者足下過吾，適在治行，便訂同遊。我家本貧，宦況清苦，產業之事，尚不如編户齊民。此番行李茫然未措，獨亟亟于勸駕者，實爲祖先成就子弟起見，非有他意。來札推獎逾分，所不敢當。既以吾言爲然，不應游移。至有與犬子同行之訂，足下所謂高明可師資者，爲僕耶？抑犬子耶？爲足下計，則應同僕行，爲僕計，則應同犬子行，惟足下裁度焉。古來贅壻中，成名立勳者最多，僕亦兩爲之。獨愛姜氏懷與安實敗名一言，因風況示，并與潯水知交共訂斯義也。寒畯遠行，第一慮無衣食，第二慮無益友嚴師，第三慮書籍不富，儉陋貽譏。若來同塗北上，三者俱無慮。來价或可隨行，不無小助指臂。『東皐書屋』齋額，已繕出付去，拙書雖無大佳處，却無一點俗氣。餘俟旬日後過苕水，當紆道走訪，作深夜談也。不盡。

與溧陽師

每觀昔賢致政歸田後，往往以筆墨陶泳性情。東坡罷官時，遇紙作書，書盡乃已，常出笥中紙墨拂拭之，有『足供三十年』之語。蓋佳書名句，實可移情寄暢，雖園林、山水、花木，不足方比，況珠玉錦繡之炫耀，絲絃箏琶之聒耳耶。余於二十五年前，曾追陪先生于役隴右，見公餘讀書不倦，亦間愛作字，筆力秀拔，雖筍輿勞頓中，未嘗廢也。昨蒙恩還里，溧陽去吾郡不六百里，群以家累，未獲馳詣左右。爲録養疴以來詩數首，蓋詩之感人最深，拙詩固未能超軼前賢，然幸際堯舜在上，世登熙皥，年未古稀，得栖息衡茆，寄興吟詠。詩不在多，時有見道語，亦不墮禪悟，不入理障，庶幾温柔敦厚，不失言志永言之義，閣下得無有意於其間耶？

與董東山宗伯

每從小兒家禀中詳述老先生念舊情深，不以聚散稍渝夙契，且視豚子極加體恤，感勒五中。惟是弟藥裹生涯，自安散漫，不敢以巷曲鄙狀，屢瀆雲霄，知己疎候之愆，正坐此耳。今夏古稀初度，承遠惠清俸，用資藥餌，受之益加慚悚。江鄉遇歉歲，日用難支，第無米之炊樂歲，且以百口爲累，况當珠桂之時，七十衰翁與幼兒稚女、竈下臧獲，同啖秈米，惟日以線裝殘卷、古硯長箋，閉門自遣，而鼠輩憑依，退之《寄盧仝》詩『隔牆惡少惡難似，每騎屋山下窺闞』。鏡奩衾褥來，必摒擋而去，官吏莫可如何，此年來所更甚也。至於吟咏之事，則里中後生，未足鼓興，久爲閣筆。數年前曾拜惠朱竹一箑，爲懷袖珍玩，昨爲好事者乞去。倘能再寄小幅一紙，爲娱老清供，庚征西云：『焕若神明，頓還舊觀。』何幸如之。歲暮懷人，率泐走謝，並道鄙狀，同人前祈轉致。不盡。

與孫懿齋尚書

校閱靡寧，月餘疎候，違侍以來將六十日，僅考竣定州正定，趙州日内開考，順德所到之地，托庇粗安，惟是諸生中少傑出者即有數人，不過舉業功夫，實無超軼之品，時深悶悶。群數年于兹，清身苦體，諄切告戒者，無非要諸生植品端方，窮經勵行，不以弋獲功名爲念。然自設立制科以來，流風日久。昨恭讀諭旨，字字切中近代士習，而極重難返。群每平心思之，以之訓諸子姪，且不能必其信從，況環而集者之諸生耶。推原其本，皆由自家功夫淺薄，見地畢竟還有出入處。惟洗心滌慮，觀我生之進退，以驗多士之從違，不覺慙汗流背也。至于《御纂四經》，現在選拔貢生以此命題，令作經解，乃諸生中見此書者，百不得一。近到南府詢問，教官急取所存《御纂四經》，令諸生分經彙集，與之講解。乃傳諭各學已頒到者，令其開明，其尚未頒到者，亦令開明，彙呈閣下，轉與藩伯商酌。大約最要緊者，每學各有一部，且可供諸生領取講讀，至于家家全備，實萬萬不能驟期者。窮鄉士子，一部四書且有父子兄弟輪直温看，況是書之浩博乎。但各學給發一部之功令，行之已數年，而仍未徧，殊不可解。萬惟閣下公餘一爲籌畫，或藩伯行文一查，更覺妥協。畿南數處，惟正定張太守現在延師督課，經書已備，餘俟再達。臨啟虔切。

與孫懿齋尚書

陳群載拜啟：自入舘後，即承教益，繼而地分懸隔，職業或殊焉。臯比側聽，編集數頒，藉以澡浴者，十餘年來，良非淺鮮。節麾移鎮畿輔之日，群重膺視學之命，私心竊喜。謂同舘相於，且同地親炙，賴以訂頑，知閣下所樂爲指示也。日來披閱事忙，且扃鑰方始，未敢趨請，俟試案分撥後，當專誠摳謁耳。書院急需振作之，昨恰值福星炳曜于此，三月政成，諸庸具舉，即爲慎選明師，設勸經之壇，布治事之席，不以群爲不才，而以擷秀搴芳之任，諄諄面委。分所宜擔，自應以誠心求之，或者膏黍梁父之陰，挈車可載，敢不勉旃。至于稽勤惰，定章程，在大鈞鼓舞萬彙，自非小知所能淺測。然悦安强教，兼施互濟，謹以此間士習之所宜痛改者陳之。一曰去僥倖。讀書所以明道，經學治事，皆道中條目，若以藉名肄業，妄希大人先生之顧盼，無論必不得之數，此心一萌，書篋琴几，一團躁妄矣。一曰戒小成。古者自離經辨志，至知類通方，分年責效，由一而九，各有時敘。今諸生僅守時下制義數十篇，責以經學，聽而思厭，其弊在弋獲功名，安于小就耳。群嘗謂做秀才時不熟習經史，及入官宦成後，便無書可看，但以坊間演義消其歲月，比比皆是也。以上二條，責在弟子。至于授經之法，全在先生罕譬曲喻，如啓聾扶危，誠使分經，各治一經，通晰中有所得，其餘四經及諸子百家，雖禁之不習，不可得也。群三歲前每循行郡邑，得一可教者，准送肄業，必叮嚀告誡。于其成行時，下堂提命，如男子之冠，女子之嫁，父母之訓其所生者，誠重視師道，不敢毛髮苟安，亦藉以自勵耳。昨校閲諸生，問訊以經學，多不甚分晰，亦偶有能熟習者，又文理不能清雅，治經作文，明經制行，不能兼貫，師長之責，何所逃乎？用是日夜恐懼，更望大人時以此志，達之舘師，共凛斯義，如是者歲餘，自有實效。善歌繼聲，善教繼志，方不負大人陶鑄之盛心耳。昔李文貞爲總宰時，拊循畿輔，楊江陰以侍講視學于此，所課士亦送至，文貞所成就者十數人，其最著者景州魏總憲、交河王小宗伯，他凡秉鐸司牧，亦各有師承。此昭代事也，初盛相武，殆其時矣。此十郡五州，現在人才足當君子之教者，任邱有邊連寶，静海有牛思凝，姿學甘白，次亦有數人，容徐及之。總之，生徒集至三四十人外，必就中舉出學長一二人引掖之，其功必倍。稍遲奉謁時備陳，不一。

與孫懿齋尚書

二十七日專泐數行，並有奉商會稿，想蒙照入。昨聞半月前，閣下有令子世兄因讀書功課過嚴，一時年幼不知所措，失足井中，驚慘實甚。此雖彭殤有數，然課子弟之法，群體察最久，言之稍稍親切，恃在愛下，因既往之失，而略及之。從來父與師不可並嚴也，《記》曰：『愷以强教。』又曰：『悌以悦安，明寬猛之相濟也。』父道與師道分相屬，皆有董戒之責，言用威必曰用休者，義可知矣。且寒素之家，父子同居一室，並無童僕，父督之則母勸之，師責之則父母勸之，甚至父母與師同有厲色，至于榎楚擊蒙而鮮所失者。相處習，則父子天性無論賢智顓愚，皆知吾父之怒吾爲出于暫也，故受而不驚。公卿大夫之家則不然，日以公事殫其心力，偶一督課其子，其子之能任與否，不暇察也。且位尊則一出諸口，即有無知之臧獲，拘愚之保抱，故聲大之以使之警心，未有不過甚者。群幼時貧乏不能自存，先府君督課甚嚴，然受之自若間，亦驚悸成病者數四，亦無大害。至筮仕後，偶一施之于諸子，遂大悔于厥心。自後豚犬有讀書怠惰處，欲示之杖，以收其威，必先密示意于其師，並及于其母，使其解勸以安之，間用萬石君相對不食之法治之。然惟成童以後則可，亦惟官翰林可爲。若奉差時，則見面且不得，寧論教乎？凡此情形，前後以身歷之，始能傳之楮墨間。顏氏《童蒙訓》、朱子《讀書法》、吕氏《童蒙訓》皆就規矩言，神而明之，存乎其人，諸集中亦未載及也。今所聞公子事，由于督課過嚴，群與閣下爲同館後進，居友之末行，同事兹土，每事受教指示，叨益良厚。昔習之于退之好譬一事，致書辨論至千言，張文昌以退之不保攝精神，時以樗蒲荒業動色相戒至再三。此二人者，皆從退之游，當在弟子列，而切切偲偲，言無不盡。群雖不敏，慕其爲人，愚不諫賢，非所計也。閣下公餘一爲採納，會其意以課諸公子，知交遊中，猶有習之、文昌其人在焉，則幸甚，幸甚。至令郎生入大賢之門，其來必有所自。昔有才子入水後爲神，以司其祀而利于人，載籍所傳，如任安、丁芊之神于温泉者，不可勝述。天鑒先生忠誠，勤勞民事，濬河疏澮，百泉清潤，井之用爲養其神，則童子神一井，而萬井得所養，于以默相先生惠民澤物，公子有知，當亦含笑，居才子之後塵，以無忝所生，此又群以理揆之有必然者，並以相慰。臨啟馳溯之至。

與許中丞

朔方起程前一日，附數行馳復，想已入典籤矣。弟自奉總憲公咨委來寧，祗凛聖訓，凡循行之處，詳切宣講，周歷靡遺。此間百姓皆知聖天子除暴安良，全爲近邊諸郡，貽久遠安寧至計，其感戴踴躍之忱，倍切于東郡，此弟所目覩而愉快者也。總之，軍興旁午之際，因地制宜，全賴地方當事悉心體察。弟于公所會集，必再四諄囑，引朱子詮解『日省』章『有則改之，無則加勉』二句爲贈，幸所過州縣，類能仰稟章程，承辦支給。『有則改之』一語，似可不必相勸，然『無則加勉』四字，則固居官者所宜時刻提撕，以爲報稱之地者，故屢屢言及，以之自勉，並欲長民者共敦此意。老先生公忠體國，民生至計，既撫綏于平時，吏治官箴，復告戒于臨事，必能鑒弟懇懇之誠，而不鄙其瑣屑耳。

啟者，弟于前月廿一日宿涇州。次日晨發，行至十數里，有小价潘姓者，遺去盤費銀二十餘兩，並所帶囊中物件。倉卒尋覓，見塗次有人云：『頃有行路人云拾得遺金，守候道傍，良久不見失金人來，怏怏而去，還當再來。汝候之可耳。』小价問云：『汝與之熟識否？』答云：『不識也。』小价見弟騎已遠，不敢久稽，以致落後，乃急赴州衙門告知。行至二更，始到旅舍，據以情稟。弟以爲大道之旁，行人如織，遺去物件，豈能復還？次日遂策馬西去。行至瓦亭驛次，忽接陳牧稟云『昨尊价告知後，未及移時，有居民文進義隨即來稟，驗其錠件及餘物，俱如尊价所開。俟回至敝治，再將原物呈還』等語。弟思進義一鄉曲窮民，得此遺金爲數不多，以之買十斛麥，田舍翁得此亦厚幸矣，若以之薄操奇贏，則居然中人之產矣。乃義形于色，單衣呵凍，鵠立道旁，俟本人擲還，貧而不苟，一至于此，此風何其淳也。實由我皇上深仁厚澤，教養兼隆，致里閈鄙人，山谷野老，居然有士君子之行。雖史策所垂道不拾遺、户不夜閉者，何以加兹。行路者聞之，猶肅然起敬，欣然愛慕低徊其人而不能去，矧弟目覩其情、身被其風者乎？擬回涇之日，召與之語，探篋中餘金贈之，並給以額，大旌其門以示奬者，輶軒使人之事也。老先生職任封疆，總持風紀，仰體聖天子鼓舞愚賤之盛心，旌一夫而萬夫勸者，其在斯乎。聞陳牧已具詳轅下，此係地方公事，用敢遠寄奉聞。臨啟馳溯。

與李臨川師

清和應律，繼長增高。伏惟大人福履駢集，似之有之，可勝額慶。群自受知後，善耐條冰，每依暖座，在弟子中無經歲逾時，動違函丈。即如于役畿近，又得六叔共事，陪歡接情，如覩師範。廼卒遘私艱，銜恤歸里。自分草土餘生，不敢寄雲間一紙，而以十七年依戀之久，恩遇之深，不寐寒宵，能勿耿耿。宮相一席，望並揆鈞。特晉老成，宮府增色。更嘉舘務之餘，以翰林風月，添吏部文章，天心扆注，豈無意于其間乎？正月之杪，爲先慈治喪，羸病不可言。日內正謀舉襄，日月易逝，不敢蹉跎，致終身悔恨。守寧戚之訓，惟稱家之爲，藉以奉揚母德，貽榮窀壤。惟鴻裁一篇，少報劬勞于萬一，銘感當不獨及身已也。聞去秋世兄輩報捷者四人，乞詳示知。此番大世兄自當冠冕南宮，先正源頭，群知之頗確，所不及世兄者，彼能守之力耳，此外恐知其道者或寡矣。六叔仍舘于西林相國家否，念甚。如此生徒不可多得，教之專而久，方可養成。令器尤貴親仁取友，情話中或一及之。萬老前輩近狀定佳，不及耑啟。諸位世兄榜後得失殊軌，侍奉邸第，尚有幾人？均乞示知。臨禀依切之至。

寄副憲尹元符

盛夏握手西郊後，即策馬槑峽。聞老先生以侍奉陳情，蒙恩俞允，朝野共羨，弟忝交末，額慶益深。昨保陽試竣，迤邐而南，未得紆道走訪。此心如結，筆所難宣。邑學久經頹圮，一手仔肩，頓還輪奐，風有位而勵多士，不獨博陵增色已也。自慚淺陋，未足鋪敘盛舉，不敢違邑侯李君及司鐸諸生之請，撰成六百餘言，敬爲繕本，並呈副本一册校閱，事繁，筆墨疎澁，諒邀垂鑒耳。每接十五州郡士子于試文之餘，必勸講經學。又于討索之時，必舉鄉里賢公卿如先生者，使其師法知信而有徵，或可啟其思齊之念。至附近新進後生，惟望明公以時奬掖，巽言與法語交致，非敢謂人人改面，且繹十得一二，亦蛾子時術之效也。昔温公居洛十有餘年，里中士子多師其行而勉于學，于先生有厚望矣。鄭生往復二百里勞頓，實所不安，藉以通懷，想道起居，使行者居者若對面然，生之功也。外附奉懷一箋，詩雖不工，亦存風人之致，惟進而教之。不一。

答傅玉笥師

僕人沈隆回自會城，捧讀老夫子手諭，知歲前爲師母大人發喪，心力勞瘁。獨恨群銜恤里居，方營先母葬事，不獲奔走門下，少効尺寸，罪歉何似。昨粵中人來，得中安手信，並承遠致奠醊，同患相拯，古處猶存。其令姪口述近狀，視白下更覺淡泊。然莅任未久，即能念及吾師清況，急與藩伯薩年兄商酌書院一席，殷然敦請，重師道而樹化本，意真誼篤，溢于言表。在老夫子以新遭潘悼，未遑他顧，廼以行止下訊于群，群亦豈敢自外，遂于忙冗中幾爲躊躇，至竟夜不寐。設身處地，幸而得之，披衣而起，作稟奉前，條列如左，唯吾師裁之。自去夏被薦後，遭部議不准，凡有薦剡之事，自應少待時日，非宋庶常前輩竟自北上者可比。且吾師久任編摩，豈不深悉解職諸公行走之苦乎？平生關切，雖首屈彭城，然其見地高明，早知事宜責成，鈞軸分脩，既有人矣，又豈肯作此不甚緊要之請，使故人再誤耶？以二十餘年三館兼攝之老翰林，復與後進同効趨走之勞，又非奉特召恩旨，而尚肯經營入手乎？至于海塘効力一說，固是縉紳士夫家居所宜留意，古人處廟堂則憂其民，處江湖則思其君，借安瀾爲陳力庇民之策，良非妄圖。然現在分工諸當塗，以概用地方有司爲易于責成，靈于吸應，持論甚確，師諒有所聞也。今粵東一席，出自薩、王兩先生之意，其和衷共濟，于此可見，若力任其事，一二年間粵人士文行交脩，藉以宣德意而育人才，師道立則善人多，于是乎在矣。至于化成之後，自有上聞之日，人之好善，誰不如我，一二上游主持于前，薩、王兩公推挽于後，聖天子明目達聰，無遠勿屆。若從此受知，視畚木石于海濱，懷鉛槧于舘局，其勞逸必有能辨之者。況彼則未來，此則現在，彼則稱貸賠累，恐未得當，此則册書相訂，堂壇相招，致不一矣。晦菴《白鹿洞賦》云：『曰明誠其兩進，抑敬義其偕立。允莘摯之所懷，謹巷顔之攸執。』仿其意而對之，則修韓公趙德故事，計無有便于此者。惟是裹糧涉遠，非十餘金可辦，群拮据，奉到數金，稍備江中舟楫之需。陳群頓首頓首。

與　某

二十年中所得襪材，强半爲諸女繡工費去。平生嗜古紙，抱病出京，爲足支十年，近又不足用。每有人求書者，見其紙麁劣置之，請者再四，乃以敗篚中已退筆，信手塗抹付去。觀者填屋，主人方朵頤，自詡謂：『吾力能致香樹手跡。』筆精墨良，展古紙作書，固是快事。今以不堪使令之卒，命李廣將之，奈何？昨劄來索紙，僅得新牋數十幅。昔人以萬番酬博物，今寒乞至此，其不見笑于壯武者幾希矣。代面不備。

與邵北崖

弟棲息衡茅，寡所聞見，惟一二三老友，時往來胸次，以不得握手爲悵。歲暮，小力從金閶歸，得知尊體偶爾違和，旋又得樂均手劄，云是火症，近亦差可，是以復遣小力持柬叩前。及接手書，雖隨手信筆，而頓挫波磔，焕若神明。正如韋蘇州作吴郡太守時，聞張協律病，欲往訊之，忽得協律書，狂喜，乃作詩貽之，中有『觀文心未衰』之語，後協律果大愈，又復屢致存問。今足下精采露於指端，其效更速，不日當强飰健步如常時也。惟是年逾耳順，乘此偶感，加意珍攝，以小懲爲大戒，受用不淺矣。弟固素不善攝生，以致顛狽乃爾，即以弟爲前車，何如？百里睽隔，數行代面，祈鑒而領之。幸甚，幸甚。不宣。

香樹齋文集卷九

尺牘三

與族人公札

郡城一晤，適校閲初竣，公務冗繁，未得暢敘，良用歉仄。拙集謬承君子見許，錫以弁言，感佩無已。惟稱賞過實，益滋不安。序文篇末，以陸堂、墨林相況示，鄙見竊有商者。以僕之陋才薄植，遭際明盛，叨列卿貳，已爲逾分，何敢妄希高爵。即如『足下暫屈一行，而恪守官箴，政成三異，日後所到，方未可量』，似亦未可與二子者同道，或稍爲損益之可耳。因來役遄返，兹附于栗生走復。栗生青年有志，足徵足下訓迪之雅。近又接閲邸鈔，選拔諸生到京，須候成均，試以經義、策問，疎陋者本生除名，仍重治舉主。僕三任于兹，問心固可無愧，而諸生各居鄉里，焉得人人提耳教之，不得不仰望于賢大夫之就近切劘，以成其質也。珍重，珍重。

與鄂虚亭宫詹

昨奉訪，因得握手，顔色雖清減，而心神定静。又喜詞氣間但有恐懼修省之意，絶無患失消阻之情。此是平時見地流露，非强而飾之者也。

聖天子日月照臨，隨材器使，必無終置閑散之理，全要善體天心，不自暴棄耳。雨露人皆知，爲能生物也，然弱植小草，間有得雨過多，不能受者。雷電人無不驚怖，然振滯發蒙，功有甚于雨澤者。我后之生成，一蒼穹之不測也。窮經格物，守孔門之一言，嚴曾氏之三省，持之以慎密，養之以從容。又以餘力涵泳乎詩文，討源于漢魏，集益于唐宋，並取名家法帖，晤對臨仿，午餘稍習弓矢，以固其精神。凡與朋友相見，皆有益學問之語，餘則守瓶以志不磨。願與好友共矢此志。弟通籍將三十餘年，惟不敢妄想，發無益語，差可自信。吾兩人同業翰林，同趨禁近，又蒙恩同長宫官，效古人贈言之誼，略陳數行，知我者鑒而采之。幸甚，幸甚。

與姚範冶

人日小力從京回天雄，接讀手示，懃拳諄懇，極慰調飢，並聞歲前請假侍奉，挈眷而南，成行有日。際聖明之世，遂烏養之私。伯氏觀察南州，寧親路近。仲氏歸來嶺表，色養身先。季則十年舘閣，醇謹守身，比于處子。今復蒙恩，肩隨舞綵。束長生訓《南陔》之養，則曰：『勖增爾虔，以介丕祉。』其言孝子潔白，則曰：『鮮侔晨葩，莫之點辱。』維賢兄弟，其殆庶幾。此實太夫人令善所積，義方所詒，而益以徵天道福善之理，如操左券者。弟自締交以來，辱愛最深，知之最切。回憶二十年前，襆被奚囊，千里負笈，今則後先輝映，中外著美，若非履信思順、有默佑之者，未易臻此也。弟自筮仕後，時時以少年納履踵決景況，銘勒心目間，所以驅除妄念，屏去浮慕，久之漸近自然。老先生鑒其鄙直，每于天倫行樂時，一思故人身親之苦，見地將益開裕，四詩雖不工，而情意真切，無一字膚泛，可自信也。

與俞磁州

去秋往復滏陽，雖未獲親緒論，而尺一紛披，聊當對面。自昨冬入都後，至小除始出貢院，適野堂姪相聚數夕，煨榾柮，煮湅笋，未嘗不數及道腴昆季也。元宵之次日，即循行京東南諸郡，折而北訪孤竹，度居庸，幾于刻無寧晷，遂至踈候。每從南來者致詢近狀，道善政頗悉，藉以少慰。嘗見士夫于交遊戚鄙通籍者，必祝其遷擢，于聖賢道理相去甚遠。古循良之最著者，如杜詩、召信臣輩，皆久于其職，以盡父母之實，來父母之呼，朱邑于桐鄉，則逾二紀，卓茂爲密，亦十五年，而後教化大行，擢封褒德侯。足下屢被最徵，遲于遷轉，庶幾前哲往躅，不致廢墜，不亦善乎。日内順德試竣，即來廣平，公餘當圖良覿，話十年來積愫，把酒燈前，數別後新添華髮，當在嘉平上浣矣。

與李宫保

趣夫言旋，展讀台示，佈悃開誠，推心置腹，三復之下，如對明鏡，如接春風。良由老公祖先生和衷念切，舊雨情深，爲人謀而必忠，日惟曾省見懿德，而篤嗜永矢仲懷，俾弟得時資教益，幸也。何如朱邸復命，往復保陽，覩士庶之歡騰，見軍容之壯盛，其爲愉快，所不待言。然自迎送晉接，以至洒掃庭除，皆由匠心擘畫，未免有費清神矣。傅、阿兩公攜酋長來歸，足徵小醜懷德畏威，天下蒼生，聞者莫不稱慶。弟日來衡校甚憊，心志頗煩。昨得好雨，霡霂滂沱。正在公堂坐雨時，一聞此信，五内欣悦，筆所難宣。謝恩奏入，雖經通政司駁揭，以愚見揣之，老公祖十年節鉞，兩長卿台，事事上合天心，殊恩特獎，迴非尋常指摘所能增損萬一耳。昨聞自陳鴻製，字字從至性流出，才冠代而不有，功至大而若虚，畿輔數千里，營制民情，官方士習，以及刑法、倉庾、墾田、弭盜，三載以來，衆緒就理，而謙退之心，不自滿假。記從前駐浙時，曾遇兹典，敷陳督撫所應辦之事，洒洒洋洋，有倫有要，一再捧讀，心志不忘。此番體格迴不相同，而前後並美，制勝争奇，宜乎恩綸褒獎，永著臣規，爲後進之楷則也。弟素切服膺，松茂柏悦，與有榮施。兩月以來，惟有勤慎自矢，冀免隕越。而翰教所及，賞許逾分，益滋不安。至先生進舘一語，尤當銘佩，率泐走謝，並賀崇禧。臨啟依切。

與完卓菴

老公祖先生厚誼疊加，清風緩播，被服之餘，勿諼永矢。又復贈我名言，銘諸座右。詩人百朋之錫，殆謂過之。至于解佩雲囊，笑揖更贏之賜。借乘玉勒，用寄繞朝之鞭。結分契情，于今猶及，章身比德，依古爲徒。別後爲春暉學士前輩攜至郊墅，秉燭夜遊，乃在溽暑火雲中，覺田家況味，勝河朔遠矣。廿二日薄暮抵會城，及旦以次走詣諸公，俱申握手之情，以弟遠行，欲以蔬果敘談，猶覺俛仰皆寬。元老職在調燮，愚見以培扶元氣爲先。群公忝竊相信，頗然蒭蕘。惟眼穿渴雨，白蹢未逢，悶坐寓齋，攢眉鎮日也。廿七日必歸檇李，七夕前後，方得長行，藉使馳復，不盡。儀封世兄札，自當手致，舟抵淮南後，再寄尺一道途次鄙狀耳。

與馬墨林

棧雲燕樹，相憶經年。雙鯉何因，時爲於邑。足下宦蹟所至，輒有賢聲。井里故人，長依日下，每爲耳及，私心竊喜，亦自豔也。近企福履，日增爲慰。陳群自與兄分袂以來，僅守條冰寒署，日坐薄笨車入金華門，循分編摩，申刻歸寓，閉門課子，不覺年歲之長。惟思吾輩受朝廷厚恩，年垂耳順，既列通顯，惟以成就人才，使實有裨于政事者，多得一人，則心上便添一分快活。不賢者教之，教之不改，則咨嗟良久而棄之。弟惟持此以期白首耳。記舞象勺時，同隊之魚不下十數輩，今中外食禄，僅我與老長兄二人。白香山云：『猶有誇張年少處，頻呼張丈與殷兄。』此裁柬奉寄而洋洋得意，不覺襲白傅故事相嘲也。便中仍望示眠食及諸近舉措，以慰鄙懷。至弟之悚惕黽勉，則知我當想象于六千里外，無容多及。

與吴眉菴前輩

新秋薦爽，溽暑旋回。先生于樞府餘閑，情殷舊雨，剪時蔬以博情話，且以侍憂戚向隅，再三招唤，使于接言通問間，蹔撥憂滯，仁人用心，至深極厚。剪蔬敘舊，非譾會比也，侍非拘腐，輒敢固辭？乃數日來腹洩頭暈，胃氣殊惡，坐久必不能刻下。又有親串自遠來唁，尚屬小兒陪之。若軺車奉詣，心亦不安，俟行期有日，尚當易衣求教，並乞轉致諸同好不備。高安世兄年富學勤，識見超卓，昨曾一見，語及先人，則潸然涕下，及諸弟孤露，則慨然以成就自期。詢及麟遊清苦，則曰：『此是好消息。』及挑選，則以奉旨仍許應試爲殊榮，從此堅持此志，立定腳跟，吾師未竟之業，庶可似續。略言大概，知同人聞之必有大慰大快者矣。身阻文席，心戀良朋。寸箋代面，只尺依依。

與曹榕齋明府

俞少君苦節，通都共白，獨不亮于豪胥。昨見貴友復函，幾爲髮指，擬即鼓武林之棹，以俗冗暫羈。計詣錫山相國，走别時當在天中節後。縣詳宜于此時馳上，太早則又批駁。蓋相國海疆重任，經國神勞，通行事件，豈能親目？若輩伎倆，弟自當痛切言之，受益當不獨俞少君也。附去紙筆之費，此爲第三次。弟雖綿力，而懿德所在，不敢後也，惟老先生酌與之。

與沈似笠

日前以俗冗之海昌數日，即從彼處上冢，泥濘不可言。刻下甫歸，首問家李，得先生强飯狀，甚慰。初冬乍寒，且莫出門。襟懷瀟灑，固是長溪本色。尚左餘哀，尤須排散。餓則少進，不必拘時。晚來把握，知先生綽有定力。岐問上士之對，自能佩服，無俟故人覼縷也。街石雨乾，當緩步清話。

與陸念劬

去冬舟泥邗江，適見高鴻南下，僕也窮子，匍匐迷歸，君是放人，蕭騷獨往。僕慰君以珍重，好俟後期。君憫僕之顛連，許申前晤。敕奚童而掃徑，命稚子以授經。雖下乘駑駘，未勝鞭策，而良工辛苦，畢示方圓。自秋徂冬，旋往而復。以婚姻之重大，致鼓篋之暌違。凡足下近日襟懷，皆老夫昔年閱歷。臯比未暖，實非本心。華札見留，頗明斯志。昨已買榾柮數篗，乘此冬夜，率子若姪，稍親簡編。城南燈火，事言師于退之。硯北追呼，義有乖于君子。倘畫眉餘暇，博議成書，乞乘風便，惠寄一二，俾開茅塞。幸甚，幸甚。

與沈固廬同年

扁舟奉訪，紆道梧桐。鄉里廼蒙注念，枉用相存。忽于雙林橋畔，喜接清音。遂爾執袪連帆，並進指點溪山，使旅人不至迷于所往。事有相阻，而若相成，非夫分契情洽，心會緣深者，未易遘此者矣。信宿高齋，醉酒飽德，風流餘韻，沾溉良多。歸舟惠以盤餐，分誼之厚，下若味深，未足比並。諸小阮遇我特厚，當之悚然。先師圖卷，諸前輩名篇林立，侍又何能復綴。敘情述德，敬題四章奉報，使他日雲仍讀之，知老輩交照耳。又兩卷，付舟子攜去。玉陽山藏册，當同墓誌再馳上也。拙書疎放，恐損文叔先生大作，奈何？格式當裁付，以便恭繕。匆匆奉謝，不盡。

與陳子方

尊處攜來諸紙，早爲揮就，久留案頭不取，今竟不可得，容覓紙奉償。若云款識後他人不得取，則大不然。《乞米帖》《新婦箋》，何曾預識後來珍藏家名氏耶？拙書雖不工，而廿年以來，天下好事者頗知筆法在兹，争相寶貴，乞而不得則已，得而不取，殊不解也。此後惟願録就即取，無使執筆人多費紙耳。言此亦足見予落落不自收拾也。

與黃生建中

渭南揮手，情致依依。僕嘗言道義中有真契，不信然耶。足下兄弟天性篤摯，自相從半載以來，無間晨夕，忽爾言别，攀轅淚下，固其宜耳。獨怪三輔諸父老與僕相接，爲時至暫，而會送都亭，甚至山谷野人生未入城市者，且充闉填巷，舉袂如雲，洒泪如雨。僕何能致此？此皆聖德感孚，深入人心，丕應傒志，自然呈露者也。僕自謂與諸父老相會有日，況足下乎。惟願努力自愛，勿政，勿忘，勿鋭進而退速，勿得半而輒廢，勿困于飢寒而稍挫，勿狃于習俗而不知，勿小喜而有矜心，勿躐等而思驟獲。大抵經生受病處，只是怕貧賤耳，必豐于財，厚其位以去。貧賤，天也，非人所能爲也。僕所爲去貧賤，有操之自我者矣。曰：『儉則不貧，勤則不賤。』足下心味之，身體之，必以僕言爲然也。文章乃學問之餘事，而聲韻又爲文章之一端。僕母爲諸子言，輒以考訂四聲爲急務，誠見秦俗争習兔園册子，其視經書如苦口之藥，明知其可以療病而肄業不及之者，皆由于聲韻不講耳。誠使讀一文，諷一什，而依韻和聲，抑揚反覆，咀玩而得其味，吾見其寢食于此恐後矣，欲荒得乎？欲蔑得乎？使今之秦人果如西京風物，則僕之爲此言者，不亦輕量諸子耶？昔有人詣村學中，聞教授生徒者曰：『都都平丈我。』就其室取書看之，則上《論語》也，急正之曰：『郁郁乎文哉。』其人不信。學問之道，未可與捫籥者言，類如此也。舉業以純正典切爲主，後場時務，亦須留心。僕所望于汝兄弟者，文行兼優，爲三輔表率，以承先賢，以啟後學。場後便當專函致汝，北來便示數行聊寄，欲言不盡。

與汪松泉尚書

三月十二日，接讀手復，獎許逾分，益深慚悚，更服老先生于扈從勤勞時，三接之餘，歸至行帳，夜中燈炧，猶復拳拳。故人周匝慰勞，至于如此，非親厚之至，何能若斯。昨冬見尊書凡四種，今又跋其二，柏梁體一詩，綽有信筆所之得如志者。每見古人于晚年所作，多不能精深，僕自過耳順後，亦以此自懼。暇時輒取唐宋名家，按其年譜所作，潛心察之，誠有先物，即李、杜亦如是也。王新城歸田後，但多絶句，惟朱竹垞、查他山尚不露衰窘之狀，皆年登八十。韋蘇州《酬張協律》則云：『觀文心未衰，如閣下來教。』所云或可少緩須臾，得見聖世昇平，固大幸也。惟是幼而長，長而壯，壯而老，無日不在辛勤憔悴中。今體氣粗安，而百口難支，日僅進粥碗許，飯一碗，皆粗糲，與竈下養同牢，亦安之若素。即每日割肉二觔，老妻、西席、嫠媳及甫離乳之稚子，僅一波及，餘皆如未受戒之窮僧耳。幸嗜好本不在此，每燈下讀書，猶聲出金石，偶有會心，偶一怡悦，精神時衰時長，任之而已。四、五兩令郎，頗知猛省而攻苦得力，兄勝于弟，則年爲之也。擬清和之杪，往會城一看，聞先生甚好，兩尊人可以放心。來教之不能爲百草憂春雨，良是，而樹德務滋，天相吉人，洞酌之義，自不爽耳。兹因齎摺家人之便，附以代面，萬不可勞答示也。

與汪謹堂尚書

前者小力齎摺回家，接閣下復函，中及浙西民莫，情形如繪，并吾郡獨苦向隅，無不遠照。幸際聖主念切痌瘝，而司牧者未免粉飾，動稱豈敢以天家之雨露，妄費邀譽。此語固是，殊不知實無災而濫報，則爲干譽虛靡，有災而不察，則窮黎無所托命，豈皇上己溺己饑之盛心？即如江浙兩省，同被風潮，同受蟲傷，即使浙災稍輕于江南，亦不過十分中稍輕一二分耳。江南之請截漕者百餘萬，而浙省止請五萬，不及二十分之一。徵漕之後，十室九空，且遠買楚米，添入還漕，及兑漕纔足，民食大艱，幸荷聖心預爲籌及，發楚米十萬濟糶。若使司牧先期報明，多請截漕，地方存米充足，米價未必遽爾騰貴，豈非失計之甚者耶。此雖成事不説，然浙西受病之由，實職是耳。十月以來，從會城分撥二萬兩施賑，又紳士使家量力捐助，七邑計得銀五六萬兩。昨蒙聖慈，慮及播種爲目前第一要務，窮佃得有資補。現在春收，菜子、蠶豆、大麥、小麥俱可有收，其在浙東，如寧、紹等府，已經成熟，再遲半月，浙西三郡亦俱可收成矣，則五、六、七三月可以接濟，所關非小。蓋當塗欲回護前失，總云：『嘉郡勘不成災，徵漕米則曰踴躍輸將，誠如是也，則嘉興一縣現在與賑施者十五萬丁口，秀水一縣現在與賑施者十五萬七百餘丁口，即就二邑爲數，已至三十萬衆矣，此皆有施册可憑。試思納漕後未及一月，此饑民又從何而來乎？天災流行，何地蔑有？一隅偶歉，自有定數。遭際大聖人在上，而司牧者未能仰體，有負盛心耳。春收可以接濟，亦是大幸事也。將來七、八、九月間，青黄未接之時，須得豫籌平糶之米方好。此雖爲期尚緩，然有不得不籌及者。捄荒本無善策，捄荒而曰不荒之荒，更寡善策也。老先生以國計民生爲念，且受恩至重，居心至公，陳群蒿目民艱，分應備述，公餘詳覽，留意不盡。

答葉超宗

修門僑寓，衡宇毘連，澤國里居，水雲可接。迺老先生養志承歡，静修子舍，弟則卧病守拙，踵息首邱。每于筍里人來，得近履佳勝，藉以快慰。昨從太倉王世兄處寄到手函，循誦之餘，既佩勤拳，復喜翰札飛動，直闖唐賢之室，猶念舊情。深記及當年同巷時擘牋分韻、燈炧酒闌情致，真令弟流連不已。惟是稱許逾涯，爲勿敢當耳。表弟敬宜之便，數行代面，並録詩一卷，拙字一幅奉寄。昔東坡好作書，見紙輒低頭信手塗之，弟亦有此。致貴郡名牋佳者，爲致數十紙，作消夏生活。此箋亦可壽三五百年。世以其脆，爲不及古紙，信然。殊不知紙法近失傳，竟以宣城紙爲宣德紙者，中郎虎賁，殆類是耳。趙松雪書多有松陵箋者，至今完善，已四百年物，其目爲脆，不能耐久，恐自位置太高矣。呵呵。

與子厚姪

足下到京後，愚意謂今春倘有考試教習之信，自可獲售，稍爲寸進地步。孰意大兒奉旨派出閱卷，足下與我父子以服制論之，例不應迴避。乃下榻清齋，則又在同爨之嫌。長安人海，恐未得與選者藉爲口實，尊見極是。往往一歲之内，各種教習尚有請考之處，萬無重派閲文之事。至于秋風得意，一日三千里，願足下勉之。安命待時，尤屬讀書人本色，但愚注望足下之心，則無時少釋也。不一。

香樹齋文集卷十

尺牘四

示端孫

昨接汝手稟，知汝父派出閲卷，命汝寄爲我恭謝天恩摺底，詞亦得體。至我受聖慈憐惜，格外施恩，實夢想所不到。我自慚年老識短，恐難圖報，惟願汝父子時時祇凜，讀書立品，存厚道，行正事，耐性執謙，敦勉孝弟，以爲資事根本，使我晚年心上寬裕，或可少緩須臾毋死，是即汝父子盡孝道于我矣。我半年中精力日衰，獨此摺感激實深，據事敘情，尚有唐宋人遺意，汝可另録一稿，時爲諷誦，題寫『謝賜免罰鄉俸劄子』，以補古大臣未備之作。我之作詩文進呈，必依古昔名臣格律，全無一點時派，所仗皇上聖學高深，未有不洞見底裏，汝父恭繕時，無俟增減也。

與黄建中文中兄弟四十三則

年兄兄弟俱以誠實勤學，致生起敬。自去夏至今，每共晨夕，生雖冗次病餘，而講論經傳，達旦不倦。昨匆匆分手，此情何可任也。惟願兩年兄始終肄業，相爲師友。今秋得與鹿鳴之燕，生當平鋪笛簟，遲我嘉賓也。昨馬首東瞻，士民遮道扶送，皆其感戴皇恩之實效，生何德之有焉。桑枝柘影邊，繪出太平景象，那得不樂。倘如父老約使車重渡灞滻，再話疇昔，此樂更何如也？舍弟處時通音問爲佳。令親均乞候候。

又

途間數行，曾收覽耶？僕于四月廿日入都，日内近狀，俱悉舍弟信中，年兄晤間可得聞也。僕之存心，兩年兄早已洞燭大概，惟『誠謹』二字，庶幾時時勉勵耳。所欲奉寄筆、詩韻、文章等項，當覓便寄上也。家中托庇粗安，闔潭俱迪吉爲慰。日内有恩旨嘉奬三秦士庶，可知衆心歡忭，便可仰邀聖心悦豫，天心民心，感應至捷，理固然也。順羽奉候，並望時惠遠音，以慰我懷切屬。

又

入都後，附有數行，于溧陽公家報轉致，曾收入未？僕一載循行，幸免隕越。以臣下供職之常分，邀國家優敘之殊恩，益深慚悚矣。更喜聖心悦豫，嘉我士庶，日内接讀恩諭，想父老益爲鼓舞不倦矣。正在懷思，忽雙魚遠賁，展讀之下，且慰且感。兩年兄天性醇謹，孝友無間，于學問一途，可謂誠心向慕者矣。僕固愧爲人師，而相成之念，夙有微尚。所以通籍以來，將十餘載，自接待名公卿，而僚友，而親屬，下及輿臺行路，每有通言論事之處，輒布誠以與，以爲如是吾心始安耳，非謂必人知之也。然諒者固多，厭倦者亦復不少。僕觀世俗受正言者，往往不可多得。名公鉅卿，多以智位自高，不能虚己以受。餘子又以識見錮蔽，自安于不如。聞人正言，見人正行，曰：『彼固應爾，吾何爲此也。』又曰：『庸詎知彼之所云，非其所安也。』坐是自棄者不少。如兩年兄者，可謂求之誠而行之力矣，顯然絶無二者之病，愧僕非洪鐘，不足以應叩者之願耳。秋風振翮，把袂非遥，承惠藥物，即專人寄奉家慈。翁、屈兩令親遠貺，愧無報瓊，少遲再寄。不盡。

又

前者楊令友回去，附數行，想覽及耶？鄒榮來，接年兄翰示，詞氣通暢，覺得筆下掃去塵障，甚爲可喜。學問之道，原非頃刻間事。今日通一理，明日會一事，久之自成學者。今日行一善，明日習一禮，積之便成儒者。凡旦夕剽竊之爲，皆非真心學好者。僕之所望于昆玉，不若此也。僕自春夏來，刻無寧晷，惟存心愈求其厚，律己愈進于嚴。朱《傳》云：『不以一毫私意自蔽，不以一毫私欲自累。』緊緊做去，尚覺未能，然不敢自恕，千里相質，惟此而已。兩年兄姿性雖未爲上等，而信道既篤，不可因貧苦稍有游移，不怕不到君子地位。舍弟界立心要做好官，只恐耳目有未周知，識見有未廣處，年兄知無不言，言無不盡，方是愛人以德也。《讀書箴》一帖，乃將還朝時倉卒所辦，然置之學官爲是，近聞鐫家攜至其家，此大可笑，祈爲曉之。

又

兩月未獲便寄數行，亦未接手示，殊懷想也。閱題名，深以兩年兄未與爲悶。科名前後，自有定數，切不可因此介意，甚至廢學，尤爲淺陋矣。蓋立身行己，親師好學，原不爲博取科名而設，況積而久之，自然通達耳。僕自回京後，心緒煩雜，眷屬多病，至有不起者。然館務之餘，猶親簡編，惟求好學如年兄者，百不得一。甚至中夜自思，偶有所得，無可論説，輒擁衾而坐，懷人況味，性分中較勝尋常十倍也。前訂冬初即來奉邀，其所以少遲者，或僕以他事出京，則恐成相左。俟仲冬前後，當寄信于家弟處，爲謀策蹇也。久不得家弟問爲念，曾有實授信否？種種應留意者，便間時爲指陳。松鶴五經文字，兩種已收到，見時乞爲致及。三冬最宜菑畬經學，每見應科舉士子于下第後多玩愒，束典籍歲餘，至歲試始解時文包裹，此陋習也，切勿效之。便羽附候，其未遑詳述種種者，一因去人匆迫，一因冬末春初，定當把晤，俟暢敘以悉。

又

令兄入都，得知尊大人而下俱安好爲慰。愚此番雖未得差，然條冰冷況，久而安焉。且令兄來意，原爲請業請益，愚雖無所知識，自當竭誠相與，以期有成，飲食起居，與在家時一樣，並屬尊大人不必遠念遊子也。本意欲延令兄爲小兒師，奈數日前適請金壇李先生課大小兒矣，今擬擇日課第二小兒及大小女，至于束修，已于會城從四舍弟酌定便可，按季從醴邑支取。總之，愚之清況，賢昆玉所深悉，而令兄寒苦，又愚所洞悉，彼此體諒，事無不濟。令甥輩向從汝兄，今聞年兄設帳，此最美之事。據愚見，教授生徒宜省去附學多人，專心教道屈氏弟兄，務以成就爲主，其應讀何等文、何等書，愚當就便寄來也。教學全要時刻善誘，以弟子之心爲己之心，使之有疑必問，問則詳悉以示。日計不足，月計有餘，寬嚴並濟而得其中，使弟子皆有歡欣鼓舞勇于從令之心，則庶幾矣。因風便寄，不盡。

又

令兄來接年兄手教，嗣又兩枉牋示，並閲家言，覺近來學力稍進，字畫亦有把握，數千里外，如對面談矣。每便羽去，輒在冗次，不獲裁答，時用歉如。學問之道，不待外求。《孟子》云『必有事焉』，而『勿正心，勿忘，勿助長』三語，守之足矣。一暴十寒，無益也。近奉上諭，士子宜留心性理，立體致用。年兄年富力强，七年之病，畜艾三年，言備之豫也。附去《近思録》《策學》二部，可時時體味，並以課徒最爲有益。家中薪水，隨分量力，倘舍弟來省，每事不妨商之。

又

歲試之事，自然遞一遊學呈要看大例，若必要呈明在某處遊學，則不妨竟説在京中贊善錢宅教徒，或求廣文師于學臺前禀明亦可。學臺王公，大君子也，實在遊學，必無慮耳。

又

小力西去，附有數行，想達鄴架。其屢次見年兄寄令兄信，詳悉近來問學，頗有進境。字學雖未能驟見脱胎，然握筆平正匀净，做去亦便是長進處也。至于詩學，全要放開心眼，大胆做去，若拘拘然惟恐失拈以求成章者，未之有成也。蓋詩兼賦、比、興三義，隨處觸發皆有之，不必贈當道則云『百姓歡呼』，與人遊春則云『花嬌柳嫩』，謝人留飲則云『松釀不辭』也。能于源頭上討生活，以大氣舉之，則歡呼、花柳、松釀，皆爲妙語矣，是在好問學者深思之耳。有齋令親遠念京邸故人清況，其意良厚，所寄恰買米二石，相與甚長，且不作俗套謝語，年兄見時致鄙意可耳。外膏藥五張奉上。

又

年兄旋里後，僕每公餘無事，一室攤書，至有體會古人處，未嘗不以黄生歸去爲悶也。自去冬及今，公務忙冗，大倍于前。昨初夏蒙皇恩頻加超擢，實出望外，曾口占誌感詩，中有『惟有文章爲薦主，更無干牘到師門』之句。愚半生心跡，惟年兄相依日久，實所深知也。舍弟署中諸事何如，焉有四月不通音問之理？鄒榮何至不安其身，乃爾惟在善處之，或命其來京亦可。

又

接年兄手信，及諸年兄候信一種，惓惓之意，令愚懷想無已也。自令兄回秦後，一則忙冗更甚，一則每乏便致疎修候，非善忘也。碑扇俱收到，久未得四弟信，懸念不可言。昨蒙皇恩連擢，實出望外，惟有益加感愧耳。承關切至，形諸夢寐，足見交道之真。總之，『報稱』二字，平生抱歉，刻不可釋，未知何日能再晤暢譚也。便紙不盡。

又

每見手示，喜問學稍進。足下姿稟遲鈍，進難退易，須知之。僕屢寄家言，皆從極忙中發去，遂無暇另啟奉候，年兄接侍日久，當亦諒其懶慢耳。制藝總以切實警策爲佳，閉門造車，全在未雨時也。舍弟處未及札候，大約鄒榮到陳倉，在重九前數日矣，並致舍弟可耳。

又

屢接手函，況示縷覼如對面譚也。別後問學稍進，差可慰耳。昨徐時元來京，頗得賢昆近問殊快。聞年兄偶一至竇雞，得毋荒舘課耶？立身行己，進德修業工夫，平時諄諄處甚多，鱗鴻往復，忽忽未及也。

又

日前接年兄信，知首膺選拔，且有通省書法第一之賞。僕亦與有榮耀，益信孝弟忠信，身體力行，不求人知，自然表著。從此益加淬厲，虛以受人，勤以集己，更未能測汝所到矣。勉之，勉之。僕奉命視學畿輔，日内受事，賤眷俱留京師，家鄉親友接踵而至者，暂不相留。其清苦之況，不減夙昔，而焦心勞思，刻無寧晷，則更甚于趨走頭廳時矣。出京時曾諭小兒云：『年兄到時，不妨下榻寒齋，並有藉爲指臂之處，須即日起程爲妙。』清和前後，掃榻以待，到後便可接至行署。至囑，至囑。

又

久不通問，念甚。昨得舍弟信，知年兄仍留陳倉，歲内務望來京，以慰愚懸念，幸甚。愚于正月初十内必至保陽，須俟五十餘日始得竣事，即考真定，台旌必經之路，到則竟投尊刺，巡捕各屬，立即回明，便可相見也。年兄從前依僕讀書，未及經年，匆匆别去，彼此繾綣，殊難爲情。今足下應選入貢，僕又駐節畿輔，正宜速圖良會，何遲遲至此尚未來也？舍弟須屬其愈加謹慎，愈加黽勉，除無益之應酬，凡一切職内之事，井井有條。吾母年邁，精神恍忽，愚日夜憂懼，辦公之暇，熟思審處，縱有餘力，必不能傍及尋常浮泛之人矣。舍弟亦有至性，但欠遠慮耳。至于愚之清苦，筆難盡述。今冬日用，又甚浩繁。自春間迎接家母，以及途間諸費，收拾房屋鋪陳，約費八百餘金，皆取給豫支養廉。遠近之人，無不知使人心事。目下，蒙恩仍留學政之任，惟終始不渝，以報命也。會期不遠，臨啟依依。

又

驪山握别，放泪失聲。昨者廣渠門外又復相抱痛哭，一則傷離，一則含戚，其爲黯然消魂者，未嘗不同而境地自殊矣。人生能得幾遍哭耶？從此宦塗聚散，抑又何期，各自珍重可耳。頃聞有江蘇之行，似晤期不遠。足下志行純篤，一事不苟，將來政績必然有成。平心静氣，合天理而當人心，不任情以矯俗，不卑靡而詭隨，仰體聖天子誠求保赤之盛心，勤補拙而儉養廉，殆其庶乎？繞道省親，未爲不可，但須即日叱馭，或偕令弟以往，同歌陟岵，致足樂也。此刻從張灣解纜，計足下抵吴當在仲冬望前，以早爲貴。或先過舍下一譚，再去吴門，或到吴，撥令弟一過，亦可見當事後，即交執照，萬不可他往也。小心，小心。

又

接信後，知雙凫已來吴下，慰甚。所見甚合我意。如此立志，自然有成就之日，但還須刻刻提撕耳。牧民原非易事，況繁劇耶。幕友已斟定一二人，束修尚未言明。總之，年兄之事與生自己一樣，自當盡心也。書啟等類已定，朱敞親名源者，乃王閣學之舊友也，曾在陝中閲文。此刻又有敞親姓趙，乃孝廉，曾爲粤東令，現在籍居住。他于刑名、書啟、挂號兼任之。總之，一有地方，即刻飛力來此，當買舟而來也。愚于擇日舉襄後，若宇下甚近，亦當買舟一看。

又

昨吴門人來，知年兄委署震澤，欣慰何可言。署中諸事，聞從郡城延致數友，想粗能料理。初試即得劇地，全賴精神管攝，豎起脊梁，立住腳跟，竭忠盡孝，正在此處着力。幸際皇上至孝至仁，恩膏浹洽，無一夫不被，而東南物力民風，尤爲宸衷注意，簡任大吏，類皆公正明達之才，分猷布化，責在有司。錢糧何以清理，而催科務在不擾。獄訟何以不繁，而案件不可混擱。去訟師之刁習，培良善于平時。善善惡惡，長長幼幼。繩鄉里之武健，表節孝之芳型。塾師鄙正，公餘則課督之。崇文學而端實行，仁讓可興。大異乎俗吏之爲，方不負生平所學。至地接太湖，必摘伏如神，勢必訓練捕役，然此輩善伺長吏之意，貌爲趨承，陰爲養奸，不可不察也。漕務若未曾辦完，最爲切要。署中需才固急，亦須擇謹慎小心能自愛者方可。僕與年兄從萍水相遇，竟成知己。僕之取于足下者，在誠實忠信，足下之依依于僕者，見僕内外如一，一絲不苟，是以愈久愈深。今里門接壤宇下，倘有不能體諒者，以足下爲僕所知，希冀推愛，或稍稍隨力相佽，升斗則可。若有人在外招摇，足下不察出重治，則僕亦終身不復與足下相見矣。人之相知，貴相知心，僕不得不先言之也。王梅既用在門上，尤要十分小心。若有一毫錯失，足下答欸馬市，用雁門太守故事。夫復何疑。張清人亦安静，但須諭以利害，以其去家不遠也。餘再報，不備。

又

到任後諸事蝟集，所不待言而可知矣。須從要處着想，刑名錢穀既有人矣。我處所訂，似乎可緩。再過一二月，如必須，再商亦可。朱源長兄此時議定八十金一年，連節儀在内，一應書札，謄清草稿，俱其所長也。恂如我意原要俟年兄接家眷後，延伊課令郎最好。今日一想，此時幕中，令弟尚未來，必須切己細心可托之人爲妙。恂如與生相處最久，我奉差秦中，一應大小事俱托伊料理，伊總無誤，且知道利害，不肯負心，一毫不苟。此時可留在署中，不論要緊事，托他如管銀錢亦可，如要作書札，暫時亦可，如雜用諸事亦可，我算來此人必不誤事也。震澤大邑，若能有好聲名，將來便不可限量，若上臺看來不能勝任，便難上進。恂如若留伊料理，每年或三十金，訓令郎亦可，或稍添至四十金，留在署中辦雜項亦可。相知弟兄，不必斤斤較量也。

又

張清來，接手信，知年兄委署嘉定，此邑繁劇，號稱難治。吾鄉賢陸稼書先生曾任數年，士民被化，至不事敲朴，催科竟不費白紙，至今德之。先生從享廟庭，實發跡于此。年兄躬逢聖世，師法先賢，純用德化，安在古今人不相及耶？余日望之矣。虞田既承相委，即束裝來，其人正氣，必不有誤也。愚日内心緒甚不寧，其詳悉之虞田。至于辦事，固貴小心，亦不可每事過于遲徊，務使在署諸人，或親或友，或南或北，齊心相助，必要清名惠政甲于南州，方于愚數年屬望之意適愜耳。

又

久未得音問，念甚，想年兄闔署平安也。今年雨雪綿密，江浙相同，目下辦漕項，自然忙冗之至。年兄清身苦體，百姓自有公道，彼蒼自有公道。但種種須合天理，當人心，以善于體察爲主。生之近狀，總在賢昆意料之中，筆不盡述耳。

又

別後想交代事宜，俱已辦理清楚。恂如以母病辭歸，諸凡可有得力者否？坤一閱卷將告竣耶？邵大中丞竟爾不起，同朝少一狷介之大臣，愚忝同譜，殊爲怏惻。虞田歸，自得年兄近狀。餘不一。

又

接手翰，知近狀之清苦。公務之殷繁，惟在養精神以驅策之可耳。所援兩童，已見得人。

王生年少英華，觀其舉筆雅贍，自是大器，當勸其學字，讀古文，讀古詩，使羽毛豐滿，而後高飛，則冲天無疑矣。尤要勸其立定脚跟做好人，崇德以培享用之原，此草土病夫之所切屬也。范生亦是老手無疑。

又

使來，接手翰，況示詳盡，足見年兄實心辦事，使此邦之人動于至性，牽留不能去也。治道須因地制宜，要歸合天理而當人心。此後雖未知税駕何所，然静以待之，自有大展驥足時耳。生之行期，擇七月廿日、八月初三兩日，年兄不必因圖晤而至吴門，苟適當其時，則把晤亦快也。紀綱口述之言，生之鄙性，足下豈不知之？若分外事，萬不能置喙，非惟無益，又且害之。大凡人一言一動，若無十分操持，必不能處世持身，與其悔于後，無寧慎于前，生之諄諄，並不獨爲此一事也。至于《緇衣》之好，則秉彝有之，不必諄諄也。

又

第二泉邊停舟夜話，將五閲月矣。未得年兄手信，生亦無由通問。昨得兒子汝誠手禀，云挈婦嘉興時，正足下下車之日，進署相見。後又得南信，云年兄視事數日，聲名大振。總之，清而不刻，和而不流，無入而不自得矣。吴中極有公道，前此急功近名、操切自喜之輩，水落石出，何嘗得些子便宜？年兄借鑒，當不遠也。

又

春初適有舊僕潘姓者南去，曾附數行，奉候近想。足下政事賢勞，公餘色養尊大人，精神强健，甚爲欣慰。僕此差之忙，而平生清苦，久在年兄洞照之中。去年眷屬北來，大費苦心，拮据更甚，惟有苦心訓迪，殫力靡暇。年兄近狀，時復如何？兹因舍姪回南，順候昭時，望真率相待，知古道無俟諄囑也。

又

徑啟：久未得年兄手問，懷企殊深。每從南方來者，極道足下清勤，藉以欣慰。生之勞瘁，莫可言述。惟前後七年，冰淵自凛，未嘗一念稍寬，知年兄亦爲生共信也。諸事總以小心爲主。從前相聚時，朝夕討論，惟此而已，數千里彼此共勉，亦惟此而已。兹因風便，附此奉候，不一。

又

自劉瑛南去，曾附數行，閲今將半載，總未得回，悶悶。來翰中種種，僕俱悉之。總之，居官『無行所悔』四字，要刻刻把持。此四字包括甚大，當静以體之。至年兄一種謹慎清勤，愛民如子，諸善政僕素深信，無俟諄屬也。僕久奉差使，只求問心無愧，官之遷轉，實置之度外，賢昆季相處最久，自然知之。今年夏秋之間，試事將竣，聖恩兩次遷除，實出非分，惟有益加勉勵耳。日内佇望年兄實授好音來也。餘再悉。

又

經時未得通候，想年兄闔署清吉爲慰。五月望間適在閣中辦事，見年兄奉旨實授之本，不覺感如身受。回憶十年前，晨夕相聚，廼自花幢南指以來，歷任皆有清聲，從此始終不渝。際兹聖明之世，凡循良久著者，必有不次之擢，道在求諸己而已。生于六月之初，荷蒙皇恩，由閣學補佐秋卿，益深惶悚。知我愛我，未有如年兄者。爲生喜幸，又爲生惕厲，不知如何始可幾于明允也。尊大人七十壽序，因忙極未得奉寄，今製一册，字雖不多，字字真切，外賜箋一幅，敬繕壽詩，聊致鄙忱。

又

久未修尺一南去，知年兄闔署清吉也。數載以來，任繁劇大邑，俱克稱職，昨見吏議，殊爲扼腕。托聖明在上，大吏俱有公道，下民各有良心，引見之日，定邀恩即用。至第二案情形，本因同城同事，自當同報。蓋吴城三縣與他處不同，而後令既來，勢難獨報。今既准免議，想不日便可北來，面悉種種也。長途須保攝，令尊便不必回里，令弟均此候候。承惠紗袍套，謝謝。晝絹硃砂箋，多帶些來，囑囑。不一。

又

令兄來，備述年兄近狀，甚慰，甚慰。年來相助令兄辦理繁劇，事事勞心，不獨令兄藉以稱職，且年兄于大江風俗民情一番閱歷，日後出身加民，舉而措之，裕如也。至于當家料理，陸象山所謂學問之道必從此立基，蓋一舉動而仁義禮智躍然自露，惟在留心體察者自爲考驗耳。若夫功名遲早，本有定數。生與賢昆玉相交十餘年來，有如一日，從不作一妄念。然年來遷轉，愈自悚惶，愛我者何以畀之耶？年兄才具既裕，凡有所聞見處，自當指示備採也。餘令兄口述，不一。

又

年兄南去後，竟未得一信，念念。近想有税駕之地，福星所莅，士庶生春，此亦自有定分，無可强也。今年相聚，殊出意外，惟是炎歊中汗雨相對，未能暢敘耳。别來又復鹿鹿，曰爲改歲，諸事忙冗，頗少佳况。此復。

又

去年春間，生因奉差總裁禮闈，及出場後，始聞年兄遭此大故。嗣生又因扈從出口，竟未得遣人奉慰。總之，先因關防，繼因遠役，以致失禮。及冬底舍弟來，始知年兄將歸咸寧。昨陳大中丞來京，生亦問及，亦云將歸秦，後當即來蘇，並託其轉致，想曾稟見否？生今春正之六日，忽得大病，幾至不起，近日略覺稍愈，然力疾視事，日無寧晷。近想賢昆孝履清適，數千里扶柩，大是難事，生苦于力，不能少助，歉然之至。兹因趙僕回，奉附挽額，以見薄忱，並望年兄覓便寄示近況，以慰懸念。

又

前接手信，如對面談。生此番蒙恩給假，得瞻掃先人邱隴，實爲榮幸。乃久客未歸，諸親族之告助者實不諒，惟有傾筐以應。舟抵吴門，猶相依而不能去者五六船，坐是精力大困，身子大不好。在吴門逗留一日，知足下歷任清惠，各當事如出一口，聞之榮甚。生于初七日出滸墅關矣。餘候生到京後，再寄信奉聞可耳。

又

前月接年兄從關中所寄一信，知闔宅平安也。姜、趙兩年兄從南來，得年兄復來江左之信，甚慰鄙懷。自丙辰年至今十餘年中，歷任劇地，俱有賢聲。上游無不賞識，百姓無不帖服。且南中風土，久所熟悉，仍留南地，至爲近便。姜年兄臨去時，生亦言及此，面晤時當細述也。生年來近狀，精神大減于前。今夏又遭三小兒之變，悲痛之餘，更加兩部事務，幾于日無寧晷。六載秋官，幸免隕越，東麓學業，亦覺日進，小孫頗能讀書，此衰年之樂也。惟是人日浩繁，左支右絀，爲難繼耳。舍弟量移歸州，聞交盤甚難。昨寄詩云『且當浮家去，歸州不算歸』，蓋諷之也。年兄凡有所聞，祈示知。不一。令弟同到吴中否？念念。

又

每從南人來得年兄種種善政，僕不勝喜。近聞尊體過勞，且患瘧，心甚不寧。惟望時加珍攝，養其身以報國。況年近知非，非少壯時可比。僕平時多不自惜，今始知悔，則已晚矣。足下當思之，且重思之。江左視明府若慈父母，各上游非不知之，當必有達之天聽者，静以待之可耳。令弟頗能代兄出力，令郎亦成立，凡可相助爲理之事，當加意任之。小兒習國書，無異諸生時氣象，惟日給更浩煩爲累耳。因趙年兄之便附候，不盡。

又

方喜令兄久任縣令，得遷州守，從此益著循良，且北上有期，便得相敘。忽接凶問，痛不可言，不知身後種種，作何料理。年兄友于甚篤，惟善自珍攝，撫孤成立，實惟足下是望。生于公務殷繁中，作《哭黄海州》詩一首，不獨展廿年情誼，亦以風世也。匆匆草付，令兄靈次一挂，他日拙稿發雕時，必當存録也。不一。

前輩錢香樹先生筆墨精妙，手書往還，不作寒暄套語，亦不作性命空談。片楮短札，必有意義。其萬物一體、與人同善之意，常流露于字裏行間。予每接讀玩味，不忍釋手者，三十年于兹矣。閲寄黄君建中昆弟手書，前後凡五十紙。爲諸生則勉以潛心實學，臨民則勖其勤政愛民。凡遇人接物，悉本乎天理，合乎人情，近裏著己，布帛菽粟，真可坐言起行。黄君兄弟彙爲三册，珍藏勿失，殆所謂好學深思，心知其意者歟？黄君作令江左，著有循聲，其弟文中亦讀書孝友，得力于先生之垂訓者不淺。予望其奉爲家傳也，遂題數語而歸之。榕門陳弘謀跋。

予與先生先後同館，寓居鄰並，風雨論文，燈火無間。先生多聞、直、諒，樂與人善。雍正間，曾奉使宣諭關中，遍歷兩河，勤宣德意，遠近聞者莫不感激流涕。公餘集諸生中好問勤學者，就公廨講經，明習吏治，夜分不輟。歲餘，多所成就。黄君建中歷任江左，著有惠政，既没，部民祀之。其弟文中彙先生往復手牋成三册，予索讀之，喟然歎曰：『善教之入人深，故如是夫。』因記先生于役關中，予所作寄懷詩二首，有『傾心早慰三秦望，側耳争看萬口傳』句，蓋先生使秦實録也。讀斯册者，知予非妄譽矣。松泉汪由敦識。

歲庚申，懋德黄明府出宰元和，時予乞假歸，見其爲循吏，不爲能員，予心重之。是冬，予入都。自後南方人士來，每相遇，俱道明府賢，謂屢任劇邑，而和風清節，猶元和時也。予益重之。及予予告歸，懋德任海州牧，已辭世矣。予爲惻然。今讀錢司寇香樹先生札共四十八通，皆致於懋德及令弟焕章者，以二君皆香樹先生使秦時受業者也。始勉以進德修業，繼勖以居官涖民，而一歸于忠孝誠敬。奉師訓者果一一體諸中心，見諸躬行，達諸政治，雖相距數千里，而如聞提命於函丈几席之間，是師是弟，當於古人中求之矣。今焕章彙二十餘年往還之札，裝成三册，如拱璧然，每一披閲，念師長並傷同懷也。世之薄于倫常者，往往視師友如路人，甚至唯競家貲，不顧同父，聞黄氏之風，其恧然自慚于清夜也夫。乾隆辛巳秋分日，長洲沈德潛題，時年八十有九。

大司寇香樹前輩名德高重，行楷妙一時，人得其尺緘寸楮，不啻吉光片羽。焕章兄弟游門下最久，前後得手札若干紙，彙而輯之，金薤琳琅，盈三巨册。千腋之裘，不是過也。焕章之昆懋德，往在吴下，歷任劇邑，所至有聲。余撫吴時，此君已卒于官，然三吴紳士逮與同官者，猶能舉似其治行。今觀司寇所與札，愛重之意，藹然流溢，至連章累牘而猶未盡，益信其爲良司牧無疑也。焕章追隨官署，力任贊襄，迨其昆謝世，公私支拄，歷險阻艱難，以求濟友于至性，見聞者皆感動。今選期已届，猶懃懃懇懇，不欲留毫髮遺憾。噫，此亦可以風世厲俗矣。而司寇之知人能得士，焕章兄弟之能不負所知，不即此相得而益彰耶？　後學禺麓莊有恭題。

浩弱冠之年，餬口吴郡，知有黄明府建中，爲吾鄉香樹先生使秦時，拔之寒苦之中，教以儒修經術，俾克有成。而明府恪承師訓，蔚著循良，因歎古人之重得知己，以成其德者，洵不虚也。越二十餘年，浩持服里居時，謁先生清齋，見有明府之弟彙集先生前後寄示手牘，裝成三册。浩請而展閱之，備識先生愛士誠心，視之如一家。且如一身大小顯微，導以先路，久而弗倦。黄氏亦能舉家尊爲矩矱，寸紙不遺。師弟子至情相浹若此，誠無負朋友之交，列在五倫矣。且格言名論，充滿行間，而其要在合天理而當人情，爲學爲政，胥不易此中正之道。是皆足使天下後世聞風景仰，又豈僅尺牘之富，超越古昔書家所流傳者，爲可寶哉。親師取友，進德修業，浩雖不才，觀於斯而滋慕焉。　後學馮浩敬識。

海州守黄君懋德官江左，有循吏名，歷任煩劇邑，莫不以廉明著。予嘗聞而慕之，以爲文翁、黄霸之流。既謁香樹先生，知爲先生奉使秦中時從遊之士，然後知其學有源本，而益以歎先生之能造就後學。觀先生與海州兄弟書，論學問，勵官箴，大都本於誠敬忠信，以求實得，而勿以營競悠忽隳其守，可爲學者砥礪廉隅之助。至書法之神化，抑餘事也。昔吾鄉王司農藏董文敏簡札十二通，但賞其墨妙。新城尚書載沈文端家書於《池北偶談》，以爲可訓子孫，顧不傳其筆跡。先生書廼兼而有之，信可寶也。《詩》曰：『惟其有之，是以似之。』先生有焉。海州既歿，其弟焕章彙先生書成三册，好學深思，久而不倦，亦可以風矣。後學葉抱崧拜手敬跋。

吾師香樹先生文章詩字，海内宗工。其啟迪門弟子勤勤懇懇，不厭不倦，殆無間終始焉。書鈍魯，幸附門墻，自諸生以至服官，無不秉承師訓。嘗裒集先生手劄，敬謹裝池，以當提命。今年春，復寄先生題跋，且矜且喜，以爲富有。頃讀先生與懋德、焕章兩同門手劄，或長篇累牘，或匆劇數言，舉凡立身治民，存心接物，皆有惓惓不已之意，覺書平時所藏，猶什一耳。因憶懋德歷官江南，進階州牧，聲望卓卓，吴中人士至今猶稱其賢。治行學術，良有所自也。焕章同門篤於友于，懋德殁後，公私悉爲一清，不遺絲毫身後累。今將歸里，出此册屬爲題識，其於師友昆弟之誼，爲何如耶？因識數語，他日香樹先生見之，應亦許是言也。受業河間李永書謹跋。

予甫成童，應邑令黄夫子試，蒙首拔，面加奬譽。後知夫子與喆昆簡齋世叔，實出錢太夫子之門。予試文嘗轉呈太夫子，荷嘉許焉。夫子歷任劇邑，循聲茂著，而予小子自受知以後，即承招致吴門官署，給之膏油，與令似素堂世兄同席肄業。不意夫子盡瘁職守，積勞成疾，甫擢州牧，遽赴玉樓，師母與世兄復相繼辭世，天道真不可問耶！夫人之情，朝施而夕望報，此乃小夫庯子淺鄙之見。則爾天道遠而微，其與人潛相感應，或遲之百年累世。蓋別有一大算局在，冥冥中驟而計之，壹似有偶然打錯一子之時，若高著眼孔，則此等殊不足多怪也。豈可以天道之大，而擬之世俗之人情，程效促數，汲汲不能旦夕稍待者哉。譬富人貸錢與人，其責償也愈遲，則子錢之利愈厚，又何患乎？吾夫子清廉慈惠，遺愛在民，天之所以厚施其子孫者，必當有在。獨以予之謭劣，未獲稍酬師恩於萬一，爲可愧耳。錢太夫子雅好接引後進，曩所以勖勵我夫子暨簡齋世叔者甚至。簡齋彙次手札若干通，裝成三巨册，屬予題其册尾。回環雒誦，皆提身行己、涖官字人之格言寶訓，一字一句，堪以韋佩紳書，而獎及予小子語亦在册中，讀之尤不勝知己之感。太夫子鉅人長德，躬膺多福，其生平積累培植之實，蓋即于此册乎可徵，而昔吾夫子與簡齋於太夫子之訓，靡不允踐而身體之，故能入則爲原慤之儒，出則爲悃愊之吏，倘所謂厚貸于人而不遽責其償者，非歟？謹書其後而歸之。東吳門下晚生王鳴盛敬跋。

與陳榕門宫傅書

吴門奉擾官齋之次日，即回長水。又數日，接閲邸鈔，知大人有移駐星沙之旨。從來宦跡所至，古人比之雪泥鴻爪，蓋有默爲之主者，一飲啄之微，造物若寓意焉。矧言揚德意、整飭紀綱之事，動關國計民情者耶。如弟欠攝山一登眺，而聖心猶念及之，俾六朝山色，採入行幐。然則開石廩之雲，遲昌黎之駕，更有一定者矣。本欲趨晤吴門，以罄積愫。昨見莊中丞，云台駕取道吾浙，自應静候，鷁首南飛，擬泛扁舟一晤也。兹先遣小力踵叩台座，幸示以成行之日，即遣之歸。餘俟面悉，不既。

與宮方伯怡雲

前日談數語即別去，殊悵然于懷。陳群士著里居，姻鄙中求一把盞論文不可得。蓋高年者操奇贏，計升斗，少年新進則又才分闊絶，與之談，唯唯而已，令人不能不思我聾方伯也。庭中手植海棠一株，蓋四十年物。去春曾取令郎過飲，王壻兄弟，四、五兩小兒，團坐分韻，今各以功名散去。我兩人眠食尚好。少陵詩云：『雖無少年日，猶有故人盃。』午間幸一過我，海棠已放十分矣，爛熳紅花，況予白髮，怡雲獨無意乎？至期即至，不再速也。尊酒一簋，亦無多設。不一。

謝顧少司馬惠筆硯紙墨匣啟

盈尺裁身，徑寸納量。胸羅四友，卷之密以退藏。富比百城，出其善而遠應。採老坑于端渚，龍尾一絲。砑新樣于錦江，螺紋廿疊。畫疆食采，封即墨于芥中。分野名湯，居管城于圻內。又復懷鉛待試，注水斯盛。按部就班，司契爲匠。開來馬上，抽妙思于湧泉。留伴枕函，寄清吟于題壁。儼衣裳之在笥，慎爾話言。規忠信于倚衡，守兹筦鑰。西洋客至，驚秘製之精微。東觀人歸，便輕馱之携挈。花場月夕，雖一奚而可將。蘭佩蓀紉，敢再拜而敬受。

答盧雅雨同年婚啟

伏以朝陽翽羽，人間卜兩姓之昌。秋月升輝，天上應雙星之會。舞鶩峰之玉屑，香飄德水隄邊。承霄漢之金莖，露裛秀州城曲。記陳荀于聯璧，訂秦晉于齊年。瓊玖有加，葭莩是忝。恭惟老年親家大人，君子名邦，尚書華閥。弱不好弄，咸稱學步成人。長而工詩，多號讀書種子。目十行而並下，手三合而即成。柳汁染衣，曉啖紅綾之餅。杏林過馬，春回綠草之茵。上注而通籍選人，花迎墨綬。報最而歷階刺史，蘚篆銅章。兼召父杜母爲一身，到處兒童竹馬。酌蓋猛劉寬而互用，争傳道路福星。秉風格爲歌詞，筆淩鮑謝。本張弛于經術，書奏龔黄。既展驥足于江南，復駐熊旛于冀北。劉忠宣度支覈實，績便公私。顔師魯鹽政肅清，名齊恭茂。兩淮之管鑰獨重，九重之毘倚良深。久任政成，忻聞借寇。衆心望集，咸欲瞻韓。振風雅于公餘，單門仰而舉火。闡道華之逸響，遺籍待以傳薪。積善之家，門才日起。樹人之報，輿誦自歸。長君强仕爲郎，既上符于列宿。叔子稺齡工楷，即博採夫名家。頌以理推，詞難筆述。姻弟才謝珪璋，質同蒲柳。憶昔追陪雁塔，早慚名在盧前。偶亦共醉旗亭，自分詩居王後。聲名同日，交情絶似蘇黄。心事一言，時論多推元白。敭歷偶分夫中外，幸際良時。晤言不隔于星霜，頻來佳會。凡我友下車之地，皆雪泥鴻爪所經過。而賤子彌楫之方，亦駟馬高軒所戾止。昨者辭歸疏廣，篋拜賜金。自憐示疾維摩，廚留香飯。我挂帆其南下，兄奉敕而北來。廬陵重蒞蜀岡，梅劉赴約。漁洋再臨禊水，陳宋尋詩。羡家兒世講殷勤，遂有絲蘿之好。嗤老友耆年行輩，復敦婚嫁之情。弱女嬌癡，覓金魚而工啼笑。季兒岐嶷，授銀管而畫之無。婣上求婣，信朱陳之謂矣。雨惟舊雨，指日月以申之。伏願俯諒條冰，茹涵寸縷。訓子孫以長厚退遜，庶幾萬石之風。祝遲暮以强健康寧，常保青氊之舊。看童穉永諧琴瑟，一百歲共話昇平。擬衰白契結松喬，二千里猶尋杖履。雙魚敬附，百福攸同。謹啟。

答黄與員外

屢接手言，于趨走衙署、辦理案牘之餘，必莊書婉語，以將之此，念舊不忘，即日後嚮用之本。僕愈衰而忙愈甚，累愈多，即欲羅之尺一，徒罣一漏萬耳。自足下出舘後，官職聲名，更有進境，惟有勉用心力，不少懈怠。僕嘗謂即此便是公道，惟願識見日擴，心思日密，修持日謹，充養日純。十年之内，境日遠于飢寒，志仍不在温飽，將見作爲文章，發于詩歌，自有古人氣味。僕老矣，即不獲親見，不啻如親見也。

與尹望山節相

客歲胥江舟次，雨中小敘情話後，僅通尺一者再。暮春擬遣人齎椷詞爲祝，旋聞恩命召入，繼有總揆之慶。天下公論，無不額手相賀。矧陳群者，交兮既深且久，松茂柏悅，更非泛然者可比。其爲榮藉，更何如耶？清和前後，每閲邸抄，聖主優眷重臣，極心膂之寄，超軼唐宋。後讀相公紀恩詩十六章，寫昇平榮遇，合韓范爲一身，宜詩情詩境，温厚藹吉，若是也。陳群遂不别裁體格，奉和元韻，且以拙集中借光大作者甚多。此十六章尤不能割愛，但必得依韻作詩，方與體例相合耳。和成後，朗吟數過，不覺自喜。蓋字字從性情流露，自然真切，可知作詩之難。以五十年之交契，地分固不同，而受主恩則一。亦惟際兹太平全盛之日，始有此種詩境。持此以律前賢，太白、少陵且相去千里矣。求之尋常，能乎？否乎？『高明必默契』，予言也。詩中有誦不忘規處，純臣事上且然，况友道耶？偶得古紙製一册，手録拙詩，并大作同付梓人，且跋以識尾，留奉公餘諷詠及之，其爲怡情釋躁，更何如也？秋深，尚當書一長卷，付栖霞主僧收藏之，效香山以詩本付匡廬老僧故事，何如？

與黄簡齋司訓

與足下兄弟交分三十餘年，跡洽情親，不啻家人父子。僕自示疾歸田，既痛伯氏年壽不永，未竟所施，猶喜年兄攜姪客居吴中，僕每訪戚，舟刺胥江，必往復過從，共話晨夕。乃小阮脆促，旅櫬未歸，飄零異地，種種流離之苦，一身仔肩。今聞將别我入秦，悼往思來，時爲哽咽。因讀退之文人欲久不死，而觀居斯世，何也？近日，吴門諸子扶危濟困者固不少，而力不從心者多。僕雖奮臂鼓脣外，諾之而已，於事何濟。據愚見當趁此冬暖晴和，歷舍重趼，早還井里，與二三至戚，復敘情話，守苜蓿盤飧，與學官子弟脩行教化。僕雖耄矣，兒輩宦蹟，或鴻爪一留，雁堖之下，再續世好，何如？尺牘四册，當永保之，勿使有力者攫去，切屬，切屬。貧囊勉致數金，爲途次禦雪酒資，殊可憐耳。近日衰甚，心神散漫，一概應酬之文及敘情之作，皆不能辦，幸致諸子諒之。

與俞是齋

足下天分、識見均在中人以上，惟作詩、作書不可落小家數。以最上爲師，而馴擾不已。使行年四十，必深知三十八九時所爲詩文書法，未合古人者甚多。思之思之，鬼神通之，便有進境。然益不敢自恃。養之使充，持之使定，又時就高明者引翼之，然後思慮之來，不爲浮氣所敚。拙脩宗伯曾爲予言：『香樹信手所作，若盡有之，則東坡居士、孫尚書尺牘應拜下堂，曹倦圃、陳陽羡不足道矣。』此雖偏愛之詞，然此時刊拙集，什散六七，如追逃籍兵，深恨壯年懶慢。拙脩之言，真藥石也。五古一卷，香樹、拙脩家居敘情道舊之言，既付雕工，望多付幾番。至囑，至囑。押信一函，殊可笑也不一。